R. J.

Jenny Hale
Die Schmetterlings-Schwestern

Montlake

Das Buch

Die ehrgeizige Leigh Henderson hat in New York Karriere gemacht und nie zurückgeschaut ins ferne Tennessee, wo sie aufgewachsen ist. Doch dann ist sie von einem Tag auf den anderen plötzlich arbeitslos. Und das ist noch die geringste ihrer Sorgen, denn nach Jahren der Funkstille möchte ihre Mutter Leigh und ihre Schwester Meredith unbedingt im Ferienhaus der Familie am Old Hickory Lake in Tennessee treffen.

Ein Sehnsuchtsort, aber auch ein Ort, an dem alte Wunden wieder aufgerissen und Gewissheiten infrage gestellt werden. Denn die Rückkehr an den See bedeutet auch, dass sie ihre Jugendliebe wiedertrifft – Colton, nach dem ihr Herz sich noch immer sehnt, der sich aber viel besser mit Meredith zu verstehen scheint als mit ihr …

Die Autorin

Jenny Hale ist eine USA Today-, Amazon- und internationale Bestsellerautorin für romantische zeitgenössische Belletristik. Ihre Bücher haben sich weltweit über eine Million Mal verkauft, wurden in mehrere Sprachen übersetzt und fürs Fernsehen adaptiert. In ihren Geschichten geht es immer um Feelgood-Romantik, um gemütliche Orte und Schauplätze, um Freundschaft und Familie. Jenny arbeitet gerade an ihrem nächsten Roman und freut sich darauf, ihren Lesern noch mehr herzerwärmende Geschichten zu bieten. Wenn sie nicht gerade schreibt oder ihren Verlag für romantische Belletristik Harpeth Road leitet, kann man sie in ihrer Heimatstadt Nashville mit ihrem Mann, ihren beiden Söhnen und ihrem Labradoodle beim Fotografieren antreffen.

JENNY HALE

Die Schmetterlings-Schwestern

Roman

Aus dem Amerikanischen
von Jeannette Bauroth

Montlake

Die amerikanische Ausgabe erschien 2022 unter dem Titel
»The Butterfly Sisters« bei Harpeth Road Press, Nashville.

Deutsche Erstveröffentlichung bei
Montlake, Amazon Media EU S.à r.l.
38, avenue John F. Kennedy, L-1855 Luxembourg
Mai 2023

Die Übersetzung dieses Buches wurde durch Amazon Crossing ermöglicht.

Umschlaggestaltung: bürosüd° München, www.buerosued.de
Umschlagmotiv: © Ton Anurak © tomertu / Shutterstock;
© frentusha / Getty
Lektorat und Korrektorat: VLG Verlag & Agentur, Haar bei München,
www.vlg.de
Gedruckt durch:
Amazon Distribution GmbH, Amazonstraße 1, 04347 Leipzig /
Canon Deutschland Business Services GmbH, Ferdinand-Jühlke-Str. 7,
99095 Erfurt /
CPI books GmbH, Birkstraße 10, 25917 Leck

ISBN 978-2-49671-353-4
e-ISBN 978-2-49671-352-7

www.montlake.de

Für Mary und all die Verträumten da draußen,
die einfach im Five and Dime sitzen und ihre
Bücher lesen möchten.

Prolog

Im Leben von Leigh Henderson gab es nur eine Sache, bei der sie sich fragte, ob sie sich womöglich falsch entschieden hatte. Sie dachte nicht oft darüber nach, denn immer, wenn sie das zuließ, fiel sie ihr wieder ein: die entgangene Gelegenheit auf ein völlig anderes Leben.

Es war im Frühjahr ihres letzten Highschooljahrs gewesen. Damals war sie kaum alt genug, um eigene Entscheidungen zu treffen, ganz zu schweigen davon, zu erkennen, was sich direkt vor ihrer Nase befand. Das Wetter war in dem Jahr ungewöhnlich warm gewesen, der Frühling war mit Sommertemperaturen von knapp dreißig Grad Celsius angerauscht, und alle ihre Freunde waren deshalb in den Frühjahrsferien an die Golfküstenstrände in Seaside und Watercolor gefahren. Doch Leigh hatte sich entschieden, die Ferien in dem alten Cottage ihrer Großmutter am Old Hickory Lake zu verbringen, ihrem absoluten Lieblingsort. Sie verbrachte jeden Sommer und alle Feiertage mit ihrer Großmutter in diesem Haus am See.

Ganz egal, wie viel sie für die Schule zu tun hatte oder was sie gerade mit ihrer Schwester Meredith durchmachte (und da war immer irgendwas), ihre Nan konnte ihr stets einen anderen Blickwinkel auf alles aufzeigen. In diesem Jahr wusste Leigh, dass sie sich bald von einer Seite von sich verabschieden musste, von der sie noch nicht genau wusste, ob sie wirklich bereit war, sie aufzugeben. Sie würde den Trost von Nan und dem Cottage brauchen, um den Schlag besser zu verkraften.

* * *

Leigh nutzte die hohen Temperaturen und ließ die nackten Füße vom Steg baumeln. Die pinken Zehennägel tauchten in das kalte Wasser, das unter ihr Wellen schlug. Sie lehnte sich zurück und hielt ihr inzwischen gebräuntes Gesicht der Sonne entgegen. Die goldblonden Haare fielen ihr über den Rücken auf den Steg, und sie breitete die Finger auf dem alten Holz aus, um die letzten Momente ihrer Jugend zu genießen.

Ein langer, langsamer Pfiff drang an ihr Ohr und ließ sie nach dem Handtuch greifen, um den pinkfarbenen Bikini aus dem Vorjahr zu bedecken, der im Nacken und an den Hüften gebunden wurde. Als sie sich umdrehte, sah sie Colton Harris auf sich zukommen – ohne Schuhe, ohne Shirt, aber mit einem breiten Lächeln. Sie verdrehte die Augen, um das Flattern in ihrem Bauch zu unterdrücken, das immer dann auftauchte, wenn er in der Nähe war. Sie wandte sich zu ihm um, und als sie seinen geschmeidigen Gang, seine nackte olivfarbene Haut und seinen markanten Kiefer betrachtete, zog sich etwas in ihr zusammen.

»Was machst du?«, wollte er wissen, als er sich neben ihr fallen ließ. Seine dunkelbraunen Augen mit den goldenen Sprengseln funkelten.

Sie legte das Handtuch wieder neben sich auf den Steg.

»Es ist Sonntag. Musst du nicht für deine Fahrt nach Hause packen?«

Leigh seufzte. »Ich will nicht«, erwiderte sie ehrlich und richtete den Blick auf den großen See vor sich. Wenn sie Colton zu lange ansah, änderte sie womöglich noch ihre Meinung über ihre Abreise.

Sie schluckte gegen den Kloß in ihrer Kehle an und schwang die Füße vor und zurück. Die Sonne spiegelte sich auf dem Wasser und verlieh ihm eine blaue Farbe mit glitzernden Elementen, die über die Oberfläche tanzten.

Coltons Schweigen lenkte schließlich ihre Aufmerksamkeit wieder auf ihn. Sein strahlendes Lächeln verschwand, als er sie musterte. Er hatte schon immer gut erfassen können, was in ihr vorging. »Wann kommst du wieder?« Die Frage enthielt eine Spur Verzweiflung, die sie nur heraushören konnte, weil sie ihn so gut kannte. Er spielte mit einer ihrer Haarsträhnen und berührte dabei ihre nackte Schulter.

»Ich weiß es nicht genau«, antwortete sie und betrachtete die Rundung seiner Schultern. Die Form seines Gesichts brannte sie sich ins Gedächtnis ein und sie wusste, dass es das gewesen war. Sie waren zu jung, der Zeitpunkt war einfach nicht richtig. Und obwohl sie sich bei niemand anderem je so sehr im Einklang mit sich selbst gefühlt hatte, musste sie weiterziehen. Darauf hatte sie sich ihr gesamtes junges Leben lang vorbereitet. »Ich verbringe den Sommer in Chicago.«

Colton verzog das Gesicht. »Chicago? Warum?«

»Ich wurde an der Northwestern University angenommen und fange dort im Herbst an zu studieren.« Die Ankündigung, die bei ihren Eltern Jubel, emotionale Umarmungen und Küsse ausgelöst hatte, kam ihr diesmal kaum über die Lippen.

Er blinzelte und nahm die Hand von ihrer Schulter, während er mit gerunzelter Stirn auf den Old Hickory Lake hinausblickte, um die Neuigkeit zu verdauen. Dann zwang er sich zu einem Lächeln. Sie wusste, dass es nicht ehrlich war – es war zu verkrampft, nicht sein übliches entspanntes, amüsiertes. »Dann haben sich die ganzen Bücher, die wir jeden Sommer gelesen haben, ja für dich gelohnt.«

Sie nickte und ließ ihn glauben, dass es nur die Bücher im Sommer gewesen waren, die sie bei Eiscreme und im Gras unter den

Bäumen liegend gelesen hatte. Sie sagte ihm nicht, dass sie zu Hause in Spring Hill jede Minute mit Lernen verbracht hatte, Fakten auf Karteikarten geschrieben und sie jeden Morgen beim Verlassen des Hauses gelesen hatte, dass sie bis weit nach ihrer Schlafenszeit Aufsätze verfasst und sich Notizen gemacht hatte, während sie beim Mittagessen ein Sandwich in der Hand balanciert oder bei ihrem Babysitterjob ein Kind auf den Knien geschaukelt hatte. Buchstäblich ihr gesamtes Leben bestand aus Lernen.

»Du wirst mich nicht mal vermissen«, behauptete sie und versuchte, der ernsten Situation etwas von der Schwere zu nehmen. »Du wirst endlich jedes Wochenende mit Teddy und Smash und den Jungs vom Basketball verbringen können, mit denen du dauernd zusammen bist, und ich werde euch nicht mehr im Weg sein.«

Er schenkte ihr ein schiefes Lächeln, und sie wusste, dass ihre Bemerkung nicht geholfen hatte. »Vielleicht hat es mir ja gefallen, dass du mir im Weg warst.«

Unmut stieg in ihr auf, während sie versuchte, die Schuldgefühle abzuschütteln, die sein Blick in ihr hervorrief. »Colton, ich kann nicht ewig mit dir und deinen Freunden abhängen.«

Das war ein Tiefschlag, und der Schmerz zeigte sich prompt auf seinem Gesicht. »Warum nicht? Sind sie nicht gut genug für die Schlaubergerin?«

»So hab ich das nicht gemeint …«

Er verzog die Lippen und blickte hinaus auf die kleine Halbinsel aus Kiefern, die neben dem Steg ins Wasser ragte.

»Du und ich, wir sind nicht aus demselben Holz geschnitzt«, versuchte sie es erneut mit einer Erklärung, doch er schüttelte bereits genervt den Kopf.

Colton fuhr sich durch die braunen Haare, in denen die Sonne durch die vergangenen Tage, die sie überwiegend draußen verbracht hatten, helle Strähnen hinterlassen hatte. »Warum willst du überhaupt aufs College?«, neckte er sie.

»Ja, warum willst du überhaupt aufs College?«, wiederholte ihre jüngere Schwester Meredith, die gerade den grasbewachsenen Hügel von Nans Cottage herunterkam. Ihre wilden blonden Locken hüpften dabei.

Sie richtete den Blick aus ihren blauen Augen auf Leigh. Wenn Meredith sich für eine Seite entscheiden musste, würde es immer die sein, auf der Leigh nicht stand. Sie war nur ein Jahr jünger als Leigh, führte sich aber eher wie eine ältere Schwester auf – rechthaberisch, unabhängig. Meredith verschränkte die Arme über ihrem T-Shirt und grinste Colton zustimmend an, bevor sie Leigh herausfordernd anblickte. Die wenigen Male, die ihre Schwester gelächelt hatte, war es immer für Colton gewesen. Er hatte etwas an sich, das eine Seite an ihr hervorbrachte, die niemand sonst hervorlocken konnte.

Colton streckte Meredith den Arm für ein angedeutetes High five entgegen, und sie hielt ihre Hand hoch und erwiderte den Gruß. Das war etwas, das sie als Kinder begonnen und nie abgelegt hatten.

Obwohl Colton an Leigh interessiert schien, hatten er und Meredith immer eine gewisse Verbindung gehabt. Sie waren wie Bruder und Schwester, und manchmal waren sie sich so einig, dass Leigh sich fragte, warum sie nicht einfach zusammenkamen. Doch immer, wenn sie ihrer jugendlichen Eifersucht nachgab und es Colton vorschlug, lächelte er sie schräg an und behauptete, dass Leigh viel eher seinem Typ entsprach.

»Warum sollte ich nicht aufs College gehen wollen?«, fragte Leigh, die gegenüber Colton oder Meredith nicht zugeben wollte, dass der Gedanke, so weit entfernt von allen, die sie kannte, zu leben, ihr Angst machte. Dass sie sich davor fürchtete, so weit von Nan und dem Cottage entfernt zu sein, und wie schwer es ihr fiel, Colton zurückzulassen.

Der Kummer in Coltons Miene schnitt ihr ins Herz. Ihre Haut brannte von der heißen Sonne, und weil sie dieses Gespräch nicht mehr führen wollte, sprang Leigh vom Steg in das eisige Wasser. Sie tauchte unter, und Bläschen stiegen aus ihrer Nase auf. Als sie wieder auftauchte, legte sie ihre gänsehautbedeckten Arme auf den Steg und blickte zu Colton und ihrer Schwester auf.

»Und du bist sicher, dass du wirklich bis nach Chicago willst?«, führte er das Gespräch trotzdem weiter.

»Ja«, erwiderte sie, absolut überzeugt davon, dass die Northwestern University für sie am besten geeignet war. Bis jetzt, wo er direkt vor ihr saß, war sie es zumindest gewesen. »Was willst du später mal machen, Colton?«

»Ich will aus meinem Boot angeln und abends auf meiner Veranda Football schauen. Ich will jeden persönlich kennen, wenn ich in die Stadt gehe.«

Der Gedanke erschien Leigh so tröstlich wie eine liebevolle Umarmung, aber sie durfte sich nicht von ihren Gefühlen für Colton zurückhalten lassen. Um die Anspannung zu durchbrechen, spritzte sie ihn nass. Er rächte sich, indem er aufstand und mit einer Arschbombe ins Wasser sprang. Es spritzte nach allen Richtungen. Leigh quietschte und drängte sich weg von ihm, ein wenig erleichtert über diesen aufgelockerten Moment.

»Ihr seid ja verrückt«, sagte Meredith, die weiter über den Steg ging. Meredith blieb nie sehr lange. Sie war überall lieber als im Cottage.

»Und womit willst du dein Geld verdienen?«, fragte Leigh Colton, trat Wasser und achtete darauf, außerhalb seiner Reichweite zu bleiben.

»Da finde ich schon etwas«, gab er zurück. »Ein Job ist nur ein Job. Leben ist das, was nach Feierabend passiert.«

»Nicht, wenn einem die Arbeit gefällt«, erwiderte sie.

Er streckte eine Hand aus, legte sie ihr um die Taille und zog sie an sich. »Mir gefällt das hier. Ich werde dich vermissen.« Er beugte sich vor und küsste sie, zum ersten Mal, und sie wusste in diesem Moment, dass er verstand, dass es das Ende für sie beide bedeutete. Sie konnte intensiv das Gefühl seiner weichen, feuchten Lippen spüren, und wie perfekt sie auf ihre passten, und den Schmerz in ihrer Brust beim Gedanken daran, ihn zu verlassen.

Er zog sich zurück und sah sie an, eine Hand auf dem Steg, die andere um ihre Taille, um sie beide im Wasser zu stabilisieren. »Du liebst doch das Leben mit deiner Nan hier. Warum vergisst du nicht diese ganze Collegesache und bleibst hier bei mir?« Sein bittender Blick drohte sie zu verschlingen. An seinem Kinn glitzerten Wassertropfen.

Der Schmerz in seiner Miene, als sie daraufhin lachte, brannte sich in ihr Gedächtnis ein. Sie hatte es gar nicht als Spitze gegen ihn gemeint, es war eher eine nervöse Reaktion, weil sie sich nicht vorstellen konnte, wie diese Art von Leben zu ihr passen sollte. Sie hatte dafür keinen Plan. Und in ihrem Alter wusste sie nicht mal, ob sie das überhaupt wollte. Alles, was sie bis zu diesem Moment getan hatte, war eine Vorbereitung auf den Tag gewesen, an dem sie ihr Studium an einer wichtigen Universität aufnahm und ihre Karriere in Public Relations begann. Auf keinen Fall konnte sie mit achtzehn ihr Studium aufgeben und an den See ziehen, um dort zu angeln und sich Footballspiele anzusehen. Doch Colton lachte nicht. Er ließ sie los und schwamm fort.

»Wir haben noch unser ganzes Leben vor uns!«, rief sie ihm hinterher. Sie wollte es ihm erklären und ihre Reaktion zurücknehmen, doch er hievte sich bereits weiter unten am Steg aus dem Wasser. »Ich habe einen Plan für mein Leben«, beharrte sie und ließ sich nicht von seinem attraktiven Gesicht davon abbringen.

Vom anderen Ende des Stegs bohrte sich der Blick seiner braunen Augen in ihre. »Ich auch«, erwiderte er, doch dann ließ er die Schultern kapitulierend sinken. »Ich will mich nicht streiten.« Er bückte sich, hob ihr Handtuch auf, betrachtete es und rieb mit dem Daumen sanft über das Material. Die Situation überforderte ihn ganz eindeutig. Doch niemand konnte so gut die Fassung bewahren wie Colton. Er brachte ihr das Handtuch. »Na los, dann packen wir mal deine Sachen.«

* * *

Leigh war fürs Lernen geschaffen, sie wusste gar nicht, wie ein Leben ohne aussehen sollte.

Bis sie in das Cottage ihrer Großmutter kam. In diesen wenigen Monaten jeden Sommer und in den Ferien ließ sie los, packte alle ihre Lieblingsbücher ein und verbrachte Zeit mit ihrer Familie und Colton. Das war der einzige Teil ihres Lebens, den er kannte.

Leigh und Colton hatten immer eine unkomplizierte Verbindung gehabt und hatten bei jedem ihrer Besuche problemlos wieder dort angeknüpft, wo sie aufgehört gehabt hatten. Ab und zu fuhr sie auch an einem Wochenende die Stunde von ihrem Haus in Spring Hill dorthin, und sie verbrachten dann Zeit zusammen, aber es waren die längeren Aufenthalte bei Nan, in denen ihre kleine Romanze Fahrt aufnahm. Sie ließen sich von ihren Gefühlen allerdings nicht zu Taten verleiten, bis auf die kleinen Flirtmomente, bei denen immer einer von ihnen sich genau dann zurückzog, wenn die Ernsthaftigkeit ihrer Gefühle deutlich zu werden drohte. Diese Augenblicke schickten immer ein elektrisierendes Gefühl durch ihren Körper. Leigh fragte sich, ob sie wohl beide fürchteten, es würde den Zauber brechen, wenn sie weiter gingen, und sie mochten sich viel zu sehr, um das zu riskieren. Ihre Gedanken wanderten zurück zum Tag ihres Abschieds, und die Erinnerungen daran waren so klar wie das Wasser des Sees.

Nachdem sie nach Chicago gezogen war, hatte sie ein paar Mal versucht, Colton anzurufen, doch er war nie rangegangen. Und wenige Monate nach ihrem Weggang war Nan verstorben, noch im selben Jahr, und das hatte alles geändert. Bevor sie es merkte, war sie so gefangen in ihrem neuen Leben, dass sie aufgehört hatte, sich bei ihm melden zu wollen. Doch ab und zu dachte sie an Colton. Während sie ihr Gehirn mit mathematischen Formeln und zahllosen Fakten über die moderne westliche Zivilisation füllte, und später nach ihrem Abschluss, als sie nach New York zog, um sich dort eine Karriere aufzubauen, fragte sie sich, ob Colton noch am See wohnte, mit seinem Boot auf den Wellen schaukelte, die Basecap umgedreht auf dem Kopf, und mit seinen Kumpels angelte, so wie er es gewollt hatte.

Und sie fragte sich, ob er sie hätte glücklich machen können.

Kapitel 1

Das Telefon am Ohr bemühte sich Leigh über die Geräusche der morgendlichen Pendler hinweg, die an jedem Wochentag in den Financial District von New York strömten und sich im Café an der Ecke Wall Street und Pearl versammelten, wo sie ungeduldig auf ihren Morgenkaffee warteten, etwas zu hören. Aus dem Handy drang die glückliche, beschwingte Stimme ihrer jüngeren Schwester.

> Hier spricht Meredith! Du hast meine Mailbox erwischt, also bin ich offensichtlich unterwegs, um was ganz Tolles zu erleben. Hinterlass mir eine Nachricht.

Leigh klemmte sich das Handy zwischen Ohr und Schulter, während sie dem Kassierer das Geld für ihren Double-Shot-Karamell-Latte gab und sich auf den Weg zur Arbeit machte. Leigh war zu Anrufen übergegangen, nachdem sowohl sie als auch ihre Mutter es mehrmals erfolglos mit Nachrichten versucht hatten, aber Anrufe brachten sie offenbar auch nicht weiter.

»Mom möchte, dass wir zum Haus am See fahren«, sagte sie nach dem Piepton mit angespannter Stimme, weil sie sich den gereizten Blick ihrer Schwester beim Abhören der Nachricht vorstellen konnte. Meredith hatte keinen weiteren Gedanken an die Familie oder das Cottage verschwendet, seit sie von zu Hause weggegangen war – etwas, das Leigh absolut nicht verstehen konnte. »Es ist … wichtig. Schreib mir, oder ruf mich an.« Sie beendete den Anruf. Vermutlich würde sie einige etwas dramatischere Nachrichten hinterlassen müssen, damit Meredith sich tatsächlich bei ihr meldete.

Ihre vierköpfige Familie war nie eine eng verbundene Gruppe gewesen, die gemeinsam ins Kino ging oder lachend einen Abend bei Scharade oder mit gemeinsamen Abendessen verbrachte. Nach so etwas hatte Leigh sich immer gesehnt, doch es schien nicht wirklich machbar zu sein.

Ihre Schwester war während der vergangenen acht Jahre lediglich zur Beerdigung ihres Vaters zu Hause gewesen. Er war drei Jahre nach Nan gestorben. Damals hatte Meredith sogar eine Nacht in ihrem Elternhaus verbracht, bevor sie behauptete zurückzumüssen. Nach ihrem Schulabschluss hatte sie so schnell wie möglich weggewollt. Als sich einige Wochen später alle in der Einfahrt versammelt hatten, um Leigh vor der Fahrt zum College zu verabschieden, war Meredith zwar noch da gewesen, hatte aber nicht neben ihrer Mutter, ihrem Vater, Nan und den Nachbarn gestanden, die winkten und Leigh viel Glück für die vier Jahre an der Northwestern University wünschten, wohin sie mit ihrem alten Ford Escort unterwegs war, der bis unters Dach mit ihren Habseligkeiten vollgestopft war. Noch während der ersten Stunde der Fahrt hatte Leigh deswegen vor Wut geschäumt und sich gefragt, was sie getan hatte, dass ihre Schwester sie so sehr hasste.

Leigh war immer schon von Meredith frustriert gewesen; deren Verhalten hatte ihre Beziehung belastet. Es schien, als ob Meredith jedes Mittel recht sei, um sich vom Rest ihrer Familie abzusetzen. Und obwohl ihre Schwester wirkte, als hätte sie überhaupt keine Ziele im Leben, betrachtete sie die anderen mit einer gewissen Verachtung, als wären sie Kriminelle, weil sie ihr Leben im Griff hatten. Dabei hätte sich ihre Schwester nur mit voller Energie einer Sache widmen müssen, aber das hatte sie nie getan. Sie nahm Gelegenheitsjobs an und kratzte so das Minimum an Geld für ihre Lebenshaltungskosten zusammen, verbrachte die Nächte auf den Sofas ihrer Freunde und lebte manchmal in ihrem Auto.

Doch obwohl ihre Schwester eine wandelnde Katastrophe war, war Leigh immer ein wenig neidisch darauf gewesen, dass sie nie an einem bestimmten Ort bleiben oder etwas Besonderes haben musste, um glücklich zu sein. Das hatte Meredith von Nan geerbt. Meredith konnte ein Zelt und einen Laib Brot einpacken, für eine Woche verschwinden und bei ihrer Rückkehr strahlend und erholt aussehen. Leigh wünschte sich, sie hätte auch ein wenig von diesem Freigeist in sich.

Meredith war eine Künstlerin wie Nan, doch das und ihr mangelndes Interesse an Besitztümern waren so ziemlich alles, was Leighs Schwester und ihre Großmutter gemeinsam gehabt hatten. Es war Leigh gewesen, die jede freie Minute mit Nan verbracht, stundenlang mit ihr geredet und sich alle Geschichten über ihre Reisen durch die ganze Welt angehört hatte, oder ihre Ideen über eine neue Töpferproduktreihe, die sie ausprobieren wollte. Es war Leigh gewesen, die bis zu ihren letzten Tagen mit Nan am Old Hickory Lake geblieben war, nur wenige Wochen, bevor sie zur Northwestern University aufbrach. Seit Nans Tod vor knapp acht Jahren war Leigh nicht wieder im Cottage gewesen – allein der Gedanke daran war unerträglich. Sie hatte den Kummer so weit verdrängt wie nur möglich, um sich auf ihre Arbeit zu konzentrieren, weil ihr keine Zeit zum Trauern blieb. Sie wusste genau, dass der Kummer sie vermutlich am Boden zerstört hätte, wenn sie sich diese Zeit genommen hätte.

Als ihr Kaffee fertig war, schlängelte sich Leigh zwischen den Menschen hindurch, nahm ihren Becher vom Tresen und ging hinaus in den New Yorker Sonnenschein. Der kühle Winter machte allmählich Platz für den Frühling. Der Himmel war strahlend blau. Leigh wich einer Gruppe aus, die sich Limonade am Straßenstand nebenan geholt hatte. Sie trank ihren Latte, marschierte den Gehweg entlang und hielt ihre Schultertasche dicht an den Designerhosenanzug gepresst, den sie sich für das morgendliche Treffen mit dem größten potenziellen Kunden von McGregor Consulting gekauft hatte.

Als Beraterin für gewerbliche Immobilienverwaltung, ein Resultat ihrer jahrelangen Arbeit in Public Relations für Firmen, war Leigh die Beste. Und als Phillip Russo, einer der Partner, ihr diesen Kunden weitergereicht hatte, weil er bereits zu viele Projekte betreute, hatte er ihr versichert, dass er ihn niemand anderem anvertraut hätte. Sie sei »fähig«, hatte er gesagt. Phillip Russo geizte mit Lob, und seine Beschreibung als »fähig« sprach daher Bände.

Leigh war fest davon überzeugt, dass er sie damit betraut hatte, weil sie immer erstklassige Arbeit ablieferte. Ihre Arbeitseinstellung war überragend, und das wusste sie auch. So war es schon ihr ganzes Leben lang gewesen. In ihrer Jugend war sie eine Einserschülerin gewesen, während ihre Schwester trotz zahlloser Nachhilfestunden – den Bemühungen ihrer Eltern, sie »in der Spur« zu halten – zu kämpfen gehabt hatte. Leigh hatte ihre Freitagabende mit Lernen verbracht, während Meredith sich nach der Bettgehzeit aus dem Haus geschlichen und wer weiß was mit ihrer Gruppe rebellischer Teens gemacht hatte. Leigh hatte sich an die Regeln gehalten, und es hatte sich gelohnt.

Während sie den Gehweg entlangging und sich versicherte, dass ihr noch vierzig Minuten Zeitpuffer blieben, blickte sie auf ihr Handy, um nachzuschauen, ob Meredith sie eventuell zurückgerufen hatte. Hatte sie aber nicht. Leigh hätte gar nicht erst nachschauen müssen.

Im Laufe der Jahre hatte Leigh versucht, mit ihrer Schwester zu reden, doch Meredith hatte die Anrufe immer kurz gehalten, indem sie behauptete wegzumüssen. Wenn Leigh gewusst hätte, wo Meredith sich gerade aufhielt, hätte sie sie aufgesucht, doch ihre Schwester war eine Nomadin. Sie bereiste die USA mit nur wenig Geld in der Tasche und nahm immer noch Gelegenheitsjobs an, um über die Runden zu kommen. Leighs letzte Information war, dass Meredith irgendwo an der Westküste als Kellnerin arbeitete. Selbst die Vorwahl ihres Handys war kryptisch: 470, also aus Georgia, einem Bundesstaat, von dem Leigh nicht mal gewusst hatte, dass ihre Schwester überhaupt dort gewesen war, geschweige denn lange genug, um eine Handynummer registrieren zu lassen.

Leigh trank den Kaffee aus und spürte die Bitterkeit des Getränks im Magen. Auch wenn sie sich nie mit Frühstück aufhielt und sich immer nur einen Kaffee auf dem Weg zur Arbeit holte, führten ihre Nervosität und der merkwürdige Anruf ihrer Mutter am Vorabend zusammen mit der anstehenden Präsentation dazu, dass er wie Säure in ihrem Magen brannte.

»Es gibt da etwas, das ich euch Mädchen erzählen muss«, hatte ihre Mutter Katherine am Vorabend am Telefon gesagt, während sich Leigh auf ihre Präsentation vorbereitet hatte. »Es ist wichtig. Ich kann Meredith nicht erreichen. Meinst du, du kannst sie irgendwie aufspüren und dich mit ihr und mir im Cottage treffen?«

»Geht's dir gut, Mama?«, hatte Leigh gefragt, weil sie sich bei dieser plötzlichen Bitte Sorgen machte, dass etwas nicht stimmte. Seit dem Herzinfarkt und darauffolgenden plötzlichen Tod ihres Vaters war die Gesundheit ihrer Mutter immer das Erste, woran sie dachte, wenn sie so überraschend anrief.

»Ja, mir geht es gut.«

Einige Jahre zuvor hatte Katherine ihre Trauer so weit bezwungen gehabt, dass sie und Leighs Dad endlich beschlossen hatten, Nans Sachen durchzusehen – doch dann hatte ihr Vater den Herzinfarkt erlitten. Danach hatte Mama das Cottage nicht mehr erwähnt. Leigh kämpfte mit dem Gedanken an eine Rückkehr dorthin, und letztendlich hatte sie es ebenfalls nicht über sich gebracht. Das Cottage war ihr Zufluchts- und ihr Glücksort gewesen, der Ort ihrer jugendlichen Träume. Sobald sie das Haus betrat, würde sie sich unweigerlich den Erinnerungen an die Zeit mit Nan stellen müssen. Daran denken, wie sie zusammen in der Hängematte gelegen und zu den Sternen aufgesehen hatten, und an Nans Lachen, das wie Bläschen geperlt hatte. Es wäre einfach zu viel gewesen.

Leigh warf den leeren Kaffeebecher in den Mülleimer rechts vor den übergroßen Glastüren – etwas, das sie seit vier Jahren jeden Tag tat. Im Laufe der Zeit hatte sie den Wurf perfektioniert, und jetzt hätte er jeden Spieler der New York Knicks beeindruckt. Sie zog an der schweren Tür und betrat die große Lobby, wo sie ihre Manolo Blahniks aus der Handtasche holte und gegen ihre Schuhe austauschte. Die High Heels klackerten auf den weißen Marmorfliesen, während sie ihre flachen Schuhe in die Tasche schob und sich auf den Weg zu den Fahrstühlen machte, von denen sie einer in den vierundzwanzigsten Stock bringen würde.

Dort stieg sie bei den Büros von McGregor aus, winkte ihrer besten Freundin Julie am Empfang zu und bemühte sich, sich nicht die Laune davon verderben zu lassen, dass Julie gerade mit ihrer neuen Kollegin Rebecca Mayer über etwas lachte. Rebecca war vor einigen Wochen mit einer Liste an Bestandskunden hereinstolziert, die den ganzen Gang bis zu Leighs Büro gefüllt hätte, wenn man sie auf dem Boden ausgelegt hätte. Leigh hielt es für Schicksal, dass ihr der Kunde übertragen worden war, bevor Rebecca bei McGregor angefangen hatte. Das bedeutete,

Phillip Russo ging davon aus, dass sie diesen Kunden an Land zog. Und falls nicht – nun, darüber wollte sie nicht mal nachdenken. Sie würde es schaffen.

Leigh musste sich konzentrieren. Wie ein Uhrwerk traf sie zwanzig Minuten vor ihrer Besprechung ein, sodass sie ein Wasser trinken, ihre Zähne weißen und ihre Notizen durchsehen konnte. Dieses Ritual verlieh ihr in solchen Situationen immer Selbstbewusstsein. Inzwischen hatte sie mehrere große Besprechungen hinter sich gebracht und bei jeder davon geglänzt – ihre Erfolgsbilanz war also makellos.

Sie lehnte ihre Tasche an die Wand im Konferenzraum und holte sich eine Flasche Wasser aus dem Bürokühlschrank, einem schlanken Edelstahlkasten mit einer Glastür, der die neuesten hippen Getränke für die Kunden zeigte. Mit der Flüssigkeit spülte sie sich den Kaffeegeschmack aus dem Mund, holte ihre Notizen aus der Tasche und legte sie geordnet auf ihren Platz am Konferenztisch.

Sie kannte diesen Kunden in- und auswendig: Park West Securities, die aufstrebende private Investmentfirma, die schneller als alle anderen in dieser Branche landesweit aufgestiegen war. Sie hatte mit zehn Angestellten angefangen und war innerhalb von nur sechs Jahren stetig und beständig auf zweihundert Mitarbeiter angewachsen. Die unabhängige Investmentfirma mit ihrem CEO und Inhaber Mark Shuster war der Favorit von Promis und Business-Superstars. Das Unternehmen konnte sich aussuchen, wer seine Expansion begleitete. Zu ihrer aller Glück war es zu McGregor Consulting gekommen, wo das Projekt Leigh direkt in den Schoß gefallen war. Und sie war bereit, den Kunden zu gewinnen. Nun schaltete sie den Bildschirm am Ende des Büros ein, sodass das Firmenlogo erschien und sich in einem dreidimensionalen geometrischen Muster drehte, dann legte sie die Fernbedienung neben ihre Notizen und den Laptop.

Julie kam mit einem abgedeckten Silbertablett voller frisch gegrillter Hummerhäppchen, die Leigh bei Cleo's, dem Nobelrestaurant am Ende der Straße, bestellt hatte. Auf Julie konnte Leigh sich immer verlassen. Kennengelernt hatten sie sich vor drei Jahren, als Julie bei McGregor angefangen hatte. Als die beiden einzigen Frauen in der Firma waren sie schnell Freundinnen geworden.

Julie stellte die Häppchen auf den Tisch, zusammen mit einem Stapel weißer Vorspeisenteller, einer Servierzange und Stoffservietten. Leigh hatte noch nie erlebt, dass ein Kunde während der Besprechung tatsächlich etwas von den Häppchen aß, aber sie hatte das Funkeln in manchen Augen allein beim Anblick der sündhaften Vorspeise gesehen, also bestellte sie sie jedes Mal und legte die Treffen immer auf den Vormittag. Perfekterweise war diese Besprechung hier für einen Donnerstag um neun Uhr angesetzt. Donnerstage waren gut dafür geeignet – die Kunden waren aufgrund des bevorstehenden Wochenendes ein wenig entspannter, wollten sich aber auch nicht unnötig lange aufhalten, nachdem sie eine lange Arbeitswoche fast hinter sich gebracht hatten. Das bedeutete ein schnelles Ja.

»Alles bereit?«, fragte Julie, wie sie es immer tat. Leigh spürte jedoch eine merkwürdige Steifheit in der Stimme ihrer Freundin.

»So bereit wie möglich«, antwortete sie und überlegte, warum Julie angespannt sein mochte. Nervosität bezüglich Leighs Erfolg bei diesem Kunden konnte es nicht sein, denn Julie wusste gar nicht, wen sie erwarteten. Es war viel zu viel los in der Firma, als dass Julie immer im Auge haben konnte, wer wann und wo sein sollte. Und an ihren freien Abenden sprachen sie ebenfalls nicht über die Arbeit, daher hatte Leigh es auch nicht erwähnt. Sie würde einfach später mit ihr reden.

Julie ging zur Tür. »Viel Glück!«

»Danke.« Leigh zog ihre Zahnweißerstreifen aus der Handtasche und schob sie auf die Zähne. Dann lockerte sie ihre Frisur auf und trug eine dünne Schicht Lipgloss auf, bevor sie ein letztes Mal ihre Notizen durchging. In Gedanken übte sie ihren Eröffnungssatz, ihren Pitch und auch den Schlussmoment, in dem sie fragen wollte: »Wer wäre dafür besser geeignet als wir?«

Jetzt war es an der Zeit, Dinge passieren zu lassen.

Noch zwei Minuten. Leigh richtete ihren Blazer, entfernte die Weißerstreifen diskret mit einer Serviette, knüllte sie zusammen und warf sie in den Müll. Dann drehte sie die Platte so, dass die Sonnenstrahlen, die durch das große Glasfenster hereinfielen, perfekt darauf landeten – nicht blendend, nur ein Glitzern. Phillip rauschte draußen vorbei und blickte kurz in den Raum. Sie nickte ihm selbstbewusst zu. Sie hatte die Sache im Griff.

In diesem Moment klingelte das Handy in ihrer Tasche. Rasch schaltete sie den Ton aus, doch der Name auf dem Display ließ sie innehalten: Meredith. Mist! Ihre Schwester rief sonst nie beim ersten Mal zurück. Da ihre Mutter schon mehrmals versucht hatte, mit Meredith in Kontakt zu treten, und weil Leigh nicht wusste, wann sie Meredith wieder erreichen würde, musste sie rangehen, doch sie konnte nicht. Mit hämmerndem Herzen drückte sie den Anruf weg, schloss die Tasche und zog ihre Kleidung glatt.

Noch eine Minute.

Die Glastür zum Konferenzraum schwang auf, und Leigh drehte sich strahlend um.

»Oh, hey«, sagte sie zu Julie, die allein dort stand, und fragte sich, warum sie gekommen war, statt die Kunden einfach hereinzuschicken. Sie wusste doch, dass Leigh bereit war.

»Tut mir leid«, erwiderte Julie, die immer noch im Flur stand und die Tür mit einer Hand aufhielt. »Mr Russo kam gerade an meinem Schreibtisch vorbei. Ich soll dir ausrichten, dass er die Uhrzeit für die Besprechung geändert hat.«

»Wirklich?« Leigh machte sich schon jetzt Sorgen, dass die Hummerhäppchen kalt wurden, und dass sie so kurzfristig für später noch mal welche bestellen konnte, wagte sie zu bezweifeln. »Auf wann denn?«

»Sie hat vor einer Stunde stattgefunden«, antwortete Julie distanziert.

»Ich habe sie verpasst?« Leigh spürte, wie ihr alles Blut aus dem Gesicht wich und ihre Wangen eiskalt wurden.

Normalerweise hätte Julie ihr in einer solchen Situation mitfühlend zugelächelt und versprochen, dass sie nach der Arbeit was trinken gehen würden, um das Chaos mit der Uhrzeit zu vergessen. Stattdessen wich sie Leighs Blick aus. Doch dann lächelte sie, als Rebecca vorbeiging. Nicht nur auf eine höfliche Art, sondern als teilten sie einen Insiderwitz. Rebecca deutete mit ihrem rot lackierten, manikürten Finger über die Schulter hinweg auf Julie und rief: »Das gestern Abend war nicht meine Schuld!« Julie kicherte. Hatte sich Leighs beste Freundin am Abend zuvor mit Rebecca Mayer getroffen?

»Du hast sie nicht verpasst«, führte Julie ihr Gespräch weiter, sobald Leighs Erzfeindin außer Sichtweite war, doch jetzt wirkte sie wieder unruhig und unangenehm berührt. »Mach dir keine Gedanken. Phillip sagt, die Kunden haben zugesagt.«

»Wie denn, wenn ich nicht da war, um die Sache zum Abschluss zu bringen?«

Julie blickte ihr endlich in die Augen. »Rebecca hat sich mit ihnen getroffen.«

Leigh blieb der Mund offen stehen. *»Rebecca.«* Das war keine Frage. Rebecca mit der langen Liste von Abschlüssen hatte ihren Kunden übernommen. Korrektur: Der Kunde war ihr übergeben worden. Und Phillip war eben nicht mal hereingekommen, um es ihr persönlich zu sagen, sondern war stattdessen den ganzen Flur entlanggegangen, um Julie zu schicken. Hatte Julie es gewusst? Das konnte nicht sein …

»Hat er gesagt, warum er Rebecca das Treffen übergeben hat statt mir?«, fragte Leigh und versuchte, das Ganze zu verstehen. Sie zerbrach sich den Kopf, ob sie etwas getan hatte, das bei ihm zu dieser Meinungsänderung geführt haben konnte. Vor einigen Tagen hatte sie Phillip gegenüber einen leicht schlüpfrigen Scherz über die Macey Group gemacht, aber er hatte darüber gelacht … Und dann war da diese Diskussion im Flur über die Vorteile ihrer neuen digitalen Immobiliensoftware gewesen. Hatte sie dabei etwas gesagt, was er ihr übel genommen hatte? »Ich hätte problemlos auch früher kommen können.«

Julie zuckte hilflos mit den Schultern, weil ihr Leighs gestresste Miene ganz offensichtlich nicht entging.

»Ich werde ihn fragen, warum er mich nicht einfach angerufen hat«, beschloss Leigh, sammelte das Zubehör und die Servietten für die Hummerhäppchen ein und stellte sie auf ihre Sachen.

»Das geht nicht«, widersprach Julie. »Er ist heute den ganzen Tag in einer Auswärtsbesprechung.«

»War ja klar.« Mit hängenden Schultern packte Leigh ihren Laptop in die Tasche.

»Wenigstens bleibt dir so ein wenig Zeit, um deine Gedanken zu sammeln«, schlug Julie mit einem leichten Lächeln vor.

Las Leigh zu viel in die Situation hinein? Was war hier los? Plötzlich ergab die Befangenheit ihrer Freundin Sinn. Sie saß sicher zwischen den Stühlen. Julie würde ihr alles erzählen, nur nicht hier. Leigh konnte heute Abend mit ihr ausgehen und dann alles herausfinden, und anschließend konnte sie sich überlegen, wie sie Phillip wieder für sich gewann.

»Mal hiervon abgesehen, muss ich sowieso mit ihm sprechen, weil ich am Wochenende wegfahren will«, sagte sie zu Julie. »Ich wollte es nicht einfach in den Firmenkalender eintragen, sondern ihm persönlich mitteilen, dass ich mir nächste Woche freinehme.«

»Ich habe noch nie erlebt, dass du auch nur einen Tag gefehlt hast.«

»Es geht um einen … Familiennotfall.« Vielleicht war es gar kein Notfall, das wusste sie nicht genau, aber angesichts der Tatsache, dass sie sich bei ihrem Chef auf dünnem Eis bewegte, sollte es besser einer sein. »Jetzt, wo ich drüber nachdenke, ist momentan möglicherweise nicht der richtige Zeitpunkt dafür, wo er schon meine Kunden anderweitig vergibt.« Sie schaltete den Bildschirm aus und legte die Fernbedienung in die Mitte des Tischs.

»Schreib es doch einfach stillschweigend in den Kalender …«

»Ja.« Sie war immer noch völlig baff über Phillips plötzliche Planänderung.

So etwas war Leigh bei der Arbeit noch nie passiert, und die Enttäuschung traf sie schwer. Rebecca war offensichtlich ein Superstar, aber galt das nicht auch für sie? Hatte sie schon ihren Zenit in der Firma erreicht? War Rebecca die neue und verbesserte Version von ihr, Leigh 2.0? Falls ja, was bedeutete das für sie?

Plötzlich fühlte sie sich atemlos und schwindelig. Sie sammelte ihre restlichen Sachen ein. »Ich gehe mal kurz vor die Tür, frische Luft schnappen.« Sie reichte Julie die Hummerhäppchen. »Die kannst du haben.«

»Danke. Ich stelle sie in den Aufenthaltsraum.«

»In Ordnung.« Leigh holte ihr Handy heraus und schlang sich den Riemen ihrer Tasche über die Schulter. Dann verließ sie das Gebäude mit einem Winken für Julie und ohne die geringste Ahnung, wo es nun für sie hingehen sollte – sowohl im wörtlichen als auch im übertragenen Sinne.

Kapitel 2

»Hier spricht Meredith! Du hast meine Mailbox erwischt, also bin ich offensichtlich unterwegs, um was ganz Tolles zu erleben. Hinterlass mir eine Nachricht.«

»Meredith, hier ist noch mal Leigh«, sagte sie und ging auf dem Bordstein vor ihrer Wohnung auf und ab. Dort war sie hingelaufen, während sie immer noch versuchte zu verarbeiten, was heute Vormittag passiert war.

> Tut mir leid, dass ich deinen Anruf verpasst habe. Ich hatte eine … Besprechung. Bitte ruf mich gleich zurück.

Sie legte auf, ging ins Haus und stieg in den Fahrstuhl für den siebten Stock – ihr Zuhause.

In ihrem Apartment zog sich Leigh die Schuhe aus, stellte die High Heels und ihre Handtasche auf die Matte, zusammen mit der Laptoptasche, die sich inzwischen anfühlte wie ein Felsbrocken an einem Träger. Sie warf ihr Handy auf den kleinen Couchtisch, auf dem eine bunte Keramikschüssel stand, die Nan für eine ihrer Produktlinien kreiert hatte. Daneben lagen Zeitschriften über die neuesten Einrichtungsideen und ein ungelesener Roman, für den sie bisher noch keine Zeit gefunden hatte. Dann ließ Leigh sich aufs Sofa fallen und versuchte, nicht in Selbstmitleid zu versinken.

Ihr Handy piepte mit einer Nachricht, und Leigh setzte sich auf, um aufs Display zu schauen:

> Hast du Meredith erreicht? Ich immer noch nicht.

Es war ihre Mutter.

Noch nicht, schrieb sie zurück.

Eine weitere Nachricht erschien:

> Versuch es weiter. Sie muss für diese Sache unbedingt auch zum Cottage kommen.

Leighs Antwort:

> Du weißt doch, dass ich es weiter versuche.

Dass ihre Mutter das Haus am See als Treffpunkt ausgesucht hatte, war interessant. Was hatte Nans Cottage mit dem zu tun, was ihre Mama ihnen sagen wollte? Schon ohne diese mysteriösen Neuigkeiten würde es schwer genug werden, dorthin zurückzukehren.

Leighs schönste Erinnerungen an das Seehaus stammten aus der Zeit, als sie und Meredith noch klein gewesen waren. Das Cottage war in Besitz ihrer Familie gewesen, seit ihre Großeltern es mit Mitte sechzig gekauft hatten. Nach dem Tod ihres Großvaters hatte nur noch Nan dort gelebt, und die Besuche ihrer Enkelinnen in den Ferien hatten ihr große Freude gemacht.

Leigh war während der Sommer barfuß die alten Wanderwege entlanggerannt, wobei der überwucherte Willow

Swamp Loop ihr Favorit gewesen war. Anfangs hatten sie und Meredith immer Wettläufe am Ufer entlang veranstaltet, und sie hatte beim Bretterweg, der den Sumpf überspannte, angehalten, um Luft zu holen. Die feuchte Sommerluft in Tennessee hatte Wassertropfen auf ihrer warmen Haut gebildet und ihre blonden Haare in zerzauste Frisuren verwandelt. Merediths Haare hatten immer in wilden, krausen Strähnen abgestanden. Dann waren sie den ganzen Weg zurück nach Hause gerannt und dort in den See gesprungen. Das kühle Wasser sorgte für sofortige Erleichterung bei den unbarmherzigen Sommertemperaturen.

Nach dem Abendessen, wenn ihre Haut noch warm und rosig war, weil sie den ganzen Tag in der Sonne verbracht hatten, hatte sich Meredith immer zurückgezogen, um weiter an ihren neuesten Armbändern zu basteln oder in eins ihrer vielen Notizbücher zu kritzeln. Leigh setzte sich auf die abgeschirmte Veranda an der Rückseite des Hauses und beobachtete zusammen mit Nan Vögel, die sie anschließend in dem bebilderten Lehrbuch nachschlug, das zum Cottage gehörte. Es gab so viele Vögel am See, dass sie sich stundenlang mit dem alten Fernglas hätte beschäftigen können, das schon so lange am Schreibtisch hing, wie sie sich erinnern konnte.

Leigh rief Merediths Nummer auf und drückte die Ruftaste, doch wieder einmal erreichte sie nur die Mailbox ihrer Schwester.

Meredith, ich spreche dir so lange auf die Mailbox, bis du mich zurückrufst.

Nach diesen Worten legte sie auf.

Dann ließ sie das Handy auf ein Sofakissen fallen. Der Entschluss, zum Cottage zurückzukehren, festigte sich. Es war an der Zeit. Ihr Leben ohne das Cottage war genauso schwer wie das, dem sie sich dort stellen musste. Sie hatte keine Ahnung, wie es sein würde, dort im Haus herumzulaufen, ohne dass

Nan auf sie zukam, sich die Hände an ihrer Schürze abwischte und Leigh ein Glas frische Limonade und ein Sandwich mit Tomaten aus dem Garten reichte. Dem Haus würde ihr Lächeln fehlen, und ihre sanfte Art, mit der alles bewältigbar wirkte.

Leigh lehnte sich auf dem Sofa zurück, fühlte sich jedoch rastlos. Vielleicht lag es am Kaffee oder daran, dass sie sich so für den Arbeitstag gerüstet hatte. Während sie so dalag und auf Merediths Rückruf wartete, wurden wieder die alten Gefühle an die Oberfläche gespült und verursachten ihr Kopfschmerzen. Ihr Kummer darüber, wie sich die Dinge mit Meredith entwickelt hatten. Eigentlich hätte sie ihre Schwester erreichen können sollen, wenn sie mit ihr reden musste. Leigh hatte ihr ganzes Leben lang viel Energie darauf verwandt, dass alles, was sie tat, erfolgreich war. Aber egal, wie sehr sie sich auch bemühte, die Beziehung zu ihrer Schwester blieb ihr ein Rätsel.

Sie schloss die Augen, um sich einen Moment auszuruhen und damit eventuell das Pochen in ihren Schläfen nachließ. Schließlich nickte sie ein. Bevor sie völlig in den Schlaf abtauchte, träumte sie, sie sei wieder im Cottage, in Nans Kunststudio, einem kleinen Raum mit vielen Fenstern, die eine Unmenge Licht hereinließen und den Blick auf den Wald freigaben. An jeder Wand standen Staffeleien mit großen Ölbildern, auf denen sich Ansichten vom See oder den Lieblingsstädten ihrer Großmutter in Europa befanden.

* * *

»Jeder trägt Kunst in sich«, hatte sie zu Leigh gesagt, aber das hatte in Leighs Augen keinen Sinn ergeben. Für sie war Malen wie ein fremder Code, den sie einfach nicht knacken konnte. An diesem Tag waren sie miteinander allein gewesen. Meredith war mit ihren Freunden unterwegs, doch Leigh war wie immer im Cottage geblieben. »In einigen Menschen ist sie nur tiefer vergraben als in anderen.«

»Das glaube ich nicht«, hatte Leigh erwidert. »Ich bringe nicht mal ein Strichmännchen zustande.«

Mit einem wissenden Lächeln legte Nan ihren Pinsel beiseite, wischte sich die Hände an der Schürze um ihre breiten Hüften ab, und öffnete eins der Fenster. Die Strähnen, die sich aus ihrem Dutt gelöst hatten, wehten ihr in der Brise vom See ums Gesicht. »Schließ die Augen«, bat sie.

Leigh, die mitten im Zimmer stand, gehorchte.

»Was bemerkst du, das nicht da war, bevor ich das Fenster geöffnet habe?«

Mit geschlossenen Augen konzentrierte sich Leigh auf den erdigen Duft des Waldes. »Ich rieche die Bäume.«

»Was noch?«, hakte ihre Großmutter nach. Die Freude war ihrer Stimme deutlich anzuhören.

»Die Zikaden.« Ihr lautes Zirpen erfüllte ihre Ohren. »Und die Brise.« Als sie die Augen aufschlug, lächelte Nan über das ganze Gesicht.

»Das ist Kunst, mein Schatz. Dass man erkennt, was sich um uns herum befindet, und es dann ausdrückt. Deine einzigartige Art, es zum Leben zu erwecken, ist dein Talent. Deine Kunst.«

* * *

Leigh wusste nicht, ob zehn Minuten oder eine Stunde vergangen waren, als ihr Handy klingelte. Sie plumpste vom Sofa auf den Boden und versuchte, das Telefon so schnell wie möglich zu erreichen, als sie Merediths Namen auf dem Display sah.

»Hallo?«, meldete sie sich und rieb sich die Augen.

»Hey.« Meredith klang ruhig und unaufgeregt, als hätten sie sich vor einer Woche das letzte Mal gesprochen. Dabei war es zwei Jahre her.

Leigh holte tief Luft, um sich zu sammeln. »Kannst du zum Haus am See kommen?«

»Warum? Was ist los?«

Als ihre Mutter sie angerufen hatte, um ihr zu sagen, dass sie von ihrem Haus in Spring Hill zu Nans Cottage fahren werde und Leigh gebeten hatte, ebenfalls dort zu sein, hatte Leigh es sich sofort in den Kalender eingetragen und ihr versichert hinzufahren. Brauchte Meredith wirklich eine Erklärung, um dort aufzutauchen?

»Mom will uns etwas Wichtiges mitteilen, aber persönlich.«

In der Leitung wurde es für einen Augenblick still, und gerade, als sich bei Leigh Frust über das Verhalten ihrer Schwester zusammenbraute, fragte Meredith schließlich: »Wann sollen wir dort sein?«

»Ich musste einiges in meinem Kalender verschieben, aber ich habe vor, morgen Mittag loszufahren, wenn ich bis dahin mit meiner Arbeit fertig bin. Ich werde eine Woche oder so bleiben, je nachdem, was sie uns zu sagen hat.«

»Ich soll nächste Woche kommen?«, fragte Meredith, als wäre das völlig unzumutbar.

Leigh verdrehte die Augen und holte tief Luft, um ihre ohnehin schon angegriffenen Nerven zu beruhigen. Wenn Leigh es schaffte, bei einer Firma wie McGregor kurzfristig eine Woche freizunehmen, obwohl sie Besprechungen mit Mitarbeitern und Kunden verschieben und sie stattdessen in den Wochen nach ihrer Rückkehr in die Mittagspausen quetschen und jeden Tag früher anfangen musste, dann konnte ihre Schwester, die Herumtreiberin, doch wohl jemanden finden, der ihren Schmuckstand am Straßenrand übernahm, oder was auch immer sie derzeit gerade tat.

»Ja, nächste Woche«, bestätigte sie und bemühte sich, gefasst zu bleiben.

Erneut Schweigen.

Ein Piepen zeigte einen weiteren Anruf auf Leighs Handy an, und als sie es vom Ohr nahm, sah sie den Namen: Phillip

Russo. Obwohl sie da rangehen musste, würde sie das Gespräch mit Meredith auf keinen Fall beenden, bevor sie von ihr eine Antwort bekam.

Sie rieb sich übers Gesicht – die Kopfschmerzen kehrten zurück. »Wirst du da sein?«

»Okay.«

Bei dem Gedanken daran, wie angespannt die Stimmung im Cottage zwischen ihnen dreien sein würde, verkrampften sich Leighs Schultern jetzt schon. »Danke«, erwiderte sie und versuchte, die Vernünftigere von beiden zu sein. »Wann genau kommst du?«

»Das weiß ich noch nicht. Ich muss mich vorher noch um ein paar Dinge kümmern.«

»Okay, sag einfach einer von uns Bescheid.«

»Okay. Hey, ich muss auflegen.«

»Ja, ich auch.« Schließlich lag Leigh hier auf dem Sofa, obwohl sie eigentlich bei der Arbeit hätte sein sollen. Und ihr Chef hatte sie angerufen und nicht erreicht. Sie musste definitiv dieses Gespräch beenden.

»Bis später«, sagte Meredith.

Leigh legte auf und suchte sofort Phillips Nummer heraus. Vermutlich hatte sie die ganze Situation völlig missverstanden und er rief wahrscheinlich an, um sich persönlich dafür zu entschuldigen, dass er das Treffen verlegt hatte. Sie würde ihm versichern, dass er sie jederzeit außerhalb der Bürozeiten anrufen konnte und sie auch gerne früher kam oder länger blieb – sie würde alles tun, was nötig war. Es war gar nicht erforderlich, jemand anderen einspringen zu lassen. Wie Rebecca. Leigh hatte zu jeder Uhrzeit alles unter Kontrolle.

Er ging schon nach dem ersten Klingeln ran, und Leigh verspürte sofort Erleichterung. Jetzt würden sie dieses kleine Missverständnis endlich aus der Welt schaffen.

»Leigh«, begrüßte er sie.

»Hi, Phillip.« Sie straffte die Schultern, als wäre er im selben Zimmer.

»Es tut mir leid …«, begann er.

Lächelnd öffnete sie gerade den Mund, um ihm zu sagen, dass keine Entschuldigung nötig war, als etwas völlig anderes an ihr Ohr drang.

»Wir bündeln unsere Kräfte und wollen eine neue Richtung einschlagen«, fuhr er fort. »Ich habe mit dem Management gesprochen, und wir stellen die Abteilungen neu auf. Rebecca wird unsere neue Leiterin.«

Leigh klappte die Kinnlade herunter. Arbeitete sie jetzt *unter* Rebecca?

Er räusperte sich. »Wir lösen das derzeitige Team auf.«

Was bedeutete das? »Werde ich unter Rebecca eine neue Rolle einnehmen?«, fragte sie dann direkt mit einem unguten Gefühl im Bauch.

»Nein … Du wirst gekündigt.«

»Was?« Das Wort fiel aus ihrem Mund wie ein Sack Steine. Seit ihrer Einstellung hatte sie jede wache Minute ihres Lebens McGregor Consulting gewidmet. Phillip hatte sie »fähig« genannt.

»Wir sind von Rebeccas Tatkräftigkeit überzeugt. Sie ist ein Star.«

Sein letzter Satz traf sie mit der Wucht einer Abrissbirne. Sie hatte immer geglaubt, Phillip Russo würde mit Lob sparsam umgehen. War das lediglich bei Lob *für sie* so gewesen? Mit zitternden Händen hielt sie das Telefon fest und brachte kein Wort heraus. Die ganze Zeit über war sie der Meinung gewesen, hervorragende Arbeit zu leisten, während ihr Chef das offenbar anders gesehen hatte. Sofort hinterfragte sie ihre Fähigkeiten, und sogar, ob der eingeschlagene Karriereweg überhaupt der richtige für sie war.

»Dir steht natürlich eine Abfindung zu«, redete er weiter. »Solltest du sonst noch Fragen haben, kannst du mir gerne eine E-Mail schicken.«

»In Ordnung«, antwortete sie beinahe flüsternd und fühlte sich, als wäre sie unter Wasser.

Er beendete das Gespräch, und sie saß regungslos in ihrem stillen Apartment, das Telefon immer noch fest umklammert. Sie hatte keine Ahnung, was sie jetzt tun sollte, wollte aber mit jemandem sprechen, der sie verstehen würde. Mit zitternden Fingern wählte sie Julies Nummer. Es klingelte viermal, bevor ihre Freundin abhob und Leigh ihr erzählen konnte, was passiert war.

»Das tut mir leid, Leigh«, sagte sie, als wäre sie mit etwas anderem beschäftigt. Nun gut, sie war ja tatsächlich noch auf der Arbeit.

»Ich fasse es nicht«, fuhr Leigh fort. »Aber ich merke, dass du zu tun hast. Wollen wir heute Abend was trinken gehen? Dann können wir später reden.«

»Ich …« Julie zögerte. Nachdem das Schweigen für Leighs Geschmack beinahe ein wenig zu lange dauerte, sprach ihre Freundin endlich weiter. »Es tut mir leid, Leigh. Ich kann nicht.«

»An einem Donnerstagabend? Was ist denn los?«, hakte sie nach und versuchte, nicht wie jemand zu klingen, der kurz vor einem Nervenzusammenbruch stand.

»Ich gehe heute Abend mit Rebecca aus.«

»Oh.« Leigh bemühte sich, den Verrat zu ignorieren. »Vielleicht können wir uns später treffen?«

»Ich weiß nicht … Hab ziemlich viel zu tun.«

Und mit diesen Worten hatte sie von ihrer besten Freundin ebenfalls die Kündigung erhalten. »Okay«, erwiderte sie und versuchte, nicht in Tränen auszubrechen. »Man sieht sich.«

»Ja.«

Der Anruf wurde beendet.

Leigh wartete auf das erschrockene Keuchen, mit dem sie aus diesem schrecklichen Albtraum aufwachen würde, doch nichts passierte.

Kapitel 3

Drei Stunden. Länger hatte es nicht gedauert, am Vormittag in ein Flugzeug zu steigen und später in Nashville, Tennessee, zu landen – in einer ganz anderen Welt als der, in der sie während der vergangenen vier Jahre gelebt hatte.

Leigh hatte ihren neuen Hosenanzug im Schrank ihres Apartments gelassen, den geplanten Flug auf einen früheren umgebucht und saß jetzt bei offenen Fenstern in ihrem gemieteten Honda. Eine Brise wehte, und im Rückspiegel verschwand die Silhouette der Music City, während sie die fünfundzwanzig Meilen lange Fahrt nach Norden antrat, immer parallel zum Cumberland River bis zum Old Hickory Lake.

Sie klickte sich durch die Radiosender. Der Südstaaten-Tonfall brachte sie zurück in ihre Kindheit. Ihr letzter Besuch lag schon viel zu lange zurück, und es fühlte sich an, als ob die Umgebung sie fragend anschaute und sich wunderte, wo sie so lange gewesen war. Alles, woran sie vorbeikam, war vertraut, und mit jedem Gebäude, an dem sie entlangfuhr, kam sie einen weiteren Schritt näher an das Cottage, ihre zerrüttete Familie und alles, was sie zurückgelassen hatte. Sie hielt den Blick auf die Straße gerichtet und konzentrierte sich auf den Verkehr statt auf ihre Gedanken.

Der Frühling war mit Macht über Nashville hereingebrochen und die Sonne brannte, als hätte die Wärme die Tür hinter dem Winter zugeschlagen. Bereits jetzt am frühen Nachmittag war die Hitze kaum auszuhalten. Die Sonnenstrahlen fielen durch die Windschutzscheibe und wärmten ihre nackten Beine. Leighs Shorts boten keinerlei Schutz.

Sie drehte die Klimaanlage auf, doch die richtete nichts aus gegen den lauen, schwülen Wind, der durch die offenen Fenster hereinwehte. Obwohl es eigentlich zu warm für heruntergelassene Fenster war, wollte Leigh sie nicht schließen. Ihre wehenden Haare verliehen ihr ein Gefühl von Freiheit, das sie lange nicht mehr gespürt hatte. Sie brauchte so viel innere Ruhe wie möglich, wenn man bedachte, was sie gerade durchgemacht hatte und was noch vor ihr lag.

Als kleines Mädchen war Leighs Vorstellung von Glück sehr einfach gewesen: Sie hatte Mutter sein wollen. Das wars. Sie hatte ihre Babypuppen herumgetragen, sich um sie gekümmert, ihnen Geschichten erzählt und dafür gesorgt, dass zu den Mahlzeiten immer ein Plastikfläschchen verfügbar war. Doch später hatte eine unsichtbare Macht etwas anderes vor diesen Traum vom Familienleben geschoben: Ehrgeiz. Ihre guten Noten und das Lob der Akademiker um sie herum hatten das noch zementiert, und ehe sie es sich versah, war aus den Babypuppen lediglich ein Kindertraum geworden. Beruflich war sie zwar genau dorthin gelangt, wo sie hatte sein wollen, doch da war ständig dieses Flüstern in ihrem Herzen, dass etwas fehlte. Sie wünschte sich eine perfekte Familie, in der sie zu Meredith und ihrer Mutter laufen und ihnen alle ihre Geheimnisse anvertrauen konnte. Sie wollte große gemeinsame Weihnachtsfeiern, mit vielen Kindern, langen Gesprächen bei Wein, Mädelsabende vor dem Kamin. Doch in ihrer kleinen Familie ging es anders zu.

Wann immer sie versucht hatten, Familienzeit miteinander zu verbringen, wie bei gemeinsamen Abendessen, hatten sich Leigh und Meredith letzten Endes regelmäßig über etwas gestritten, und dann hatten sie schweigend und angespannt dagesessen, bis sie es nicht mehr aushielten. Anschließend stand Meredith auf, erklärte, dass sie noch etwas zu tun hatte, und verschwand wer weiß wohin. Ihr Vater zog sich zurück, versteckte sich hinter seiner Zeitung und fragte sich, wie er seine Familie vereinen konnte. Und Leigh und ihre Mutter gingen jeweils an einen anderen Ort im Haus, um sich dort ihren eigenen Angelegenheiten zu widmen.

Es war nicht einfach, mit Meredith zu kommunizieren. Leigh hoffte inständig, dass es diesmal nicht damit enden werde, dass sie und ihre Mutter auf der einen Seite standen und Meredith auf der anderen. Normalerweise war das nämlich genau die Konstellation, in der alle Diskussionen zwischen ihnen dreien endeten.

Während der Fahrt zwang sich Leigh, nicht an den Vortag und das Gefühl des Versagens zu denken, das sie befallen hatte, seit sie ihren Job an Rebecca verloren hatte. Sie hatte den Vorabend größtenteils damit verbracht, ihre Karriere Revue passieren zu lassen und sie mit den Stationen ihrer Kollegin zu vergleichen, sofern sie sie kannte. Trotzdem konnte sie immer noch nicht verstehen, warum Phillip sie für entbehrlich hielt. Doch vielleicht war genau das ihr Problem – dass sie selbst den Grund nicht erkennen konnte. Selbst ihre beste Freundin war nicht für sie eingetreten. Es gab also nur eine Schlussfolgerung: dass Leigh ihre eigenen Fehler nicht sehen konnte. In ihrer Vorstellung war sie eine megaerfolgreiche Person gewesen, aber entsprach das auch der Realität? Aber wenn sie das nicht war, wer war sie dann?

Da Leigh ihre gesamte Zeit bei der Arbeit verbrachte, war Julie ihre Vertraute geworden, der Mensch, der sie verstehen konnte. Aber inzwischen fragte sie sich, ob das überhaupt stimmte. Sobald jemand anders dazugekommen war, hatte ihre Freundin sie aufgegeben. Leigh fragte sich nun, was sie in der ganzen Zeit verpasst hatte, in der sie gearbeitet hatte.

Nan wäre in der Lage gewesen, ihr zu sagen, wer sie war. Um ihre Augen hätten sich Fältchen gebildet, und dann hätte sie einen Satz von sich gegeben, der alles leicht hätte erscheinen lassen. So war Nan gewesen.

»Im Leben geht es um die gesamte Reise«, hätte sie gesagt. »Nicht um die Haltestellen unterwegs. Die sind nur Zwischenstationen auf dem Weg.«

Wie sollte Leigh ohne die behutsame Führung von Nan ihr Leben wieder in den Griff bekommen? Und, was aktuell die viel größere Frage war, wie sollte sie ohne sie in dem Cottage klarkommen? Hätte Nan doch jetzt für sie da sein können, wo sie sie am dringendsten brauchte … Doch obwohl Leigh beim Gedanken an die Rückkehr zum See Bauchschmerzen bekam, wurde sie auch irgendwie von dem Ort angezogen, als könnte die Rückkehr an den geliebten Platz alle Falten in ihrem Leben glätten. Wenn sie in dem schmiedeeisernen Doppelbett unter den selbst gemachten Quilts ihrer Großmutter aufgewacht war und durch das offene Fenster das Zwitschern der Vögel und das Klimpern des Windspiels auf der hinteren Veranda des Cottages hereindrangen, hatte sich Leigh immer gefühlt, als wäre sie vor der Außenwelt geschützt.

Das Haus am See lag nah am Wasser und hinter einigen gewundenen Pfaden, sodass es zwischen den Bäumen kaum zu entdecken war. Es war der perfekte Ort, um allem zu entfliehen. Und genau das erhoffte sich Leigh von dieser Woche. Ganz egal, was ihre Mutter ihr zu sagen hatte, das Cottage und die Erinnerungen an Nan würden ihr hoffentlich da durchhelfen. Sie wollte sich ihrer Großmutter nah fühlen, und dafür gab es momentan keinen besseren Platz als das Cottage.

Seit sie die Stadt hinter sich gelassen hatte, wurden die Straßen schmaler, die durch die hügelige Landschaft zum See führten. Über den gewundenen Pfaden warfen Bäume Schatten, und die Sonne glitzerte durch die Blätter, die sich in der sanften Brise bewegten. Leigh bremste auf die Tempobegrenzung von zwanzig Meilen pro Stunde ab und fuhr an dem alten Farmhaus vorbei, wo sie früher auf dem Weg zu Nan immer für frische Pfirsiche angehalten hatte. Bob Hynes, der Besitzer, saß auf der Veranda im Schaukelstuhl hinter einem hölzernen Verkaufsstand. Er trug wie immer eine abgenutzte Latzhose. Der Mann erkannte sie im Auto, hob grüßend die wettergegerbte Hand und winkte, als hätte er nur darauf gewartet, dass sie vorbeifuhr. Sie winkte zurück und genoss die Freude, die das Wiedersehen in ihr auslöste.

Während sie an den Baumwollfeldern vorbeifuhr, drehte sich eine frei stehende Wetterfahne am Rande der Wiese im Wind, und eine alte Reifenschaukel schwang in der Nähe an einer alten Eiche. Diese Bilder vom Südstaatenleben außerhalb der Großstadt waren der Stoff ihrer Kindheit. Und was sie sich bisher nicht zu denken erlaubt hatte – der Faden, der all ihre Erinnerungen zusammenhielt, war Colton Harris. Ob er wohl immer noch hier lebte?

An einer Kreuzung ging sie vom Gas, um einem Traktor die Vorfahrt zu gewähren. Währenddessen klickte sie in ihrem Mietwagen durch die Radiosender und blieb bei einem Countrysong hängen, den sie noch nie zuvor gehört hatte. Die Luft um sie herum war erfüllt vom Geruch nach Erde und den Blüten von wildem Wein. Plötzlich flog ein Monarchfalter durch ihr Fenster herein – seine leuchtend orangefarbenen Flügel waren mit einem wunderschönen Schwarzweiß-Muster bedeckt. Er landete auf ihrem Lenkrad.

»Oh, hallo«, sagte Leigh. Der Schmetterling bewegte seine großen Flügel flatternd vor und zurück, als wollte er damit angeben. »Du bist wunderschön«, flüsterte sie und wünschte sich, sie hätte ihn Nan zeigen können.

Ihre Großmutter hatte ein großes ledergebundenes Skizzenbuch besessen, in dem sie alle Schmetterlinge verewigt hatte. Jedes Mal, wenn sie einen neuen sah, zeichnete sie ihn und schlug ihn dann nach, notierte den Namen und ihre Gedanken dazu mit Bleistift darunter. Sie hatte so alle möglichen Arten skizziert: Ritterfalter, Trauermantel, Limenitis arthemis, Asterocampa celtis. Der hier hätte ihr Monarchfalter sein können.

Der Schmetterling war so faszinierend, dass Leigh gar nicht gemerkt hatte, dass der Traktor längst vorbei war und sie jetzt einfach so an der Kreuzung stand. Das Insekt schlug mit den dünnen Flügeln. Dann flog es so schnell davon, wie es aufgetaucht war. Leigh sah ihm hinterher, bis es zwischen den Bäumen verschwunden war.

Ein Auto fuhr hinter ihr heran und hupte, was sie erschrocken zusammenfahren ließ und aus dem Moment riss. Während sie weiterfuhr, waren ihren Gedanken noch bei dem Schmetterling. Die sanften Hügel, die an ihrem Fenster vorbeiglitten, die Stille um sie herum, das Rauschen des Windes und der warme Sonnenschein – all das war Balsam für ihre Nerven. Sie fühlte sich, als hätte sie gerade gelernt, wie man atmete.

Ein Blick aufs Handy sagte ihr, dass das Display dunkel war und nicht mehr die Navigations-App anzeigte. Sie tippte darauf, doch nichts passierte. Na toll. Der Akku war leer.

Sie warf es auf den Beifahrersitz.

Leigh suchte am Armaturenbrett des Mietwagens nach einer Lademöglichkeit, doch natürlich gab es bei diesem Modell nichts dergleichen. Die letzten Meilen dieser Fahrt waren immer tückisch, denn die Straßen sahen alle gleich aus und waren nicht ausgeschildert, hatten sich jedoch auch in den letzten acht Jahren, die sie nicht hier gewesen war, verändert. Jetzt waren da Felder, wo einst Bäume gestanden hatten, und der alte Ahorn am Straßenrand, der als Markierung gedient hatte, war verschwunden. Zu ihrer Erleichterung näherte sie sich jedoch Leons Tankstelle, einem der letzten Haltepunkte vor dem See. Dort konnte sie sich den Weg beschreiben lassen.

Leigh bog in die Zufahrt ab und parkte neben einem alten Ford, der ganz typisch Nummernschilder mit dem Aufdruck »Für Farmeinsatz« trug und auf dessen Beifahrersitz ein Bluetick Coonhound saß. Der Hund beobachtete sie durch das offene Fenster, wie sie in ihren neuen Sommerschuhen wacklig über den Kies auf das schindelgedeckte Gebäude zuging. Über eine überdachte Veranda, auf der zwei verwitterte Schaukelstühle standen, ging sie hinein. Die Türglocke meldete ihr Eintreten.

Der Laden hatte sich kein bisschen verändert. Auf der Theke stand immer noch ein Glas mit sauren Gurken und einem Schild, das den Kunden versprach, dass auch sie für nur fünfundzwanzig Cent eine davon mitnehmen konnten. Der Gang neben der Tür war mit selbst gemachten Köstlichkeiten einer örtlichen Bäckerei gefüllt, so wie früher schon. Neben der Tür war kostenloses Feuerholz aufgestapelt. Die unausgesprochene Regel dafür besagte, dass man zwei Scheite pro Tag mitnehmen konnte, solange man etwas im Laden kaufte. Leigh hatte nie verstanden, warum Leon das Holz gratis abgab, aber sie hatte ihn auch nicht danach gefragt. Für sie war es völlig normal gewesen, Nan sagen zu hören: »Hey, Leigh, ich habe einen Dollar in meiner Handtasche. Warum holst du dir nicht ein Päckchen Kaugummi bei Leon und bringst zwei Scheite mit?«

Zu ihrer Rechten ertönte ein langer, leiser Pfiff. Erschrocken drehte sie sich zu dem Mann um, der sie betrachtete, als hätte er noch nie zuvor eine Frau gesehen. Glücklicherweise kannte sie ihn nicht. Er zwinkerte ihr zu, bevor er sich eine Flasche Limonade aus dem Kühlschrank holte, an ihr vorbeiging und ein paar Dollarscheine für sein Getränk auf die Ladentheke legte. Dann verließ er den Laden.

»Der tut keiner Fliege was«, kommentierte Leon von seinem Platz dahinter. Ganz offensichtlich hatte er sie noch nicht erkannt, weil er seine Aufmerksamkeit noch auf den Mann gerichtet hielt. Er sah ebenfalls noch genauso aus wie früher, abgesehen von einigen grauen Strähnen an den Schläfen in seinem braunen Haar. »Colton kann Ihnen das bestätigen, stimmt's, Colton?« Er nickte zu dem Mann hin, der zwei Gänge weiter stand.

Leigh stockte der Atem. Er war hier. Auch wenn es eine halbe Ewigkeit her war, ihr Puls beschleunigte sich und ihr Herz schlug so schnell, dass es ihr fast aus der Brust sprang. Über die Jahre war Colton zu einer Erinnerung geworden, die sie hütete, und jetzt stand er vor ihr. Ein Teil von ihr wollte zu ihm hinüberlaufen und die Arme um ihn schlingen, wie sie es vor vielen Jahren getan hatte, doch sie wusste, dass ihre Nähe inzwischen nur noch in ihren Erinnerungen bestand. Die Zeit hatte sich zwischen sie gedrängt, und der Junge, den sie gekannt hatte, war nur noch ein Flüstern vergangener Tage.

Die Erinnerung an den Tag ihres Kennenlernens schoss ihr durch den Kopf. Sie war diesem Jungen begegnet, dessen freier Oberkörper gebräunte Haut vom Sommer am See zeigte. Seine hellbraunen Haare waren von goldenen Strähnen durchzogen. Er saß auf dem Steg und ließ die nackten Füße darüber hängen, eine Angel in der Hand.

* * *

»Was machst du da?«, fragte die zwölfjährige Leigh und hüpfte zu ihm hinüber. Diesen Satz würde er später jedes Mal wiederholen, wenn er sie sah. Damals auf dem Steg blickte er jedoch kaum auf, so als störte sie ihn. »Mein Name ist Leigh«, fuhr sie fort und setzte

sich neben ihn. Dann streckte sie ihm eine Hand entgegen, so wie ihre Eltern es ihr als Begrüßung beigebracht hatten. »Schön, dich kennenzulernen.«

Er schüttelte ihre Hand nicht, sondern hielt stattdessen weiterhin die Angel umklammert. Ihr fiel auf, dass er Dreck unter den Fingernägeln hatte.

»Wo wohnst du?«, wollte sie wissen.

Schließlich blickte er sie an. »Du redest ganz schön viel«, sagte er, bevor er seine Aufmerksamkeit wieder dem See und dem kleinen Schwimmer zuwandte, der sich auf dem Wasser hin- und herbewegte.

Sie ließ die Beine über den Rand des Stegs baumeln und dachte über seine Worte nach. Eigentlich wollte sie ihm erklären, dass sie ihrer Meinung nach nicht viel redete, aber das wäre noch mehr Gerede gewesen, daher entschied sie sich, schweigend neben dem Jungen ohne Namen sitzen zu bleiben.

Der Schwimmer wurde unters Wasser gezogen, und der Junge richtete sich auf, um seine Schnur aufzuwickeln, bis ein winziger Fisch auftauchte. Er flippte und floppte am Haken hin und her. Der Junge wirkte enttäuscht, schüttelte den Kopf, befreite den Fisch und warf ihn zurück ins Wasser. Dann befestigte er einen neuen Köder am Haken und warf die Angel wieder aus.

»Verrätst du mir deinen Namen?«, hakte Leigh nach.

Er starrte sie an, und das Gold in seinen dunkelbraunen Augen wirkte wie glühende Diamanten gegen seine gebräunte Haut. Niemand hatte ihr Herz je so schnell schlagen lassen, wie es dieser Junge allein mit einem Blick schaffte.

»Colton Harris«, sagte er schließlich, stand auf und holte seine Angel ein.

»Schön, dich kennenzulernen, Colton«, erwiderte sie, stand ebenfalls auf und bot ihm noch einmal ihre ausgestreckte Hand an.

Er starrte sie an, als wüsste er nicht, was er damit anfangen sollte, also ließ sie den Arm wieder sinken. Er packte seine Sachen in

einen Rucksack und warf sich die Träger über die nackte Schulter.
»Tschüss«, sagte er.

* * *

Dass er damals bei ihrer ersten Begegnung alles andere als freundlich zu ihr gewesen war, hatte sie nicht davon abgehalten, seinen Namen mit Blümchen und Herzchen darum auf all ihre Notizbücher zu kritzeln. Sie war sich sicher gewesen, dass ihr Ehemann genau wie Colton Harris aussehen sollte, falls sie jemals heiratete.

»Wohnen Sie hier in der Nähe?«, fragte Leon und kniff die Augen zusammen.

Sie räusperte sich. »Nein, ich bin nur für einige Tage zu Besuch. Ich, äh, habe als Kind immer meine Großmutter hier besucht«, fuhr sie fort, abgelenkt von Colton, der sich jetzt hinten im Laden einen Sixpack Bier aus dem Kühlschrank holte. Seine Schultern waren deutlich breiter als zu seiner Teenagerzeit, sein Körper muskulöser, aber seine Haare sahen noch genauso aus, und seine Bewegungen waren ihr immer noch vertraut. »Sie erinnern sich nicht an mich?«

Leon musterte sie noch einmal eindringlich, dann zog er überrascht die Brauen hoch. Sein Blick flog zwischen Leigh und Colton hin und her, bevor er an Leigh hängen blieb. »Leigh Henderson? Sieh an, sieh an …« Er betrachtete ihre Seidenbluse und ihre Hose, bevor er ihr wieder ins Gesicht sah. »Sie sind erwachsen geworden, oder? Wie geht es Ihnen?«

»Gut«, erwiderte sie, ihre Aufmerksamkeit wieder auf den leeren Gang gerichtet, wo eben noch Colton gestanden hatte.

Sie zuckte zusammen, als er im nächsten Moment neben ihr das Bier auf die Ladentheke stellte, zusammen mit einer Tüte Kartoffelchips, einer Schachtel Hundeknochen und einer Flasche Wasser. Dann stand er schweigend hinter ihr. Hatte er sie wiedererkannt? Aus der Nähe betrachtet, war er größer als in ihrer Erinnerung. Seine Haare waren dunkler, und sein Unterkiefer wurde von goldfarbenen Stoppeln bedeckt. Um seine Augen entdeckte sie Fältchen, die ihm aber gut standen. Sie bemerkte seinen taxierenden Blick auf ihre Designertasche und die Absatzschuhe und das subtile, abschätzige Kopfschütteln, und wie sich seine Mundwinkel nach oben verzogen, als er mit Leon über den für die nächsten Tage angekündigten Regensturm sprach.

Während er ins Gespräch mit Leon vertieft war, nutzte Leigh die Gelegenheit, die vertrauten Züge seines Gesichts zu mustern, seine vollen Lippen …

Die Kasse spuckte den Beleg für Coltons Einkauf aus und Leon griff um sie herum, um die Sachen in eine Plastiktüte zu packen. Obwohl sie keine Ahnung hatte, worüber sie mit Colton sprechen sollte, hatte sie gehofft, seine raue Stimme zu hören, das an sie gerichtete »Was machst du da?«. Aber es kam nicht.

»Kann ich Ihnen helfen, Miss Leigh?«, fragte Leon und riss sie damit aus ihren Gedanken.

»Oh«, machte sie. »Ich brauche die Wegbeschreibung zur Thicket Lane.«

Colton nahm seine Tüte, und sie fühlte seinen Blick auf sich, als er an ihr vorbeiging. Sie fragte sich, ob er wusste, welche Leigh ihm da gegenüberstand. Doch sein gewichtiges Schweigen verriet ihr, dass das sehr wohl der Fall war.

»Das sind eine Unmenge Kreuzungen von hier aus«, erklärte Leon und kratzte sich das Kinn. »Ich könnte es Ihnen beschreiben, aber bei der zweiten Abbiegung hätten Sie schon wieder alles vergessen. Colton, du musst doch an der Thicket vorbei, oder?«

Colton blieb in der offenen Tür stehen, die Tüte an der Seite und das Sixpack im Arm. Er trug denselben Blick zur Schau wie damals vor all den Jahren, als Leigh versucht hatte, sich ihm vorzustellen. Und genau wie damals antwortete er nicht sofort.

»Kannst du sie dorthin führen?«, fragte Leon.

»Das Frühlingsspiel ist heute. Kick-off ist in einer Stunde«, antwortete Colton. Seine Stimme klang in Leighs Ohren wie eine vergessene Melodie.

Leon bedachte ihn mit einem bedeutungsvollen Blick. »Perfekt. Thicket liegt auf dem Weg, nicht wahr?« Leons lockerer, freundlicher Umgang mit Colton traf sie mitten ins Herz – ein starker Kontrast zu ihrer oberflächlichen Freundschaft mit Julie bei der Arbeit.

Colton drehte sich um und beäugte den Hund, der immer noch hinter dem offenen Fenster des Ford wartete und den Kopf hob, als er sein Herrchen sah. Dann blickte er an ihm vorbei in den Laden, als würde er verstehen. Colton zuckte mit den Schultern, woraufhin der Hund einen lauten Seufzer hören ließ und sich aufrichtete.

»Danke.« Leigh gestattete sich endlich, Colton in die dunkelbraunen Augen zu schauen, als sie zu ihm an die Tür trat. Ihr Atem ging flach.

»Wofür?«, wollte er wissen. Er ging hinaus, stellte den Sixpack geräuschvoll auf der Motorhaube seines Pick-ups ab und griff in die Tüte. Dann zog er die Schachtel mit den Milchknochen heraus und warf dem Hund durchs Fenster einen zu. Der fing ihn noch in der Luft auf.

»Dass du mir den Weg zeigst.«

Die Zuneigung in seinem Blick, gepaart mit einer Spur des Schmerzes, den sie an dem Tag vor so langer Zeit ebenfalls darin erkannt hatte, verriet ihr mit absoluter Sicherheit, dass er ganz genau wusste, wer vor ihm stand. »Hab ich denn gesagt, dass ich das tue?«

Sie kniff die Augen zusammen. »Nein, aber dein Hund schon.«

Der Hund richtete die Ohren auf.

»Schau ihn dir doch an.« Sie ging hinüber zu dem Pick-up und griff durchs Fenster. »Du willst mich zur Thicket Lane bringen, stimmt's?«, fragte sie ihn und kraulte seinen Kopf. »Wie heißt er?«

Colton wirkte, als hätte er ihr hundert Dinge zu sagen, wollte es aber nicht zulassen. Beinahe ungläubig starrte er sie an. Dann schien er in die Gegenwart zurückzukehren. »Du redest ganz schön viel«, sagte er, und seine Mundwinkel zuckten nach oben.

»Ich habe bloß nach seinem Namen gefragt«, gab sie zurück und versuchte, die freudige Erregung zu unterdrücken, weil er sich ebenfalls an ihr erstes Treffen erinnerte.

»Elvis«, antwortete er, woraufhin der Hund sich ihm zuwandte.

Leigh nickte amüsiert. Es passte zu Colton, seinen Hund Elvis zu nennen. In ihrer Jugend hatte er immer behauptet, dass Elvis der begabteste Sänger aller Zeiten gewesen sei, was zu hitzigen Diskussionen mit Meredith geführt hatte, deren Meinung nach die Beatles diesen Titel verdienten.

»Du hast einen … *neuen* Pick-up«, stellte sie fest und bemerkte die abgeblätterte Farbe an dem Ford.

»Ja.« Mehr sagte er nicht. Colton nahm die Tüte und sein Bier und ging zur Fahrerseite, stieg ein und ließ den Motor an. Dann beugte er sich über Elvis hinweg zum Fenster: »Willst du mir jetzt folgen oder einfach nur zusehen, wie ich wegfahre?«

Ihr Herz sehnte sich nach mehr Zeit. Sie wollte richtig mit ihm reden, ihm erzählen, dass sie während der vergangenen Jahre an ihn gedacht hatte. Aber vielleicht war es besser, das nicht zu versuchen. Ganz offensichtlich waren sie inzwischen andere Menschen.

Er fuhr los und ließ sie stehen. Leigh lief zu ihrem Mietauto und sprang hinein.

Der alte Ford fuhr in einer Staubwolke die Straße hinunter, knirschenden Kies unter den Reifen. Leigh legte den Gang ein und reihte sich hinter ihm ein.

Kapitel 4

Als sie beim Haus am See ankamen, streckte Colton eine Hand zum Fenster hinaus, um Leigh zuzuwinken, hielt jedoch nicht an. Sie sprang aus dem Auto, wollte sich bei ihm bedanken, aber er war bereits zu weit weg, um sie zu hören. Leigh sah zu, wie er um eine Kurve fuhr und aus ihrem Blickfeld verschwand.

Die Hände in die Hüften gestützt, nahm sie einen tiefen Zug der Südstaatenluft, um sich zu beruhigen. Da sie sich noch nicht ganz bereit fühlte, sich dem Cottage zu stellen, schloss sie die Augen und atmete noch ein weiteres Mal tief durch. Der Duft der Kiefern in der Nähe und das berauschende Aroma des Seewassers, das hinter dem Cottage ans Ufer schwappte, erfüllten ihre Lunge. Das Windspiel auf der Veranda klimperte in der Brise. Der braune Kombi von Leighs Mutter stand in der Einfahrt.

Die Fliegengittertür wurde quietschend geöffnet und schlug dann hinter Katherine, Leighs Mutter, zu, als sie die drei Stufen auf den Steinweg zur Einfahrt herunterkam. Ihr grauer Bob und ihr Make-up waren makellos, und sie wirkte, als hätte sie abgenommen.

»Hey, Mama.« Leigh schlang die Arme um Katherine und wurde von ihrem Duft nach Rosen und Puder sofort in ihre

Kindheit zurückversetzt. Sie wollte sich auf den Schoß ihrer Mutter setzen und ihr alles erzählen, was passiert war, doch stattdessen machte sie einen Schritt zurück und lächelte sie strahlend an.

Ihre Mutter gab ihr einen Kuss auf die Wange. »Wie war die Reise?«, fragte sie und folgte Leigh zum Kofferraum, um ihr mit dem Gepäck zu helfen.

Leigh zerrte am Griff der größten Tasche und zog sie heraus. Geräuschvoll landete sie im Kies zu ihren Füßen. »Gut … ein netter, kurzer Flug.«

»Hast du irgendwas von Meredith gehört?«

»Bis auf den Anruf, in dem sie mir versprochen hat, herzukommen – nein.« Leigh holte eine weitere Tasche vom Beifahrersitz. »Ich hab ihr aber gesagt, dass ich heute anreise.«

»Dann wird sie auch kommen.« Der unsichere Ausdruck auf Mamas Gesicht machte deutlich, dass auch sie sich nervös fragte, ob ihre jüngere Tochter tatsächlich auftauchen würde.

Man konnte nie wissen, ob Meredith eintraf oder nicht. Manchmal kam sie, und manchmal rief sie an und erklärte eine Stunde lang, warum sie es nicht geschafft hatte. Wie Leigh ihre Schwester kannte, sparte sie vermutlich Geld, indem sie mit dem Auto von Kalifornien nach Tennessee fuhr, daher konnte es noch Tage dauern, bevor sie sie zu Gesicht bekamen. Es war nichts falsch daran, Geld sparen zu wollen, und es war gut, dass Meredith sich bewusst war, dass sie auf ihr Geld achten musste. Leigh hoffte lediglich, dass sie ein eigenes Auto hatte und nicht als Anhalterin durchs Land unterwegs war.

»Konntest du dich erinnern, wie man hierherkommt? Ich habe mich beinahe verfahren – alles sieht jetzt so anders aus. Die Bäume und Büsche sind so sehr gewachsen, ich konnte es kaum finden«, berichtete Mama, die zwei von Leighs Taschen zur Veranda hinauftrug und dort die Fliegengittertür aufhielt.

»Ich musste bei Leon anhalten und mir den Weg erklären lassen«, gab Leigh zu. »Colton hat mich hergeführt.«

Bei diesem Satz zog Mama die Brauen nach oben, was Leigh zum Lächeln brachte. »Wie geht es ihm so?«

»Keine Ahnung. Er war ein Mann der wenigen Worte. Er hat mich lediglich hergelotst und ist dann weitergefahren.«

»Klingt ganz genau nach ihm«, sagte Mama liebevoll. Sie ging ins Haus, öffnete die Küchentür und stellte die Taschen auf den alten Linoleumboden.

Leighs Herz setzte einen Schlag lang aus, als sie die Holzwand aus Querbalken, die weißen Fugen, die Gardinen vor dem Fenster und den einzigartigen Duft nach Zeder und Lavendel in sich aufnahm, der sie sofort an die langen Abende erinnerte, die sie mit Nan bei Brettspielen am Couchtisch im Wohnzimmer verbracht hatte. Sie erwartete geradezu, ihre Großmutter um die Ecke kommen zu sehen und sie in die Arme zu nehmen, lachend, als hätte sie gerade einen Witz erzählt. Doch stattdessen war es still im Haus, alles war aufgeräumt. Nichts zeigte an, wie Nan ihren Tag verbracht hatte – keine offenen Zeitschriften auf der Theke, kein schief aufgelegter Kerzendeckel von der brennenden Kerze am Vorabend, kein leeres Weinglas auf dem Kaminsims. Leigh spürte ein schweres Gefühl im Magen und unerwartete Tränen stiegen ihr in die Augen.

Die dunklen Innenwände sahen noch genauso aus wie in ihrer Erinnerung, obwohl ihre Zeichnungen, die Nan dort aufgehängt hatte, inzwischen verschwunden waren. Sie schluckte einen Kloß in ihrer Kehle hinunter und fuhr mit der Hand über den cremefarbenen Tisch mit der Kunststoffoberfläche aus den Fünfzigern, der voller Putzmittel stand, die ihre Mutter mitgebracht hatte. Leighs Hand landete schließlich auf einem der vier mintgrünen Stühle mit Metallbeinen, auf dem sie so viele Samstagvormittage gesessen und den Strudel gegessen hatte, den Nan extra für sie gebacken hatte. Die alten Holzböden waren immer noch mit Gobelinteppichen belegt. Ihre gesamte Kindheit lief vor ihrem inneren Auge ab wie ein Kinofilm, und Leigh musste sich dringend auf etwas anderes konzentrieren, ehe sie noch zusammenbrach.

»Colton hat einen Hund namens Elvis«, sagte sie, räusperte sich und versuchte, alle anderen Gedanken zu verbannen.

»Das ist zum Schießen.« Mama holte zwei Tassen aus dem Schrank, spülte sie aus und schenkte ihnen beiden Kaffee aus der Kanne unter der Maschine ein. Auch ihrem Gesicht war die Anspannung der Situation anzusehen.

Nach Nans Tod war Mama depressiv geworden. Nan war auch ihr Fels in der Brandung gewesen – die beiden waren nahezu unzertrennlich gewesen. Nach mehreren Jahren Therapie war Leighs Mutter schließlich in der Lage gewesen, ihre Trauer zu bewältigen, aber zu einer Rückkehr in das Cottage hatte sie sich nicht in der Lage gefühlt.

»Ich habe ihn auf dem Markt getroffen, als ich hier ankam«, fuhr Mama fort. »Er wollte gerade gehen, und ich habe ihm gesagt, dass er mal vorbeikommen soll. Er hat mir seine Handynummer gegeben.«

Der Gedanke ließ Leighs Brust eng werden. Nach ihrem Treffen bei Leon gerade war es das Letzte, was sie brauchte, dass Colton Harris auf dem Sofa saß und keiner von ihnen ein Wort herausbrachte, weil offensichtlich zu viel Zeit vergangen war. Da behielt sie lieber ihre perfekten Erinnerungen an ihn.

Mama kam mit den beiden dicken, grau-weiß gesprenkelten Keramiktassen herüber. Diese Tassen hatten sie zur Weihnachtszeit immer für heiße Schokolade benutzt. Sie reichte Leigh den Kaffee und setzte sich dann seufzend auf einen Stuhl ihr gegenüber und ließ den Blick zum Fenster hinaus schweifen. »Nachdem ich diese Woche alles sauber gemacht und einige Sachen deiner Großmutter durchgesehen hatte, habe ich schließlich entschieden, nicht nach Hause zu fahren. Ich habe gestern Nacht hier geschlafen.«

»Ach ja?« Leighs Aufmerksamkeit war jetzt komplett auf ihre Mutter gerichtet. »Ging es dir gut damit?«

»Obwohl Nan nicht hier war, um uns allen eine gute Nacht und süße Träume zu wünschen, wie sie es immer getan hat, und obwohl ich sie mehr vermisst habe als je zuvor, war es die erholsamste Nacht seit Jahren. Es hat allerdings eine Weile gedauert. Ich musste mich erst durch die Tränen und den Kummer kämpfen. Aber ungefähr in der Mitte der Woche habe ich beschlossen, das Leben zu genießen, das sie uns hinterlassen hat. Ich bin die Straße entlanggegangen, habe mich mit den Nachbarn unterhalten und Zeit auf dem Markt verbracht … Deshalb vermisse ich sie nicht weniger, und ich habe immer noch das Gefühl, gleich zu zerspringen, wenn ich daran denke, dass ich sie verloren habe.« Ihre Stimme brach, und sie biss sich auf die Unterlippe.

Leigh nickte. »Mir fehlt sie auch.«

Mama sagte nichts, blickte zum Fenster hinaus. Ihre Augen füllten sich mit Tränen.

Selbst nach all diesen Jahren war es immer noch zu früh, um über Nan zu sprechen. Sie brauchten beide mehr Zeit. »Ich freue mich aber auf eine erholsame Nacht«, brachte Leigh heraus.

Mama schob ihr die Sahne und den Zucker zu. Sie standen auf einer kleinen Platte mit zwei Löffeln, und Leigh fragte sich, ob sie in der kommenden Woche wohl drei Löffel brauchen oder ob zwei immer noch ausreichen würden. Es war Mama sichtlich schwergefallen, in das Cottage zurückzukehren. Sie brauchte nicht noch weitere Sorgen. Leigh hoffte inständig, dass ihre Schwester sie nicht im Stich ließ.

»Ohne deine Nan war es schwer für mich in letzter Zeit«, gab ihre Mutter zu. »In meiner kleinen Wohnung ist es zu still.«

Als Leighs Vater fünf Jahre zuvor gestorben war, hatte Mama das Haus verkauft, in dem sie ihre Töchter großgezogen hatten, da es für eine Person viel zu groß war. Leigh wollte nicht darüber nachdenken, dass ihre Mutter lange, stumme Nächte ganz allein verbracht hatte. Plötzlich wurde sie von Schuldgefühlen überschwemmt, dass ihr Job und ihre fadenscheinige Freundschaft mit Julie ihr wichtiger gewesen waren.

»Ich bin froh, dass du hier bist«, sagte Mama.

Leigh nickte.

»Jedes Knarren im Haus lässt mich herumfahren, weil ich glaube, deine Nan kommt herein.«

»Es fühlt sich an, als wäre sie immer noch hier, hier in diesem Haus«, gab Leigh zu, schüttete sich Sahne in den Kaffee und rührte die heiße Flüssigkeit um, wobei das reichhaltige Aroma in die Luft stieg. »Als würde sie gleich mit einer Tüte Lebensmittel durch die Tür kommen.«

»Geht mir auch so«, bestätigte ihre Mutter.

Leigh trank ihren Kaffee und genoss den nussigen, aromatischen Geschmack.

»Erzähl mir von deinem aufregenden Leben in New York City«, bat Mama, während sie einen Löffel Zucker in ihren Kaffee rührte.

»Da gibt es nicht viel zu erzählen«, erwiderte Leigh. Der Vortag war wie eine verschwommene Erinnerung. Genau genommen gab es sogar sehr viel zu erzählen, aber sie hatte einfach keine Ahnung, womit sie beginnen sollte, und ob sie ihrer Mutter den Stress überhaupt zumuten wollte.

»Bist du schon die Präsidentin der Firma?« Mama hob die Tasse an die Lippen und nahm einen großen Schluck.

»Noch nicht ganz«, gab Leigh zurück und trank von ihrem Kaffee, um zu verhindern, dass sie in Tränen ausbrach. Sie fühlte sich elend angesichts all der Jahre, die sie von Sonnenaufgang bis Sonnenuntergang mit Arbeiten verbracht hatte, und die sie überhaupt nicht weitergebracht hatten.

»Warte nur ab.«

Wenn ihre Mutter gewusst hätte! »Mir war gar nicht klar, dass ich das hier so vermisst habe«, wechselte sie das Thema. »Vielleicht gebe ich alles auf und ziehe hierher.« Im Bemühen, die Stimmung ein wenig aufzulockern, lächelte sie ihre Mutter an.

Ein Hauch Unsicherheit huschte über Mamas Gesicht, bevor sie einen weiteren Schluck Kaffee trank.

»Geht es dir gut?«, wollte Leigh wissen.

»Ich bin einfach nur so froh, dass du hier bist.«

»Du willst das Cottage doch nicht etwa verkaufen, oder?«, fragte Leigh mit einem unbehaglichen Lachen. »Es bleibt im Familienbesitz, richtig?«

»Natürlich«, entgegnete Mama. »Nan hätte nichts anderes gewollt.«

Erleichtert seufzend ließ Leigh die Schultern sinken und lehnte sich zurück. Auf merkwürdige Weise fühlte sich ihre Rückkehr zu genau diesem Zeitpunkt absolut richtig an.

* * *

Während Mama in der Küche Geschirr abwusch und sich dabei die neuesten Countrysongs im Radio anhörte, ging Leigh im Wohnzimmer umher. Es war immer noch so, wie Nan es eingerichtet hatte. Die beiden kleinen Sofas standen einander gegenüber und darauf lagen ozeanblaue Kissen. Auf dem Couchtisch aus Holz waren immer noch winzige Farbspritzer von Nans Kunstprojekten zu erkennen, und da lagen auch die Bücher, die sie zuletzt gelesen hatte. Leigh schloss die Augen und stellte sich vor, wie ihre Großmutter auf dem Sofa saß, ein Buch auf dem Schoß, und Leigh zu sich herüberwinkte.

»Komm und sitz bei deiner Nan, bevor du so alt und beschäftigt bist, dass du es vergisst«, hätte sie gesagt.

Leigh setzte sich neben den Außenplatz aufs Sofa, wo Nan immer gesessen hatte. »Das werde ich nie vergessen«, flüsterte sie. Sie legte eine Hand auf ein Kissen, spürte die Tränen aufsteigen und sprang auf, bevor der Kummer sie überwältigte.

Sie bemühte sich, das Gefühl zu unterdrücken, und ging hinüber zum Schreibtisch. Doch als sie den Ort betrachtete, an dem Nan ihr Schreibschrift beigebracht hatte, wurde sie noch emotionaler. Die Erinnerungen überschwemmten sie wie ein Wasserfall und ließen sich nicht zurückhalten. Leigh zog den Stuhl hervor und setzte sich. Wenn sie sich konzentrierte, konnte sie noch die Arme ihrer Großmutter um sich spüren, wie sie gemeinsam den Stift führten, um die Buchstaben zu zeichnen.

Sie fuhr über den Griff der Schublade, die laut Nan immer Leigh gehört hatte. Dort hatte Leigh all ihre Notizen über Vögel und ihre Buntstifte aufbewahrt. Nan hatte festgelegt, dass das Fach für Meredith tabu war. Sie hatte ihren eigenen Platz im Cottage gehabt, die alte Truhe unter dem Fenster.

Leigh zog die Schublade auf und spähte hinein. Ihre Buntstifte lagen immer noch dort, zusammen mit einem Stapel Papier. Doch obenauf lag ein Umschlag. Sie holte ihn heraus und erkannte überrascht ihren Namen in Nans schwungvoller Handschrift darauf. War das womöglich eine alte Geburtstagskarte?

Sie blickte sich um, ob sich außer ihr noch jemand im Zimmer befand. Als sie sich vergewissert hatte, dass sie allein war und das Wasser in der Küche immer noch lief, zog sie den Bogen heraus und faltete ihn auseinander. Er enthüllte noch mehr von Nans Handschrift, Zeile um Zeile. Das Datum ließ sie innehalten. Das war zwei Tage vor ihrer Einweisung ins Krankenhaus gewesen.

»Mom, weißt du, was das hier ist?«, rief sie, doch das Wasser rauschte und ihre Mutter sang mit dem Radio mit, daher hatte sie Leigh wohl nicht gehört. Nach einem weiteren Blick ins Zimmer, um sicherzugehen, dass sie nicht träumte, las sie den Brief.

Meine liebste Leigh,
ich weiß, dass du und deine Schwester sehr unterschiedliche Menschen seid. Manchmal seid ihr nicht einer Meinung, aber vergiss nicht, sie ist ein Teil der Familie. Nimm sie an, so wie sie ist. Und ganz egal, was passiert, alles wird gut. Ich werde eure Mutter bitten, euch etwas zu erzählen – ich will es nicht aufschreiben, weil ihr es als Familie erfahren sollt. Vergiss nicht, dass ich dich liebe. Aber ich habe meine Gründe. Ich gehe damit ein Risiko ein, aber ich hoffe, dass es sich auszahlt.
In Liebe,
Nan

Leigh presste den Brief an ihre Brust. In ihr stieg der nur allzu vertraute Schmerz auf, der sie immer beim Gedanken an ihre Großmutter befiel. Sie spähte über die Schulter in den Flur zur Küche und überlegte, ob sie ihrer Mutter von dem Brief erzählen sollte, entschied sich aber dagegen. Es fühlte sich an, als hätte Nan ihn Leigh aus einem bestimmten Grund im stillen Wohnzimmer finden lassen. Mamas Neuigkeit hatte also etwas mit Nan zu tun … Aber was konnte die ihnen zu sagen haben, das sie nicht schon längst wussten?

Leigh schob den Brief unter das Papier in ihrer Schublade und lief in ihr Zimmer, um auszupacken. Worum es hier wohl ging? Auf halbem Weg blieb sie stehen. Am Ende des Flurs war die Tür zu Nans Kunststudio geschlossen. Sie starrte sie an – es war, als ob Nan dahinter stand. Einen Augenblick lang wollte sie dort ins Zimmer platzen, weil sie sich wünschte, die Arme um Nan schlingen zu können. Doch sie tat es nicht – sie konnte es nicht, denn das leere Studio hätte sie am Boden zerstört. Stattdessen ließ sie die Tür geschlossen und ging weiter zu ihrem Zimmer.

Auf Leighs Bett lag immer noch der Quilt aus Jeansstoff. Die kleinen, nicht zusammenpassenden Stofffelder, die Nan zusammengenäht hatte, waren immer noch so leuchtend wie in ihrer Erinnerung. Leigh stellte ihre Tasche auf den Rand des schmiedeeisernen Betts, dessen Matratze unter dem Gewicht einsank. Ihre Gedanken waren immer noch bei dem Brief, den Nan ihr hinterlassen hatte. Hatte sie Meredith auch einen geschrieben, oder war das nur für sie gewesen?

Leigh hatte Nan am nächsten gestanden, war den ganzen Tag über bei ihr gewesen, während Meredith mit ihren Freunden auf den Speedboats unterwegs gewesen oder zu den abendlichen Lagerfeuern gegangen war. Nans stille, nachdenkliche Art hatte sie zur perfekten Begleiterin für Leigh gemacht, und die beiden hatten während Leighs Besuchen ihre Zeit immer zusammen verbracht. Das Cottage war ihr Mittelpunkt gewesen. Diese Wände waren Zeugen aller Erfahrungen, die Leigh zu dem Menschen gemacht hatten, der sie außerhalb ihrer schulischen Leistungen war. In diesem Cottage hatte sie gelernt, was Liebe und Verlust bedeuteten, was wahre Freundschaft war und welchen Kummer Familienmitglieder einander bereiten konnten.

Leigh hatte alles ausgepackt und in Schubladen verstaut, als Mama im Türrahmen erschien. »Was hältst du davon, wenn wir eine Bootsfahrt machen, damit der Motor für die Woche gerüstet ist?«

»Ist denn Benzin im Tank?« Leigh schob ihre Taschen in den kleinen Schrank und schloss die Falttüren.

»Ja, ich habe es die Leute von der Marina auftanken lassen, bevor ich gestern hergekommen bin. Sie haben es vorbeigebracht und für uns ins Wasser gelassen.« Sie kam herein und setzte sich aufs Bett. »Hast du Lust?«

»Auf jeden Fall«, erwiderte Leigh. »Ich binde mir nur schnell die Haare zusammen, damit der Wind sie nicht völlig zerzaust.« Sie wühlte in ihrer Kosmetiktasche nach einem Haargummi. »Ich kann mich gar nicht erinnern, wann wir das letzte Mal mit dem Boot gefahren sind. Du?«

Mama folgte ihr ins Bad. Leigh schaltete das Licht ein und kämmte sich mit einer Bürste die Haare zurück.

»Das ist schon ewig her«, antwortete Mama. »Nan ist nach dem Tod deines Großvaters nicht mehr gern mit dem Boot gefahren, weißt du noch?«

»Ja. Meredith hat angeboten, es zu steuern, weil Nan es nicht wollte.«

Mama lächelte gedankenvoll.

Leigh band ihre Haare mit dem Haargummi zusammen, dann fuhr sie mit den Fingern über den Kopf, um die Unebenheiten auszugleichen. Anschließend holte sie ihre Jacke von der Tür.

Sie hinterließen Meredith eine Nachricht, falls sie doch früher kam, obwohl sich Leigh beinahe sicher war, dass sie nicht an diesem Abend eintraf. Dann gingen sie durch die Hintertür hinaus, vorbei an dem alten Schreibtisch mit dem bebilderten Vogelbuch, durch die überdachte Veranda und über den grasbewachsenen Hügel hinunter zum Steg, wo der weiße Cruiser vertäut lag. Er hob und senkte sich auf dem Wasser, während die kleinen Wellen dagegenschlugen. Leigh stützte die Hände in die Hüften und ließ den Anblick beruhigend auf sich einwirken und sie alles vergessen machen, was sie in New York zurückgelassen hatte. Morgen würde sie sich heimlich um einige Bewerbungen kümmern und auf LinkedIn nach weiteren

Möglichkeiten Ausschau halten, aber heute beschenkte sie sich selbst mit diesem Moment.

Sie half Mama, das Boot loszumachen. Sie arbeiten gemeinsam, und ihre Hände erinnerten sich ganz genau an die notwendigen Handgriffe. Leigh warf das Seil ins Boot und kletterte hinein. Ihre Mutter ließ den Motor an, der surrend zum Leben erwachte. Das Summen des Motors war Musik in Leighs Ohren. Mama parkte rückwärts aus und hielt dann auf das offene Wasser zu. Leighs Pferdeschwanz flog im Wind, einige lose Strähnen kitzelten sie im Gesicht, und der kühle Frühlingswind wehte gegen ihren Körper. Die Bewegungen des Boots versetzten sie sofort wieder zurück in die sonnendurchfluteten Tage ihrer Kindheit.

Das Wasser erstreckte sich vor ihnen bis zur Baumgrenze, am Ufer standen vereinzelt andere Cottages. Als sie den östlichen Zufluss erreichten, reckte Leigh den Hals, um einen Blick auf das Haus zu werfen, in dem Colton aufgewachsen war. Würde sie ihn dort entdecken? Vermutlich wohnte er gar nicht mehr hier. Sie fragte sich, wie sein Haus wohl aussah. Lebten seine Eltern noch hier? Sie hielt den Blick so lange darauf gerichtet, bis es in der Ferne verschwand. Sie fuhren um eine Biegung und sausten durch das offene Wasser, bis sie sich Mariner's Cove näherten. Dort war Meredith gern abends mit ihren Freunden hingefahren. Ihre Boote hatten dort bis in die frühen Morgenstunden vor Anker gelegen.

»Wow, sieh dir das an!«, rief Mama laut über das Motorengeräusch hinweg. Sie nahm Gas weg und verringerte das Tempo, damit sie auf das Ufer zeigen konnte, wo früher Bäume gestanden hatten. Jetzt wurde dort jedoch eine Ladenzeile gebaut, und ein Anlegesteg für Boote.

Leigh kniff die Augen zusammen, um das Schild lesen zu können. »Greystone Properties«, las sie vor. »Das ist eine große

Ladenzeile für diese Gegend. Wie es aussieht, entstehen dort mindestens vier Läden. Das wird sicher toll werden.«

»Die Dinge entwickeln sich weiter, nicht wahr?«, kommentierte ihre Mutter.

Leigh dachte an Rebecca und das Büro. »Das tun sie.«

»Alles in Ordnung?«, erkundigte sich ihre Mutter.

»Völlig.« Leighs Ton war ein bisschen zu fröhlich.

Sie dachte erneut an Nans Brief und ihr Versprechen, dass alles gut werden würde, egal was passierte. Momentan empfand sie das jedenfalls nicht. Doch während sie auf dem Wasser dahinglitten, gab ihr das sanfte Auf und Ab der Wellen die Hoffnung, dass sie momentan nur in einem kleinen Tal steckte und es bald wieder aufwärtsgehen würde.

Kapitel 5

»Lass uns den See umrunden und bei Harvey's Bend vorbeischauen, bevor wir nach Hause fahren«, schlug Mama vom Steuer aus vor. »Ich hab Hunger. Vielleicht können wir uns einen Burger holen.«

Da sie wusste, dass in dem Cottage nur Stille auf sie wartete, stimmte Leigh zu, und Mama steuerte auf die Einbuchtung zu, wo die Lichter von Harvey's Marina das Ufer erleuchteten. Am Ende des Piers spielte eine Band, und die schwungvolle Musik klang zu ihnen herüber, bevor sie überhaupt die Menschen ausmachen konnten, die sich unter den Lichterketten außen versammelt hatten.

Sie fanden einen freien Platz zwischen zwei anderen Booten und legten am Pier an, dann machten sie sich auf den Weg zum Eingang unter dem beleuchteten Schild der Marina. Es wimmelte nur so von Einheimischen. Gelächter drang von den Billardtischen und der Bar herüber, die sich über zwei Wände erstreckte, bevor sie an einer breiten Doppeltür endete, die in den Anglerladen voller Köder und Ausrüstung führte.

Da ein Schild verkündete, dass man sich selbst einen Sitzplatz suchen durfte, zog Leigh an einem freien Tisch für vier Personen einen Stuhl heraus und Mama setzte sich ihr gegenüber. Die lebhafte Stimmung half Leigh, ihre Gedanken zu verbannen, und sie verstand jetzt, warum Mama den Abstecher vorgeschlagen hatte.

Eine Kellnerin kam zu ihnen herüber, und diese roten Locken hätte Leigh überall wiedererkannt.

»Shelly?«, fragte sie bei der Erinnerung an das Mädchen mit den rosigen Wangen und den leuchtenden Haaren, das immer Meredith abgeholt hatte.

»Hey!« Shelly beugte sich herab und zog Leigh in eine liebevolle Umarmung, bevor sie den Tisch umrundete und Mama auf dieselbe Weise begrüßte. »Wo ist deine Schwester? Ist sie hier?«

»Noch nicht«, erwiderte Leigh und hoffte, dass aus ihrer Stimme keine Unsicherheit herauszuhören war.

»Sie muss unbedingt vorbeikommen, wenn sie hier ist.«

»Auf jeden Fall«, stimmte Mama zu und blickte von der Speisekarte zu Shelly.

Shelly schenkte ihnen beiden ein breites Lächeln und fragte mit ihrem schweren Südstaatenakzent: »Was kann ich euch heute Abend bringen?«

Zwei bestellte Burger später beugte sie sich vor. »Hey, habt ihr schon Colton gesehen? Er ist da drüben und schaut sich das Spiel an.« Sie deutete um einen Raumteiler auf einen Breitbildfernseher, auf dem ein College-Footballspiel aus der Vorsaison lief und um den sich eine Gruppe Leute geschart hatte. Leigh reckte den Hals. Zuerst entdeckte sie Coltons besten Freund Smash Hughes. Sein Gesicht war ein wenig runder geworden, und er trug inzwischen einen Bart. Sie musterte die Gruppe weiter und fand schließlich den kantigen Unterkiefer und die dunklen Haare, nach denen sie suchte. Colton trug eine Basecap und hielt sich gerade eine Flasche Bier an die Lippen. Doch dann erstarrte Leigh – als er den Kopf senkte, lehnte sich eine Blondine an ihn und flüsterte ihm etwas ins Ohr, was ihm ein schiefes Grinsen ins Gesicht zauberte. Leigh riss den Blick los und war froh, dass sie und Mama von dort aus nicht zu sehen waren.

»Ich habe ihn vorhin schon getroffen«, erklärte sie Shelly und zwang sich zu einem Lächeln.

»Oh, gut«, sagte die und sammelte die Speisekarten ein. »Ich bin gleich mit euren Getränken zurück.« Sie winkte ihnen rasch zu und ging zur Bar.

»Vielleicht sollten wir uns raussetzen, wo wir die Band hören können«, schlug Leigh ihrer Mutter vor und haderte mit der Entscheidung hierherzukommen.

»Sobald die Sonne weg ist, wird es kühl«, antwortete ihre Mutter und rümpfte die Nase. »Ich bin lieber hier drin.«

Leigh biss sich auf die Unterlippe und nickte gedankenversunken.

»Es macht dir doch nichts aus, dass Colton hier ist, oder?«

Die Frage ihrer Mutter riss sie aus ihren Grübeleien. »Natürlich nicht«, behauptete sie und fragte sich, warum sie sich so bedrängt fühlte. »Es ist ein freies Land, er hat genauso viel Recht hier zu sein wie wir.«

Shelly stellte zwei sprudelnde Gläser Cola auf den Tisch und wandte sich dann einer Gruppe am Nachbartisch zu.

»Ihr beiden wart früher unzertrennlich«, stellte Mama fest und nahm mithilfe des Strohhalms einen Schluck von ihrem Getränk.

»Es hat sich viel geändert seit unserer Kindheit«, gab Leigh zurück. »Wir sind nicht mehr dieselben Menschen wie damals.« Ihr Blick flog zurück zu ihm und erwischte ihn beim Lachen über etwas, das einer der anderen Männer gesagt hatte. Das verursachte ihr einen Stich. Sie wusste nicht genau, ob der daher rührte, dass sie damals den Jungen zurückgelassen hatte, oder daher, dass sie den Mann, der jetzt vor ihr stand, nicht kannte.

In diesem Moment entdeckte er sie, und sie fing seinen Blick über den Raum hinweg auf. Ihr Magen flatterte, als er ihr die Andeutung eines Lächelns schenkte, bevor er sich wieder zum Fernseher umdrehte.

* * *

Nachdem sie an diesem Abend durch die Kanäle gezappt, aber nichts gefunden hatte, was sie in ihrem aufgewühlten Zustand beruhigen konnte, schaltete Leigh den Fernseher aus und legte sich aufs Sofa. Das Hintergrundrauschen von Mamas Dusche war das einzige Geräusch im Haus. Leigh schloss die brennenden Augen und rief sich Coltons Lächeln in Erinnerung, als er sie beim Abendessen ein paarmal angeschaut hatte. Sie erinnerte sich an seine muskulöse Statur und seine kräftigen Hände, als er Bierflaschen von der Bar genommen hatte. *Die Dinge entwickeln sich weiter, nicht wahr?*

Obwohl ihr Wiedersehen angesichts der Umstände bestenfalls mittelmäßig gewesen war, hatte es ausgereicht, eine Million Was-wäre-wenn-Fragen bei ihr auszulösen. Was, wenn sie fürs Studium auf die Belmont oder Vanderbilt University gegangen und in der Gegend geblieben wäre? Wäre sie dann jetzt ein anderer Mensch gewesen? Wäre sie dann hier am See gelandet, mit Colton? Hätten sie ihre Tage draußen auf der Verandaschaukel oder in zueinanderpassenden Schaukelstühlen verbracht und jeden Abend gemeinsam den Sonnenuntergang betrachtet?

Leigh griff sich an die Schulter und rieb den Knoten, der sich am Vorabend in ihrer Schulter gebildet hatte und den sie auch heute während der Reise nicht losgeworden war. Ihre Augen brannten vor Müdigkeit, und Spannung machte sich in ihrem Rücken und Nacken breit. Es war, als ob acht Jahre Rastlosigkeit sich jetzt in ihren Muskeln bemerkbar machten.

Sie erkannte sich gar nicht wieder. Leigh genoss das Rennen an die Spitze. Sie zog ihre Energie aus dem Wettbewerb und den Hindernissen, die sie überwinden musste, um ihre Ziele zu erreichen. Noch nie war sie der Sache überdrüssig geworden. Bis jetzt.

Sie musste nur wieder in die Spur kommen. Um ihre Gedanken auf etwas Produktiveres zu lenken, stand sie auf, holte ihren Laptop und suchte nach Stellenanzeigen in New York. Durch ihr gut gefülltes Bankkonto und ihre Abfindung blieb ihr ein wenig Zeit, etwas Neues zu finden, aber sie wollte nur ungern die Reserven angreifen, für die sie so hart gearbeitet hatte. Sie scrollte durch einige Anzeigen, aber keine davon passte. Mit einem weiteren Klick gelangte sie auf eine neue Seite und las dort ein Stellenangebot, das vielversprechend klang. Aber es erforderte »eine beträchtliche Anzahl von Dienstreisen«, und sie war nicht sicher, ob sie das wollte. Trotzdem speicherte sie die Anzeige ab, falls sie nichts Besseres fand.

Plötzlich fiel ihr buchstäblich die Kinnlade herunter, als sie das nächste Stellenangebot las: »McGregor Consulting, Beraterin für gewerbliche Immobilienverwaltung« … Das war Leighs Position. Sie hatten diese nicht abgeschafft, sie hatten *sie* abgeschafft! Rausgeworfen und schon fast durch jemand Neuen ersetzt. Sie starrte die Zeilen an und verstand nicht, was da passierte. Phillip hatte die Entlassung mit einer Abfindung versüßt, aber letztendlich war es eine Entlassung, weil sie nicht gut genug gewesen war. Sie hatte alles richtig gemacht. *Alles*. Wie hatte dann alles so falsch laufen können?

»Lass uns ein paar Marshmallows rösten«, schlug ihre Mutter vor, als sie im Schlafanzug ins Zimmer kam, die Haare noch nass vom Duschen.

Leigh musterte sie und wunderte sich über ihr Verhalten. Erst die Bootsfahrt, dann das Abendessen im Restaurant, jetzt die Marshmallows. So war es auch gewesen, als ihr Vater gestorben war. Ihre Mutter war herumgewuselt und hatte für alle ein fröhliches Gesicht aufgesetzt und sich nicht getraut innezuhalten, denn sonst wäre sie in tausend Stücke zersprungen.

»O nein, das tust du nicht«, sagte Mama, klappte Leighs Laptop zu und stellte ihn auf den Schreibtisch. »Ich weiß, dass du superwichtig bist und alle dich brauchen, aber gib dir wenigstens einen Tag, bevor du zu arbeiten beginnst.« Ihre Mutter ging in die Küche. »Wir haben lange Spieße in der Speisekammer!«, rief sie über die Schulter hinweg. »Ich hole sie.«

Niemand brauchte sie. Überhaupt niemand. Rebecca kümmerte sich um alles. Leighs Schläfen begannen zu pochen, und die ständige Herumgeherei ihrer Mutter erschöpfte sie. Was auch immer sie ihnen sagen wollte, musste etwas Großes sein. Wie benommen stand Leigh auf und ging in die Küche.

»Ich bringe die Feuerstelle im Garten in Gang«, sagte Mama und wirbelte mit zwei Spießen, einem Armvoll Decken und einer Tüte Marshmallows an ihr vorbei.

Leigh holte sich ein Glas aus dem Schrank und füllte es mit Leitungswasser. Dann wühlte sie in ihrer Handtasche nach Schmerztabletten, steckte sich zwei in den Mund und spülte sie hinunter. Sie füllte das Glas nach und ging hinaus zu der kleinen Terrasse am Fuß der Treppe, unter der Veranda, wo sich neben Nans zugewachsenem Blumenbeet und Gemüsegarten eine steinumrandete Feuerstelle befand. Darum standen weiß gestrichene Liegestühle, und eine Hängematte spannte sich zwischen den Bäumen. Sie ließ sich auf einen der Liegestühle sinken und deckte sich mit einer Decke zu. Die orangeroten Flammen sprühten hinauf zum Nachthimmel und schickten Hitze in die Luft, die wie immer nach Einbruch der Dunkelheit im Frühling am See kühl war. Mama setzte sich neben sie, spießte einen Marshmallow auf und reichte ihn Leigh.

»Wie lange hast du dir freigenommen?«, fragte Mama. Sie hatte auch ihren Spieß bestückt und hielt ihn jetzt in die Flammen.

»Ich nehme mir nur selten frei«, erwiderte Leigh. »Deshalb kann ich jetzt bleiben, so lange ich will … in einem vernünftigen Rahmen«, fügte sie dann noch hinzu, damit es nicht zu offensichtlich war, dass sie überhaupt keinen Job mehr hatte.

»Oh, das ist wunderbar! Die Bank hat mir nur eine Woche freigegeben, aber das ist schon in Ordnung. Ich bin während der letzten beiden Wochen jeden Tag hierhergefahren und das war gar nicht so schlimm.« Sie zog ihren Marshmallow aus dem Feuer und blies darauf. »Außerdem will ich ja arbeiten. Es gibt mir etwas zu tun.«

Das verstand Leigh. Sie wollte auch arbeiten. Sie war erst einen Tag hier, und schon jetzt hatte der einlullende Effekt des Ganzen Auswirkungen auf ihren Entschluss.

»Du bist sehr still«, stellte Mama fest. Der Hauch von Angst in ihrem Blick ergab Sinn, denn Leigh spürte ihn auch. Wenn sie zu lange stillhielt, würde sie über Nans Fehlen nachdenken.

Leigh schüttelte den Kopf, schob alle Gedanken an Nan beiseite, damit sie nicht von Traurigkeit übermannt wurde. »Ich … entspanne mich nur. Es war ein hektischer Tag.«

»Dein Marshmallow verbrennt.«

Leigh riss ihren Spieß aus dem Feuer – der verkohlte Marshmallow rauchte. Sie ließ ihn abkühlen und zupfte dann daran herum und knabberte am Innenteil. Die Sterne blinkten am tiefblauen Himmel über ihnen, und die leisen, schwappenden Wellen des Sees beruhigten sie.

»Willst du mir sagen, was los ist?«, fragte Mama. »Ich bin nicht dumm. Irgendwas stimmt doch nicht.«

Mamas Erkenntnis traf Leigh unerwartet. War es so offensichtlich? Und sie musste gerade reden. Leigh überlegte, ob sie die Bombe platzen lassen sollte, dass sie gefeuert worden war.

Allerdings war sie nicht sicher, ob sie die Scham darüber aushalten konnte. Noch nie war sie an irgendetwas gescheitert. Und jetzt war es genau hier passiert – im wichtigsten Teil ihres Lebens.

»Ich erzähle es dir, wenn du mir auch deine Neuigkeiten verrätst«, versuchte sie, ihre Mutter zu ködern, und lehnte den Spieß gegen die Feuerstelle.

Mama runzelte die Stirn. »Ich muss es dir und Meredith gleichzeitig sagen.« Der entschlossene Blick verriet Leigh, dass sie nicht noch einmal danach zu fragen brauchte. Mama würde nicht nachgeben. »Ich vermute jedoch, dass du das, was dich bedrückt, lieber nur mir erzählen möchtest. Oder möchtest du damit auch auf Meredith warten?«

Ganz sicher wollte Leigh ihrer Schwester nichts darüber erzählen. Meredith hätte ihr vermutlich ins Gesicht gelacht. Ihre Schläfen begannen wieder zu pochen, trotz der Schmerztabletten. Sie trank einen Schluck Wasser. Dann atmete sie tief die rauchige, erdige Luft ein und platzte damit heraus: »Ich habe meinen Job verloren.«

Das Feuer knackte, in der Ferne bellte ein Hund und die Grillen begannen ihr Nachtkonzert. Mama riss die Augen auf. »Wirklich? Wann?«

»Gestern. Sie wollen ›eine neue Richtung einschlagen‹«, erklärte sie und machte Anführungszeichen in der Luft. Die ganze Sache war immer noch völlig unverständlich für sie.

Der Hund bellte noch einmal, und das Geräusch hallte in ihrem schmerzenden Schädel wider.

»Etwas Lächerlicheres hätten sie überhaupt nicht tun können«, gab Mama absolut fassungslos zurück. »Du bist eine unfassbar kluge Frau.«

Leigh lächelte. *Mütterlicher Beschützerinstinkt.*

Noch einmal ertönte das Bellen, dieses Mal direkt neben ihr. Im Schein des Feuers sah der Hund aus wie … »Elvis?« Er kam herüber und beschnüffelte ihre Hand. Seine langen Ohren zuckten interessiert, während er um ihre Beine lief.

»Hey«, sagte Colton, kam über das Gras und stellte den Sixpack Bier, den er bei Leon gekauft hatte, auf den Boden neben sich.

»O mein Gott!« Ein riesiges Lächeln breitete sich auf Mamas Gesicht aus. Durch seine Anwesenheit hatte sich sofort die Stimmung gehoben. »Colton, wie geht es dir?«

»Gut«, erwiderte er. Sein Blick zuckte hinüber zu Leigh, als er sich auf den Stuhl neben ihr fallen ließ und eine Flasche in die Hand nahm. Er schlug den Kronkorken am Rand der Lehne ab und bot ihr das Bier an.

»Nein, danke«, antwortete sie. Ihr Magen schlug immer noch Purzelbäume nach ihrem Geständnis, dass sie ihren Job verloren hatte. Hatte er das mit angehört? Bei dem Gedanken daran wurde ihr übel.

Daraufhin bot er Katherine die offene Flasche an. Ihre Mutter streckte die Hand aus und nahm sie. Ihr Blick fiel auf Leigh, als ob sie sie einschätzen wollte, und das machte Leigh unruhig. Ihr Kopf fühlte sich an, als wäre er im See unter Wasser getaucht worden.

»Es hat nichts mit dir zu tun. Ich habe lediglich Kopfschmerzen«, bemühte sich Leigh um einen Erklärungsversuch.

»Ich kann dir Tabletten holen«, bot Mama sofort an und stand auf. »Wir haben ein paar hier …«

»Mama«, unterbrach Leigh sie, bevor ihre Mutter zurück ins Haus laufen konnte. »Ich habe schon welche genommen, bevor ich hier rausgekommen bin. Ich bin nur müde. Es war ein langer Tag.«

Erst recht, da sie nicht auf das Treffen mit Colton vorbereitet gewesen war. Sein Atem verriet seine Irritation, als er dasaß und ins Feuer blickte. Sie wollte die Arme um ihn legen, so sorglos wie damals in ihrer Jugend, und in seine dunkelbraunen Augen blicken. Sie wollte, dass er sie wieder mit diesem besonderen Blick anlächelte. Er war die Verkörperung der besten Zeiten ihrer Kindheit. Wäre sie nur in der Lage gewesen, ihm das zu sagen, als sie sich heute zum ersten Mal wiedergetroffen hatten. Um ihm nicht ins Gesicht zu schauen, konzentrierte sie sich auf seine Armmuskeln. Sie wirkten so völlig anders als die schlaksigen Gliedmaßen, die er vor so vielen Jahren um sie geschlungen hatte.

Elvis tappte näher zum See und schnüffelte herum.

Colton griff nach einem Bier für sich selbst, hebelte den Kronkorken ab und hielt es sich an die Lippen, ehe er mit langen, tiefen Zügen trank. Die Grillen begannen lauter zu zirpen. Mama wollte ihm gerade einen Marshmallow anbieten, als ein Licht im Haus die Dunkelheit durchschnitt.

»Lassen wir die Party steigen!«, kam Merediths Stimme von der Veranda. Sie kam durch die Fliegengittertür gestürzt und lief geradewegs auf Colton zu, den sie mit einem begeisterten Aufschrei umarmte. Ihre Haare waren lang und reichten ihr in wilden Ringellocken beinahe den halben Rücken hinunter. Ihre Haut war milchig-weiß und leuchtend, als wäre kein Tag seit ihrer Kindheit vergangen.

»Bier?«, fragte er und grinste sie an, nachdem sie ihn wieder losgelassen hatte.

Meredith hat das erste echte Grinsen bekommen. Leigh konnte nicht mal ein Wiedersehen richtig angehen.

»Definitiv«, erwiderte Meredith, ging hinüber zum Sixpack und bediente sich. Dann setzte sie sich auf einen leeren Stuhl und breitete den Rock ihres Kleides über ihre Beine aus. »Hey«, begrüßte sie ihre Mutter und Leigh, als wäre sie nicht zwei Jahre weg gewesen. »Wie geht's?« Ihre langen Finger hielten die Flasche, und an dreien davon trug sie dünne Goldringe mit unterschiedlich gefärbten Steinen.

Leigh wollte aufstehen, in ihr Zimmer laufen, sich auf ihr Bett werfen und irgendwo anders sein. Sie war noch nicht bereit, sich all dem zu stellen. Sie brauchte Zeit, um alles zu verarbeiten, damit sie Colton eine gute Gastgeberin sein, die Neuigkeiten ihrer Mutter abwarten und sich mit ihrer Schwester auseinandersetzen konnte.

»Was?«, fragte Meredith und ließ das Wort mit einem dumpfen Aufprall zwischen ihnen zu Boden fallen, der Leigh aus ihrem Moment des Selbstmitleids riss.

Erst da bemerkte sie, dass ihr Blick die ganze Zeit über auf ihrer Schwester geruht hatte.

»Ich bin früher gekommen«, blaffte Meredith sie an. »Du hast zwar nächste Woche gesagt, aber ich bin zur selben Zeit gekommen wie du, und trotzdem siehst du mich so an.« Sie lachte genervt.

»Meredith«, sagte ihre Mutter ruhig in dem Versuch, die Situation zu entspannen.

»Colton müssen wir nichts vorspielen. Dafür kennt er uns alle zu gut.« Meredith stieß ihre Flasche gegen seine. »Ich bin so froh, dass du hier bist.«

Er lächelte sie erneut an. Das war jetzt das zweite Mal.

»Ich bin froh, dass du gekommen bist«, wandte sich Leigh an Meredith. Ihre Worte klangen schwächer, als sie geplant hatte. Wenn sie es sich gestattete, würde sie vermutlich auf der Stelle in Tränen ausbrechen. Die Erschöpfung des Tages machte sich eindeutig bemerkbar.

Meredith blickte sie an und die trotzige Verteidigungshaltung in ihrer Miene lockerte sich ein wenig.

Elvis kam herüber und setzte sich zu Leighs Füßen, als wüsste er, dass sie die Unterstützung brauchte. Seufzend legte er den Kopf auf ihre Knie. Sie schluckte den Kloß im Hals hinunter und streichelte sein weiches Fell, dankbar für die Gesellschaft.

»Er mag dich«, stellte Colton fest, die Brauen niedlich zusammengezogen. »Normalerweise dauert es etwas, bis er Menschen an sich heranlässt. Er stammt aus dem Tierheim, und wir wissen nicht, was ihm zugestoßen ist, aber er vertraut nicht vielen Menschen.«

Leigh blickte in die großen dunklen Augen des Hundes. Jetzt bedeutete ihr sein Verhalten noch mehr.

»Aber wenn er sich mit jemandem anfreundet, ist er unglaublich loyal.«

Meredith stand auf, um ihn zu streicheln. Er duckte sich unter ihrer Hand weg und begann tief und laut zu bellen. Auf eine merkwürdige Weise hob es Leighs Stimmung, dass sie diese Verbindung zu dem Hund hatte, etwas, das Meredith ihr nicht wegnehmen konnte.

Colton lachte leise, und Meredith setzte sich gekränkt wieder hin und trank ihr Bier. Leigh klopfte sich auf die Knie, um Elvis zu zeigen, dass er jetzt wieder herüberkommen konnte. Ein Auge auf Meredith gerichtet, als erwarte er eine plötzliche Bewegung von ihr, kehrte er zu Leigh zurück und saß groß und aufrecht neben ihr, die Brust rausgeschoben und die Ohren gespitzt, als würde er es mit allem und jedem aufnehmen, der ihr heute Abend etwas tun wollte. Wenigstens gab es jemanden, der ihr zur Seite stand.

Kapitel 6

Leigh war am nächsten Morgen als Erste auf. Immer noch in Schlafanzug und Bademantel ging sie mit einer Tasse Kaffee hinaus auf die hintere Veranda in die klare Frühlingsluft. Sie trug ihre Brille, weil sie keine Lust gehabt hatte, die Kontaktlinsen einzusetzen. Über das süße Malzaroma ihres Morgenkaffees hinweg nahm sie den frischen Duft des Sees wahr. Eine sanfte Brise umspielte sie, und sofort lockerten sich ihre Schultern.

Früher hatte sie sich morgens mit Nan hier draußen getroffen. Sie beide waren immer schon vor dem Sonnenaufgang auf gewesen. Sie hatten über Nans Tomatenpflanzen geplaudert oder gemeinsam Vögel beobachtet. Bevor sich Nan und Grandpa Joe hier in der ländlichen Gegend am Old Hickory Lake niedergelassen hatten, waren sie während seiner Zeit in der Army viel umhergereist. Ab und zu hatte Nan über diese Reisen gesprochen.

»Dein Grandpa Joe und ich wussten, dass wir am Wasser leben wollten, nachdem er am Attersee in Österreich stationiert gewesen war. Der See war immer so blau und lag zwischen wunderschönen Bergen. Wir saßen in Cafés, deren Tische direkt am Strand standen – im Sand! Und wir tranken Wein und lachten den ganzen Tag lang … Ach, dein Großvater konnte mich zum

Lachen bringen. Wir haben dort stundenlang geredet. Es war ein unglaublicher Ort«, hatte Nan ihr einmal erzählt.

»Warum seid ihr nach seiner Pensionierung nicht dorthin gezogen?«, hatte Leigh gefragt. Sie saß neben Nan auf dem Verandasofa und hatte die Arme um die angezogenen Knie geschlungen.

»Weil es so weit weg von euch war. Familie ist wichtiger.« Sie deutete auf den See vor ihnen. »Und wir hatten ja trotzdem die schöne Aussicht.«

Leigh blickte hinüber zu dem jetzt leeren Verandasofa und fragte sich, was Nan wohl davon gehalten hätte, dass sie jetzt zu dritt hier waren. Nan hatte die Schwierigkeiten zwischen Leigh und Meredith miterlebt, aber sie hatte es immer geschafft, die Wogen zu glätten, wenn sie bei ihr zu Besuch waren. Nan hatte Cookies gebacken oder ein Brettspiel vorschlagen, und für ein paar Stunden herrschte Harmonie. Leighs Erinnerungen an diese Zeit waren magisch.

Leigh blickte durch die Fliegengittertür hinaus auf den See. Die dampfende Tasse in ihrer Hand wärmte sie gegen die kühle Luft. Die Bäume trugen nach dem kalten Winter das erste Laub, ein lebhaftes Grün. Das Wasser war so früh am Morgen ruhig, und ein sanfter Nebel stieg über der Oberfläche auf. Die Feuerstelle war vom Vorabend innen geschwärzt, die Spieße lehnten noch dagegen, und leere Bierflaschen standen auf dem Rand. Leigh stellte ihre Tasse auf den Couchtisch und hing hinaus, um sie einzusammeln. Auf den Stühlen lag Morgentau und die Erde unter Leighs nackten Füßen war eiskalt, während sie die Flaschen holte.

Colton war am Vorabend nicht lange geblieben, und sobald er fort gewesen war, hatte Meredith behauptet, vom langen Flug völlig erledigt zu sein. Mama und Leigh waren beide völlig verblüfft gewesen, dass sie hergeflogen war, da ein Flug eine gewisse Planung und Organisation verlangte. Sie war ins Bett gegangen, was Leigh erleichtert hatte, da sie nicht in der Lage gewesen wäre, sich sofort mit Mamas Neuigkeiten auseinanderzusetzen. Zuerst musste sie mal eine Nacht lang richtig schlafen.

Leigh tanzte mit den leeren Flaschen im Arm über den gefrorenen Boden bis zur Veranda. Dort nahm sie auch noch ihre Kaffeetasse und ging wieder hinein. Sofort hüllte die Wärme im Haus sie ein. Zitternd entsorgte sie leise die Flaschen und ging zu ihrem Laptop auf dem Schreibtisch im Wohnzimmer, um nach Stellenanzeigen zu suchen.

Während sie die Angebote durchsah, überlegte sie, was sie sagen sollte, wenn sie in einem Bewerbungsgespräch gefragt wurde, warum sie nicht mehr bei McGregor arbeitete. Sie wollte nicht zugeben müssen, dass sie entlassen worden war. Nach allem, was sie für die Firma getan hatte, hätte Phillip sie da nicht wenigstens vorwarnen können, damit sie sich bereits hätte umsehen können, bevor sie entlassen wurde? Sie blieb bei einer Stelle in Brooklyn hängen, die vielversprechend aussah. Es handelte sich um die Position als Leiterin im Immobilienmanagement bei einer kleinen Firma. Leigh besaß alle geforderten Qualifikationen … Sie trank einen Schluck Kaffee, rief die Website auf, suchte nach der Online-Bewerbungsoption, füllte das Formular aus und hängte ihren Lebenslauf an.

Es gab noch eine weitere Stelle in Manhattan, für die sie allerdings ein wenig überqualifiziert war, doch auch da füllte sie den Fragebogen für interessierte Bewerber aus. Vielleicht würden sie von ihrer Überqualifikation so umgehauen sein, dass ihnen gar nicht auffiel, dass sie in ihrer früheren Stelle nicht gut genug gewesen war.

»Morgen«, sagte Meredith, die gähnend in den Raum kam.

Schnell klappte Leigh den Laptop zu.

Ihre Schwester rauschte in nichts weiter als einem übergroßen T-Shirt an ihr vorbei. Darunter waren ihre muskulösen nackten Beine zu sehen, und auch ein Stückchen lilafarbene Spitzenunterwäsche blitzte hervor. Meredith gönnte Leigh auf dem Weg in die Küche keinen Blick.

Dort klapperte sie herum, und kurz darauf begann die Kaffeemaschine wieder zu gurgeln. Leigh schaute auf den Rest ihres Kaffees und beschloss, eine weitere Tasse zu trinken. Sie war sich beinahe sicher, dass sie das Koffein sowieso brauchte, wenn sie mit Meredith zurechtkommen wollte.

»Morgen«, erwiderte Leigh, als sie die Küche betrat und hoffte, dass sie die Dinge damit richtig anging. »Du bist ungewöhnlich früh auf, oder?«

Meredith suchte in der Speisekammer herum, holte ein abgepacktes Toastbrot hervor und öffnete den Verschluss. »Ich musste aufstehen«, sagte sie, zog zwei Scheiben heraus und steckte sie in den Toaster. »Möchtest du auch was davon?«

»Nein, danke.« Leigh nahm die Kanne aus der Kaffeemaschine. Beim Zischen der herunterfallenden Tropfen auf die Heizplatte drehte Meredith sich um.

»Du bist aber ungeduldig«, stellte sie fest. »Hast du nicht schon eine Tasse getrunken?«

»Ja«, erwiderte Leigh. Sie wollte eigentlich noch mehr sagen, hatte aber nicht die Energie zu erklären, warum sie eine zweite brauchte, also ließ sie es.

»Haben wir Avocados?«, wollte Meredith wissen. Sie wühlte im Kühlschrank herum und streckte dabei ihren mit lilafarbener Spitze bedeckten Hintern in die Höhe.

»Ich denke nicht.« Leigh schüttelte den Kopf und konzentrierte sich auf die Kaffeesahne, die sie gerade in ihre Tasse gab. »Aber im Türfach ist Marmelade.«

Meredith brummte und nahm sich die Erdbeermarmelade.

Als Leigh gerade mit ihrem Kaffee zum Tisch ging, sprang der Toast heraus. Sie beobachtete ihre Schwester, die sich widerstrebend die Marmelade auf das Brot strich und sich dann selbst einen Kaffee eingoss.

»Also, warum musstest du aufstehen?«, hakte Leigh nach.

Meredith biss in ihren Toast und setzte sich dann an den Tisch. »Colton und ich gehen angeln.«

»Du und Colton?« Es war nicht, dass ihre Schwester mit Colton zum Angeln ging. Aber die Tatsache, dass er sich mit Meredith verabredet hatte, während ihm das Wiedersehen mit Leigh völlig egal gewesen zu sein schien, überfiel sie wie ein sommerlicher Regensturm.

»Ja«, erwiderte ihre Schwester. Das Wort klang verwaschen, da sie den Toast im Mund hielt, um mit der freien Hand den Kaffee umzurühren. Anschließend legte sie das Brot auf den Tisch und hob die Tasse. »Was?«

»Nichts.« Leigh war schon jetzt von Merediths Ton genervt. »Du kennst Colton ja gar nicht mehr richtig«, platzte sie heraus. Sofort wollte sie die Worte am liebsten zurücknehmen, aber dafür war es zu spät.

Meredith musterte sie eindringlich aus ihren tiefblauen Augen. »Was meinst du damit, dass ich ihn nicht kenne?«

»Es ist acht Jahre her, seit wir mit ihm gesprochen haben, Meredith.«

Ihre Schwester beugte sich vor und verschränkte die Arme. »Bei dir vielleicht. Ich schreibe mir ab und zu Nachrichten mit ihm und rufe ihn jedes Jahr an seinem Geburtstag an.«

Leigh war fassungslos. *Sie* hatte er im College nie zurückgerufen … Leigh wurde heiß bei dem Gedanken daran, dass Meredith, der alles egal war, ausgerechnet mit der Person aus ihrer Jugend in Kontakt geblieben war, an der ihr am meisten gelegen hatte.

»Was soll dieser Gesichtsausdruck bedeuten?«, wollte Meredith wissen. »Was, bist du etwa eifersüchtig? Ich bitte dich, Leigh. Werd erwachsen.«

Leigh stellte geräuschvoll ihre Tasse ab. »Ich bin nicht eifersüchtig.« Eifersüchtig war überhaupt nicht das richtige Wort. Aber weil ihr die korrekte Bezeichnung nicht einfiel, saß sie einfach nur da und brütete vor sich hin.

»Wenn da zwischen Colton und mir etwas wäre, meinst du nicht, dass es dann längst passiert wäre? Ich gehe mit einem guten Freund angeln, den ich schon seit Jahren kenne. Und doch wird mir selbst das in diesem Haus übel genommen.« Sie stieß den Atem aus und biss in ihren Toast.

»Was ist mit Mamas Neuigkeit? Findest du nicht, dass du hierbleiben und sie dir anhören solltest?«, fragte Leigh, um nicht mehr über Colton sprechen zu müssen.

»So lange bleibe ich doch gar nicht weg. Wir gehen nur angeln.« Meredith steckte sich das letzte Brotstück in den Mund, stellte ihren nackten Fuß auf den Stuhl und zog das Knie an die Brust. »Er müsste jeden Moment hier sein, um mich abzuholen. Länger als ein paar Stunden werden wir nicht fort sein.«

»Colton könnte jeden Moment hier auftauchen?«, wiederholte Leigh beunruhigt. »Musst du dich nicht anziehen?«

Meredith verdrehte die Augen, stand auf und schwebte mit ihrer Tasse aus dem Raum. Der zweite Toast lag immer noch unberührt auf der Küchentheke. Sie kehrte in abgeschnittenen Jeans zurück und bändigte ihre Haare zu einem hohen Pferdeschwanz. Trotz der etwas wilden Frisur und des fehlenden Make-ups war sie wunderschön, was Leighs Selbstbewusstsein einen kleinen Schlag versetzte. Sie nahm ihre Brille ab und legte sie auf den Tisch, dann fuhr sie sich mit den Händen durch die Haare.

Meredith schlüpfte in ihre alten Stiefel und schnappte sich den zweiten Toast. In diesem Moment fuhr der rote Ford in die Einfahrt. »Bis später!«, rief sie und verschwand durch die Tür.

Seufzend wandte Leigh sich ab. Doch Elvis' Bellen lenkte ihre Aufmerksamkeit wieder auf die Tür, und sie unterdrückte ein Grinsen, als sie hinausblickte. Meredith hatte die Beifahrertür geöffnet, doch Elvis saß bereits dort und bellte und knurrte sie an, während Colton versuchte, ihn zu beruhigen.

Er stieg aus. In seinen staubigen Stiefeln marschierte er über den Kies hinüber zu Merediths Seite. Leigh öffnete die Tür einen Spaltbreit, um hören zu können, was draußen gesprochen wurde.

»Lass sie rein, Elvis«, sagte Colton und griff in den Pick-up, um ihn zu streicheln. Elvis wich seiner Hand aus und bellte weiter.

Jedes Mal, wenn Meredith versuchte einzusteigen, bellte er lauter. »Er mag mich nicht.«

»Elvis, lass sie rein, oder du schläfst heute Nacht auf dem Sofa.«

Damit hatte er Elvis kurz abgelenkt, bis Meredith erneut versuchte einzusteigen, und der Hund wieder durchdrehte. Leigh lachte, und sowohl Colton als auch Elvis drehten sich zum Haus um. Schnell verbarg sie sich hinter der Tür und schloss sie langsam. Dann versuchte sie zu lauschen, was draußen weiter geschah, und zu ihrer Erleichterung hörte sie endlich, wie die Tür des Pick-ups geschlossen wurde und Elvis still blieb. Leigh verließ ihren Platz hinter der Tür und achtete sorgfältig darauf, dass sie nicht durch die Fenster gesehen werden konnte. Sie trank einen langen, warmen Schluck Kaffee. Ganz bewusst genoss sie seinen nussigen Geschmack, um die Gedanken an das Gespräch mit Meredith zu verdrängen.

Ein Klopfen an der Tür ließ sie erschrocken zusammenfahren, und sie verschluckte sich. Hustend stellte sie die Tasse ab und öffnete die Tür. Draußen stand Colton, Elvis neben sich. Meredith saß im Pick-up.

»Hey«, begrüßte er sie mit einer undeutbaren Miene.

»Hi.« Sie räusperte sich, dann hustete sie noch einmal.

»Ich hätte dich das gar nicht gefragt, aber es war der Vorschlag deiner Schwester. Kann ich Elvis bei dir lassen? Er will nicht im selben Auto wie sie fahren.«

Leigh blickte auf den Hund, der sie mit aufgerichteten Ohren ansah.

»Ich dachte, er käme mit ihr klar, nachdem er sie gestern schon einmal getroffen hat, aber offensichtlich hat er immer noch Probleme mit ihr.«

Leigh zog die Tür weiter auf. »Na, möchtest du heute bei mir bleiben?«, fragte sie den Hund und machte eine Geste, dass er hereinkommen sollte. Der Hund blickte zu Colton auf.

»Ja, das ist in Ordnung«, versicherte er Elvis.

Der Hund trottete ins Haus und setzte sich neben Leigh.

»Danke.« Colton trat einen Schritt von der Tür zurück. »Ich hole ihn in ein paar Stunden wieder ab.« Er deutete ins Cottage-Innere. »Du bleibst hier«, sagte er zu Elvis.

Leigh bückte sich und streichelte Elvis' Kopf. »Hat er eine Leine?«

»Nein. Der geht nirgendwo hin.«

»Irgendwelche besonderen Anweisungen?«

Colton zog einen Mundwinkel nach oben. »Nein.«

»In Ordnung. Viel … Spaß.«

Colton drehte sich um, hob noch einmal grüßend die Hand und lief zurück zu seinem Pick-up. Dann ließ er den Motor an und fuhr die Einfahrt hinunter, eine Staubwolke hinter sich aufwirbelnd.

»Nun, dann sind wir jetzt nur noch zu zweit«, sagte Leigh zu Elvis, der neben ihr saß. »Du hast eine ausgezeichnete Menschenkenntnis, wusstest du das?«

Elvis spitzte die Ohren und neigte den Kopf zur Seite.

»Ich würde sie auch anbellen.«

Elvis drehte sich zur Tür, und Leigh hätte schwören können, dass er ganz genau wusste, was sie gerade gesagt hatte.

Kapitel 7

Mama kam ins Wohnzimmer, band den Gürtel ihres gelben Bademantels zu und grinste Elvis neugierig an. »Du hast mich heute Morgen geweckt«, sagte sie zu ihm. »Was war denn das für ein Spektakel?«

Der Hund folgte ihren Bewegungen mit misstrauischen Blicken.

»Coltons Hund ist heute bei uns«, erklärte Leigh. »Meredith ist mit Colton angeln gegangen.«

»Was hat sie denn gegessen? Ich wollte gerade Frühstück machen.«

»Toast.«

Mama runzelte die Stirn. »Bleibt sie den ganzen Tag weg?«

»Sie meinte, sie kommt in ein paar Stunden zurück. Aber das glaube ich ihr nur, weil Colton dabei ist, und der achtet auf die Zeit.«

Bei der Erwähnung seines Herrchens spitzte Elvis die Ohren.

Mama streckte die Hand aus, um ihn zu streicheln, doch er wich ihr aus und sprang dabei beinahe auf Leighs Schoß, was sie beide zum Lachen brachte.

»In Ordnung.« Sie hielt resignierend die Hände hoch. »Ich werde dich in Ruhe lassen. Ich hole mir eine Tasse Kaffee, du musst dir also meinetwegen keine Gedanken machen. Möchtest du auch eine, Leigh?«

»Nein, danke, ich habe schon zwei getrunken.«

Während Mama sich in der Küche ihre Tasse füllte, klappte Leigh den Laptop auf und kontrollierte ihren Posteingang: leer, bis auf Werbemails von Neiman Marcus und Target, und eine von einem Online-Buchclub, dem sie beigetreten war, für den sie aber bisher nie Zeit gehabt hatte. Also durchsuchte sie erneut die Stellenanzeigen, um zu sehen, ob während der vergangenen Stunde etwas Neues gepostet worden war. Natürlich war ihr bewusst, dass das lächerlich war, und erwartungsgemäß sprang ihr auch nichts ins Auge. Dann entschloss sie sich aus Neugier, sich über die Baustelle zu informieren, die ihnen am Vortag aufgefallen war.

»Wie hieß noch mal die Firma, die die Ladenzeile baut, die wir vom Boot aus gesehen haben?«, rief sie in die Küche.

Elvis setzte sich auf und wackelte wie wild mit den Ohren. Leigh grinste ihn an, streichelte ihn und wartete, bis er sich wieder beruhigt hatte.

»Greystone Properties, oder?«, antwortete ihre Mutter, die gerade mit einem Kaffee hereinkam. Sie setzte sich ans andere Ende des Sofas, schlug die Beine über und stellte die dampfende Tasse auf ihrem Knie ab.

Elvis schob sich näher an Leighs Bein heran.

»Ja, das stimmt.« Leigh tippte den Namen und den Ort in die Suchleiste. »Ich bin gespannt, welche guten Restaurants da einziehen.« Einige Artikel tauchten auf, und sie klickte einen davon an und überflog ihn auf der Suche nach Namen von Restaurant- und Ladenketten, die sie kannte. Doch dann konzentrierte sie sich auf den eigentlichen Text. »Hier steht, dass ein Baustopp ausgerufen wurde.«

Mama beugte sich herüber, um den Artikel ebenfalls zu lesen, und das milchig-süße Aroma ihres Kaffees drang Leigh in die Nase. »Baustopp? Warum?«

Leigh drehte ihr das Display zu. »Hier«, sagte sie und deutete auf den zweiten Absatz. »Sie haben Schwierigkeiten, Interessenten zu finden.« Laut las sie vor: »Das Interesse der Einzelhandelsbranche und der Gastronomie ist überraschend gering, und der Bauherr steht womöglich vor einer Insolvenz.«

»Das ist ja schrecklich.« Mama lehnte sich zurück und blickte durchs Fenster hinaus aufs Wasser. »Das Letzte, was wir hier brauchen, ist so ein verlassener Schandfleck am Ufer. Auf mich hat das eigentlich wie ein wunderbarer Standort gewirkt.«

Leigh strich Elvis über die Ohren. »Ich weiß, eigentlich sollte das nicht leer stehen. Es gibt keinen Grund, dass niemand dort ein Geschäft eröffnen will. Das ist beste Lage. Verläuft nicht die Holly Brush Lane direkt dahinter?«

»Ja. Eine direkte Verbindung zur Hauptstraße.« Mama schürzte die Lippe und ließ die leere Kaffeetasse am Henkel von ihrem Finger baumeln.

»Es liegt also zentral und hat fantastischen Zugang per Boot …« Leigh klappte den Laptop zu. »Ich frage mich, welche Läden sie dafür angesprochen haben.«

Mama zuckte mit den Schultern und versuchte noch einmal, Elvis zu streicheln, aber er ließ es immer noch nicht zu.

»Das ist eigentlich genau das, was mein Job beinhaltet«, fuhr Leigh fort und dachte weiter darüber nach.

»Restaurants bauen?«

»Nein. Ich beschaffe Interessenten für Geschäfte. Ich verkaufe ihnen die Sache, lasse das Angebot unwiderstehlich erscheinen.«

»Wenn man bedenkt, was sie hier für Probleme zu haben scheinen, muss ja irgendwas damit nicht stimmen. Ich kann mir nicht vorstellen, dass du eine leere Baustelle mit einem

Artikel darüber, dass der Bauherr kurz vor der Insolvenz steht, für irgendjemanden unwiderstehlich machen kannst.«

»Da wärst du überrascht«, antwortete Leigh und klappte den Laptop wieder auf, weil ihr gerade etwas eingefallen war. Sie suchte nach Statistiken zur Old Hickory Lane. »Es ist alles eine Frage der Präsentation. Ich hab schon mit schlimmeren Ausgangssituationen gearbeitet.«

»Was suchst du denn?«, wollte Mama wissen, hörte aber nur noch mit halbem Ohr zu. Sie hatte nach ihrem Roman gegriffen und ihn an der Stelle aufgeschlagen, die sie mit einem Eselsohr versehen hatte.

»Hintergrunddaten«, antwortete Leigh konzentriert. »Wenn man ihnen das Potenzial für Kunden verkauft und deutlich macht, wie leicht sie damit Kunden anziehen können, ist das schon die halbe Miete.« Sie klickte einen Artikel an und markierte ihn.

»Welche Art von Hintergrunddaten?«, hakte ihre Mutter nach.

»Ich suche nach Statistiken wie die Menge an Meeresfrüchten, die in den örtlichen Supermärkten gekauft wird, wie viele Bootsverleihe es in der Gegend gibt, wie viele Häuser Eigentum sind statt Mietobjekt. All das gibt ein Bild, das mir verrät, wen man für Greystone ansprechen muss.«

»Du könntest für sie arbeiten!«

Mamas aufgeregte Bewegung löste bei Elvis ein Bellen aus, und sie beruhigte sich sofort. Lachend griff sie spielerisch nach ihm, was ihr nur ein weiteres Bellen einbrachte.

Leigh tippte auf ihrem Laptop herum. »Es ist eine kleine Firma. Ich bezweifle, dass sie genügend Projekte oder Umsatz hat, um jemanden wie mich Vollzeit für so eine Position einzustellen, aber es könnte ein interessantes Projekt für mein Portfolio sein, mit dem ich anderswo einen Job an Land ziehe. Ich sehe schon die Schlagzeile vor mir: ›Anwohnerin rettet

Geschäftszentrum an der Old Hickory Lane, die Geschäfte laufen nun wie geschmiert‹.«

»Aber selbst wenn du das für sie erreichen kannst, du bleibst nicht lange hier«, rief ihr Mama in Erinnerung.

»Für Besprechungen mit potenziellen Geschäftskunden muss ich vor Ort sein, aber alles andere kann auch von woanders aus erledigt werden.« Leigh ließ die Website von Greystone offen und tippte die Nummer in ihr Handy. »Einen Anruf ist es wert.«

»Das finde ich auch.« Mama stand auf und legte das Buch zurück auf den Tisch. Sie hatte keine einzige Seite gelesen. »Möchtest du etwas essen? Ich habe Hunger.«

»Sehr gerne.« Leigh wandte sich an Elvis. »Magst du Bacon?«

Elvis drehte ihr den Kopf zu.

»Garantiert. Na los, holen wir uns was zum Frühstück.«

* * *

Meredith kam durch das Haus. Sie lachte über etwas, das Colton gesagt hatte, und knuffte ihn gegen den Arm. Dann betraten sie die hintere Veranda, wo Leigh immer noch im Schlafanzug saß. Ihr wurde die Brust eng, aber sie versteckte das hinter einer freundlichen Begrüßung.

Elvis sprang von seinem Platz neben ihr unter der gemeinsamen Decke auf dem Verandasofa auf und lief um Colton herum.

»Wo ist Mom?«, fragte ihre Schwester.

»Zum Supermarkt gefahren.« Leigh fühlte sich neben den beiden wie eine Außenseiterin. Sie legte ihr Buch hin – das sie vor vier Monaten gekauft und zu Hause nie aufgeschlagen hatte – und zog sich die Decke bis über die Schultern. Sie war bis Kapitel 4 gekommen. »Habt ihr was gefangen?«, fragte sie.

Meredith schnaubte und begann dann zu lachen, den Blick auf Colton gerichtet. Ein Insiderwitz. Es brachte Leighs Haut zum Jucken.

Ihre Schwester verschränkte die Arme und zitterte dramatisch. »Hier ist es eiskalt. Ich hab genug Zeit draußen verbracht. Lass uns reingehen«, sagte sie zu Colton.

»Ich komme gleich nach«, antwortete er.

Meredith ging ins Haus und ließ Leigh, Colton und Elvis auf der Veranda zurück.

»Wie hat es geklappt?«, erkundigte sich Colton und tätschelte Elvis an der Seite.

»Gut«, erwiderte sie und schob sich unsicher die Haare hinter die Ohren. Sie hatte die beiden nicht so früh zurückerwartet.

Er presste die Lippen zusammen und nickte, dann blickte er umher, als wollte er noch etwas hinzufügen. Als er sich schließlich zu ihr setzte, kitzelte sein ihm eigener Duft nach Gewürzen und Zedern sie in der Nase. Sie atmete bewusst flach, um ihm so gut wie möglich zu entgehen, nahm die Brille ab und legte das Buch weg. Elvis sprang zu Colton aufs Sofa und legte ihm den Kopf aufs Bein.

»Ich habe ihn bisher noch nie bei jemandem gelassen«, sagte Colton. »Dich scheint er wirklich zu mögen.«

»Er ist ein guter Junge.« Sie schob sich ganz leicht von ihm weg und atmete die saubere Seeluft ein. »Du und Meredith, hattet ihr … Spaß?«

»Ja, du weißt ja, wie sie ist. Viel Gewitzel und Gelache.«

Leigh hatte eigentlich nicht die geringste Ahnung, was er meinte. Bei ihr war Meredith nie so gewesen, kein einziges Mal. »Was glaubst du, warum ist sie in deiner Gegenwart so unbeschwert?«

»Keine Ahnung. Vielleicht, weil ich nichts von ihr verlange.«

»Wir verlangen auch nichts von ihr«, entgegnete Leigh.

Colton zuckte mit den Schultern. »Dann musst du wohl sie fragen.«

Sie saßen zusammen und ließen das Plätschern des Seewassers die Stille zwischen ihnen füllen. So viel Zeit war vergangen. Inzwischen waren sie beide anders, aber es fühlte sich gleichzeitig auch genauso wie früher an, hier mit ihm zu sitzen.

»Colton«, begann sie, weil sie fand, dass sie ihn am Vortag auf dem falschen Fuß erwischt hatte. »In unserem letzten gemeinsamen Sommer, als wir über unsere Zukunft gesprochen haben, da wollte ich nicht lachen …«

»Was?«

»Das beschäftigt mich schon seit Jahren.«

Er winkte ab. »Das ist Jahre her. Schon gut.«

»Vielleicht, aber ich habe deswegen immer noch Schuldgefühle. Ich habe nicht über *dich* gelacht.«

»Wirklich, ist schon gut.« Er räusperte sich – das Thema war ihm eindeutig unangenehm, was Leighs Schuldgefühle nur noch verstärkte. Sie wusste, wie es sich anfühlte, wenn man während dieser prägenden Jahre so von jemandem abgefertigt wurde, an dem einem etwas lag. »Wir hatten zwei sehr unterschiedliche Vorstellungen von unserem Leben.« Er fummelte an Elvis' Halsband herum. »Wie es aussieht, hat bei dir ja alles geklappt.« Sein Blick blieb auf den Hund gerichtet, und unausgesprochene Gedanken standen ihm ins Gesicht geschrieben.

»Bei dir auch«, entgegnete sie. »Du wirkst glücklich.«

In diesem Moment drehte er sich zu ihr um und erwiderte ihren Blick aus seinen dunkelbraunen Augen. »Ja … Mir geht's gut.«

Die Tür wurde geöffnet, und Meredith streckte den Kopf heraus, was Elvis sofort in Alarmbereitschaft versetzte. »Kommst du?«, fragte sie Colton und zerstörte damit den Moment.

»Ja.« Er stand auf. »Wir sehen uns später.«

Leigh nickte, wünschte sich, er würde bleiben, hielt ihn aber nicht auf. Sie hatte das Gefühl, ihn ganz neu kennenlernen zu müssen.

»Na komm, mein Junge.« Gemeinsam mit Elvis verschwand Colton im Cottage.

Kapitel 8

»Ich habe uns frische Erdbeeren und Brombeeren von der Johnson-Farm mitgebracht«, sagte Mama und steckte die Hand in eine braune Papiertüte. »Sie hatten außerdem die größten Gurken, die ich je gesehen habe! Ich habe drei gekauft.« Dann holte sie noch Milch, verschiedene Käsesorten und frische Erbsen heraus, bevor sie fragte: »Wo ist Meredith?«

»Keine Ahnung«, antwortete Leigh. »Ich war duschen, um mich fertig zu machen, und als ich aus dem Bad kam, war sie wieder weg.«

Mama schüttelte enttäuscht den Kopf.

»Es scheint, als ob es ihr egal ist, dass du uns etwas erzählen willst. Als ob sie nur hier ist, um ihre Pflicht zu erfüllen, und sonst nichts.«

»Im Zweifel für die Angeklagte. Vielleicht hat sie bloß was auf dem Boot vergessen und holt es jetzt bei Colton ab.« Mama griff nach ihrem Handy. »Ich frage ihn, ob sie bei ihm ist.«

Leigh stellte die Milch in den Kühlschrank und legte die Gurken auf die Arbeitsplatte. »Ich habe bei Greystone angerufen und eine Nachricht hinterlassen, als du weg warst«, berichtete sie, faltete die Papiertüte zusammen und steckte sie unter die Spüle, wo sie die Tüten aufbewahrten.

»Ja?« Mama wusch die Brombeeren über der Spüle.

»Ich habe gesagt, dass ich gehört habe, dass es Schwierigkeiten gibt, Abnehmer für die Läden am See zu finden, und dass ich ihnen vielleicht helfen kann.«

Mama schüttete die Brombeeren in ein Sieb, um sie abtropfen zu lassen, so wie Nan das immer getan hatte. »Sehr schön. Vielleicht wird ja was draus«, antwortete sie gedankenverloren, die Aufmerksamkeit jetzt wieder auf ihr Handy gerichtet. »Colton sagt, er hat sie nicht gesehen.«

Leigh konnte nichts gegen die nagende Angst tun, dass ihre Schwester einfach wieder gegangen war. Das hätte genau zu ihr gepasst, sie einfach hier zurückzulassen und woandershin zu fahren. »Sie würde doch nicht einfach so wieder verschwinden, oder?«

Mama hielt inne und legte die Tomate ab, die sie gerade abrieb. »Sind ihre Sachen noch da?«

Gemeinsam betraten sie Merediths Zimmer im hinteren Bereich des Cottages. Leigh seufzte erleichtert auf, als sie den Koffer ihrer Schwester entdeckte, war jedoch auch frustriert. Merediths Riemensandalen standen immer noch unter dem Stuhl in der Ecke, ihre Jeansshorts lagen auf dem Bett, und an der Wand lehnte ihre Tasche.

»Das sieht vielversprechend aus«, kommentierte Mama.

»Ja, aber es ist egoistisch von ihr, einfach wegzugehen, ohne Bescheid zu sagen«, befand Leigh. Sie gingen zurück in die Küche. »Sie denkt immer nur an sich.«

»Vielleicht ist sie draußen. Hast du schon nachgeschaut?«

Mit zunehmendem Frust marschierte Leigh auf die hintere Veranda. Sie ließ den Blick über die Baumgrenze schweifen, über den Steg unten beim Wasser, über die Hängematte, die Feuerstelle – nichts. »Meredith?«, rief sie, doch ihre einzige Antwort bestand im sanften Wehen des Windes. »Sie ist definitiv nicht hier«, verkündete sie, als sie ins Haus zurückkehrte.

Im Wohnzimmer traf sie wieder auf Mama.

»Wie sollen wir so jemals deine mysteriösen Neuigkeiten erfahren? Kannst du es mir wirklich nicht schon vorab erzählen?«

Mama sah aus, als denke sie darüber nach. »Ich habe schon überlegt, ob ich es dir zuerst sagen soll«, gab sie mit gerunzelter Stirn zurück. »Eigentlich sollte ich das vermutlich, aber ein Teil von mir möchte auch Meredith dabeihaben, damit sie nicht denkt, ich schlage mich auf eine Seite. Sie hat verdient, es zur selben Zeit zu erfahren wie du, obwohl ich glaube, dass du mehr Probleme damit haben wirst als sie.«

Kalte Angst glitt bei dem Gedanken, dass sie das, wovor ihre Nan sie so kryptisch gewarnt hatte, schlechter aufnehmen würde als ihre Schwester. Wobei es nicht überraschend kam, da ihrer Schwester die Familie egal war.

»Wenn sie es nicht mal schafft, eine Sekunde lang hierzubleiben, um es sich anzuhören, hat sie es garantiert nicht verdient.«

Mama kaute auf ihrer Unterlippe herum und war sichtlich hin- und hergerissen. »Wir geben ihr eine Stunde. Wenn sie bis dahin nicht zurück ist, erzähle ich es dir.«

* * *

Leigh saß auf der Veranda, während ihre Mutter umherwuselte und ein wenig aufräumte. Über ihnen surrte der Deckenventilator. Es war ein perfekter Frühlingstag – die Vögel zwitscherten in den Bäumen und ab und zu fuhr ein Boot auf dem See vorbei. Nachdem sie ihrer Schwester erfolglos eine Nachricht geschrieben hatte, hatte Leigh die vergangene Stunde dazu genutzt, in einer Datei mögliche Geschäfte aufzulisten, die sie im Namen von Greystone ansprechen wollte, damit sie bestens vorbereitet war, sollte sie zurückgerufen werden. Sie hatte Beschreibungen dieser Unternehmen, Fotos ihrer anderen Standorte und ihre Schätzungen, wie viel sie voraussichtlich als Miete zahlen würden, wenn man von ihren anderen Räumlichkeiten ausging, erfasst. In Nans Cottage flogen ihr die Ideen nur so zu. Sie konnte diesen Plan mit geschlossenen Augen entwickeln, und dass es ihr so leicht fiel, gab ihr das Gefühl, etwas Sinnvolles zu tun.

Die Ruhe hier am See war das krasse Gegenteil zu der Geschwindigkeit, mit der sie ihr Leben in den vergangenen vier Jahren geführt hatte. Hier zu sein verlieh ihr Ruhe. Selbst ohne Nans körperliche Anwesenheit spürte sie eine gewisse Erleichterung, so als wäre Nan im Wind und im Duft der Kiefern präsent. Fast konnte sie hören, was ihre Großmutter dazu zu sagen gehabt hätte.

»Das ist nur ein winziger Stolperstein«, hätte sie gesagt, die grauen Haare zurückgebunden, die wettergegerbten Hände auf Leighs Knie gelegt. »Du hast alles, was du brauchst, um erfolgreich zu sein.«

Obwohl ihr Studium sie auf den Erfolg vorbereitet hatte, war es die Zeit mit Nan in dem Cottage gewesen, die sie zu dem Menschen gemacht hatte, der sie war. Leigh gab sich selbst das Versprechen, häufiger hierher zurückzukehren, ganz egal, was geschah. Seit ihrem letzten Besuch war jedoch viel zu viel Zeit vergangen. Vielleicht konnte sie häufigere Ausflüge hierher planen, mehrere pro Monat. Es würde ihrer Seele guttun, Zeit an dem Ort zu verbringen, der sie geprägt hatte.

»Jetzt sind schon anderthalb Stunden vergangen«, sagte sie zu ihrer Mutter, die gerade die Veranda kehrte.

Mama lehnte den Besen gegen das Geländer. »Ich weiß. Ich versuche, ihr Zeit zu geben, und hoffe, dass sie gleich durch diese Tür kommen wird.«

»Ich verstehe sie einfach nicht«, meinte Leigh kopfschüttelnd und klappte den Laptop zu. »Sie scheint manche Dinge nur deshalb zu tun, um uns zu provozieren.«

Mama starrte sie an, und ihr Schweigen sprach Bände.

»Na los, erzähl es mir. Ich bezweifle, dass es Meredith was ausmachen wird.«

»Ich bin so unentschlossen.« Mama setzte sich neben Leigh. »Ich möchte, dass wir das als Familie tun.«

»Hat sich Meredith je wie ein Familienmitglied benommen?«

Mama blickte auf ihren Schoß und rang die Hände. »Ich blicke zurück auf mein Leben und frage mich, warum sie so anders ist als wir ... Ich verstehe es einfach nicht.« Tränen stiegen ihr in die Augen, und Leigh rutschte zu ihr hinüber, um sie zu trösten.

»Was ist hier los?« Merediths Stimme durchschnitt den Moment wie ein scharfes Messer. Sie trat auf die Veranda.

Mama wischte sich über die Augen. »Wir haben uns nur gefragt, wo du bist«, sagte sie, räusperte sich und blinzelte ihre Traurigkeit fort.

Meredith hielt einen Pappbecher hoch. »Ich habe mir einen Kaffee geholt. Ich hatte Lust auf einen guten Cappuccino und musste dafür beinahe bis nach Nashville fahren. Könnt ihr euch vorstellen, wie schwer es ist, in dieser Stadt guten Kaffee zu finden?« Sie ließ sich auf das Sofa fallen, wodurch Leigh in der Mitte festsaß.

Leigh wandte sich ihrer Schwester zu. Aus ihrer Stimme klangen die aufgestauten Irritationen vieler Jahre an. »Du hättest jemandem Bescheid sagen können«, blaffte sie Meredith an.

Meredith fuhr die Stacheln aus und presste die Lippen zu einer dünnen Linie zusammen. »Ich wusste ja nicht, dass es so lange dauern würde. Ich dachte, ich wäre längst zurück, bis du aus der Dusche kommst. Mom war nicht da. Wem hätte ich denn Bescheid sagen sollen?« Sie stellte ihren Pappbecher auf den Tisch und stand wieder auf. »Meine Güte! Ich bin eine erwachsene Frau. Darf ich nicht mal das Haus verlassen, um mir einen Kaffee zu holen? Mom, hast du uns einen Zettel geschrieben, dass du zum Markt fährst?«

»Ich habe Leigh Bescheid gesagt«, antwortete ihre Mutter.

Meredith hob die Hände. »Natürlich hast du Leigh Bescheid gesagt«, giftete sie.

Katherine setzte sich aufrecht hin. »Du warst beim Angeln mit Colton! Wie hätte ich dir denn Bescheid geben sollen?«

»Ihr zwei könnt ruhig rumsitzen, mit dem Finger auf mich zeigen und unglücklich sein. Ich vermisse Nan auch, wie verrückt sogar. Aber ich versuche, das Leben zu genießen, so wie sie es getan hat. Das hätte sie so gewollt. Ihr habt mich gebeten herzukommen, aber hier werde ich nur überall mit Unglück konfrontiert.« Sie schaute kopfschüttelnd hinaus auf den See. »Sag mir einfach, was los ist, und dann verschwinde ich von hier. Das wäre euch beiden sowieso am liebsten.«

Mama stand auf. »Das ist nicht wahr.«

Meredith schien Leighs Schweigen aufzufallen, denn sie warf ihr über die Schulter hinweg einen Blick zu und atmete frustriert aus. Es war ja nicht so, dass Leigh wollte, dass ihre Schwester wieder ging. Sie wünschte sich einfach, sie könnten die Gesellschaft des jeweils anderen genießen, aber das würde wohl nie passieren.

»Ich will mich nicht mit euch streiten«, erklärte Meredith. Sie hatte ihren Wutanfall überwunden und ihre Stimme klang jetzt sanfter.

»Ich genauso wenig«, antwortete Mama. »Schau, wir hatten sehr lange keine Gelegenheit, eine Familie zu sein. Warum unternehmen wir nicht etwas gemeinsam, bevor wir uns über andere Dinge Gedanken machen?«

Leigh blickte zwischen ihrer Schwester und ihrer Mutter hin und her und dachte an Nans Worte aus dem Brief: *Ganz egal, was passiert, alles wird gut.*

Mamas Stimme drang in ihre Gedanken. »Wir brauchen eine Chance, uns einander näher zu fühlen. Das hätte Nan gewollt.«

Merediths Haltung wurde bei der Erwähnung von Nans Wunsch sogar noch sanfter. Es war, als wäre Nan bei ihnen, um sie stumm zu geleiten.

Meredith und Leigh starrten sich schweigend an. Sie wussten, dass es einfacher gesagt als getan war, etwas zu finden, das ihnen allen Spaß machte.

»Ich denke, du solltest uns einfach sagen, was du uns erzählen willst, Mom«, sagte Meredith schließlich.

Mama blickte hinauf zur Decke, als verstecke sich dort eine Art Erkenntnis. »Noch nicht. Wir drei müssen uns erst einig sein, bevor ich euch das mitteile.«

»*So* viel Zeit habe ich nicht, ich muss bald nach Paris«, verkündete Meredith. Das überraschte Leigh, damit hatte sie nicht gerechnet. »Dass wir uns einig sind, wird länger dauern«, fügte Meredith hinzu.

Paris?

In diesem Moment wurde Leigh klar, dass sie nicht die geringste Ahnung hatte, wer ihre Schwester wirklich war. Sie ignorierte Merediths kleine Stichelei und stellte sich neben sie. »Wie sollen wir uns einig sein, wenn wir kaum miteinander reden? Du bist meine Schwester, und ich weiß nicht mal, womit du deinen Lebensunterhalt verdienst oder wo du wohnst. Oder wie in aller Welt du es geschafft hast, eine Reise nach Paris zu planen.«

Meredith erwiderte ihren Blick. »Du hast mich nie danach gefragt. Keine von euch.«

Leigh machte einen weiteren Schritt auf sie zu. »Nun, jetzt frage ich dich.«

Meredith blickte auf den Holzrahmen der Fliegengitterverkleidung der Veranda und zog an einem hervorstehenden Splitter. Sie holte tief Luft, dann suchte sie wieder Leighs Blick. »Ich habe zwei Jahre lang in einem Wohnmobil gelebt und alles Geld gespart, dass ich als Barkeeperin verdient habe. Ich habe mir einige Leinwände gekauft, angefangen zu malen und meine Bilder in verschiedenen Städten ausgestellt, wobei ich die besten aufgehoben habe. Und ich habe im Januar eine Galerie in San Diego eröffnet.«

»Das ist fantastisch!« Mama strahlte.

»Und wie läuft die?«, fragte Leigh, die völlig verblüfft darüber war, dass ihre Schwester etwas so Großes aufgezogen hatte, ohne in letzter Minute einen Rückzieher zu machen oder ihre Pläne zu ändern. »Hast du schon Bilder verkauft?«

Meredith richtete sich auf. Ganz offensichtlich hatte sie Leighs Frage als Skepsis gegenüber ihrem Erfolg interpretiert, dabei war es reine Neugier gewesen. »Ich habe seit der Eröffnung zweiundfünfzig meiner Gemälde verkauft, zu je eintausend Dollar. Meine Reise nach Paris ist bezahlt. Ich soll dort eine Auftragsarbeit für den Schauspieler David Ferguson erledigen. Er hat ein Landhaus außerhalb der Stadt, das er neu dekoriert.«

Mama schnappte nach Luft. »*Der* David Ferguson aus den ganzen Actionfilmen?«

»O mein Gott! Das ist unglaublich.« Leigh fühlte sich plötzlich schrecklich, dass sie so zickig reagiert hatte, als Meredith meinte, sie bräuchte ein wenig Zeit, um einige Angelegenheiten zu regeln, bevor sie zum Cottage fuhr.

»Ich bin so stolz auf dich«, sagte Mama bewundernd. Sie blinzelte, als ob sie verinnerlichen wollte, was Meredith ihnen erzählt hatte, und ihre Augen funkelten voller Emotionen.

Doch es war kein Glück, was sich auf Merediths Gesicht zeigte. Es war … Feindseligkeit? »Danke«, sagte sie mit ausdrucksloser Miene. Ganz sicher sonnte sie sich nicht in ihrer Begeisterung.

»Du solltest glücklich sein, Meredith«, fand Leigh. »Wir freuen uns beide sehr für dich.« Schon während sie es sagte, zuckte Leigh innerlich zusammen, weil sie jetzt eine unsichtbare Linie zwischen ihnen gezogen hatte – Meredith auf der einen und sie und ihre Mutter auf der anderen Seite.

»Ich brauche eure Bestätigung nicht, um glücklich zu sein«, erwiderte Meredith. »Ich habe so lange ohne gelebt, jetzt brauche ich sie garantiert nicht.«

»Hier geht es nicht um meine Bestätigung«. Ein wenig aufgestauter Ärger war aus Leighs Stimme herauszuhören.

Mama strahlte durch ihre Tränen. »Das ist kein Grund für einen Streit«, sagte sie, mit derselben manischen Glückseligkeit, die sie in den Tagen nach dem Tod ihres Vaters an den Tag gelegt hatte. »Wir sollten *feiern*. Besorgen wir eine Flasche Champagner und laden wir die Nachbarn ein. Dann stehen wir auch nicht so unter Druck, wie wir es allein zu dritt wären.«

»Ist schon gut. So viel Mühe musst du dir nicht machen«, wiegelte Meredith ab.

»Das ist doch keine Mühe. Ich überlege schon, wen wir einladen könnten. Wir können auch Colton anrufen und es ihm erzählen, falls du das nicht schon getan hast, und ihn fragen, ob er auch kommen will.«

Bei der Erwähnung von Colton wurden Merediths Züge wieder weicher. »Okay, ich rufe ihn an.«

Leigh konnte nichts gegen den Neid tun, den sie empfand – Meredith konnte Colton einfach so anrufen, wohingegen Leigh kaum in der Lage gewesen war, mit ihm zu sprechen, und dabei hatte sie ihm doch noch so viel zu sagen. Er sollte wissen, was für eine großartige Kindheit sie seinetwegen gehabt hatte. Und wie die Freundschaft mit ihm sie zu einem besseren Menschen gemacht hatte. Er sollte nicht eine Sekunde lang glauben, dass ihre Erinnerungen an ihn irgendwas anderes als wundervoll waren. Doch mit Meredith hier, würde sie jemals die Chance haben, ihm das zu sagen? Aber als Meredith seine Nummer auf dem Handy wählte, ein winziges Lächeln auf den Lippen, wusste Leigh, dass jetzt der Moment ihrer Schwester war, und sie würde sich davon nicht unterkriegen lassen.

* * *

»Hey, ich mach mich auf die Suche nach Motiven«, sagte Meredith, als sie an Leighs Tür klopfte.

Leigh blickte von ihrem Laptop auf. Sie hatte sich noch rasch etwas angesehen, um sich auf ihr Treffen mit Greystone Properties vorzubereiten. Ihre Schwester hatte Leinwände unter den Arm geklemmt und eine schwer aussehende Tasche mit Malzubehör umgehängt, aus der einige Pinsel ragten. »Ich will schauen, ob ich vor der großen Party heute Abend noch einige Bilder malen kann. Also sage ich dir jetzt Bescheid, wo ich hingehe.« Sie verdrehte die Augen.

»Danke.« Leigh stand vom Bett auf, ließ ihren Laptop aber drauf liegen.

»Und wo gehst du hin?«, erkundigte sich Meredith, der vermutlich auffiel, dass Leigh ihre beste Leinenhose, ein Strickensemble und dazu passende flache Schuhe trug.

»Ich habe ein geschäftliches Treffen. Mit einem … Unternehmen hier vor Ort«, erwiderte sie, was nur ein bisschen gelogen war. Greystone hatte nicht die geringste Ahnung, dass sie vorbeikommen wollte, aber als auf ihre Mail hin keine Antwort eingegangen war, hatte sie sich zu diesem Spontanbesuch entschlossen.

»Nun, dann gehen wir beide arbeiten. Hätte nicht gedacht, dass mal ein Tag kommt, an dem wir beide dasselbe tun.«

Leigh schenkte ihr ein schiefes Lächeln. »Kann ich dich etwas fragen, was mich schon sehr lange beschäftigt?«

Meredith blickte sie erwartungsvoll an.

»Warum verbringst du nicht gern Zeit im Cottage? Du bist ständig auf dem Sprung irgendwohin.«

Merediths Miene verschloss sich sichtlich – etwas, das sie sehr gut konnte.

»Das soll keine Kritik sein«, fügte Leigh hastig hinzu. »Ich habe überhaupt keine Meinung dazu. Ich habe mich nur immer schon gefragt, warum du so häufig weg bist, und dich noch nie danach gefragt.«

Meredith stieß den Atem aus. »Aus vielen Gründen, aber hauptsächlich, weil ich aus neuen Orten meine Energie ziehe. Ich habe nicht mal ein Haus in San Diego, wo meine Galerie ist. Mir gefällt es besser irgendwo in einer Hängematte zwischen zwei Bäumen als innerhalb von vier Wänden.«

Leigh lächelte. »Wir beide sind so unterschiedlich.«

»Ja, das sind wir.«

Schweigen senkte sich über sie, bis Meredith es brach. »Also, ich gehe los. Mama ist im Planungsmodus.« Sie verzog das Gesicht.

»O nein! Wirklich?«

»Ich glaube, sie hat jeden in der Stadt angerufen.«

»Sie freut sich einfach.« Leigh wusste, dass mehr dahintersteckte. Es war Mamas Art, an der Wasseroberfläche zu bleiben, damit sie nicht unterging, denn ansonsten würde sie womöglich nie wieder auftauchen.

Meredith wirkte von Leighs Kommentar beinahe genervt, so als hätte sie das auch gewusst. Meredith schien kurz nachzudenken, dann sagte sie: »In Ordnung. Ich gehe los. Bis später.« Mit diesen Worten verließ sie das Zimmer und Leigh blieb zurück.

Seufzend klappte Leigh den Laptop zu und betrachtete im Spiegel über der Kommode ihr Ebenbild. Sie war immer noch verblüfft über den Erfolg von Merediths Galerie, nachdem ihre Schwester nur wenige Jahre mit der Planung verbracht hatte, wohingegen Leighs gesamtes Leben eine einzige Vorbereitung auf die Karriere gewesen war, an die sie sich jetzt mühsam klammerte. Das kam ihr unfair vor, aber sie freute sich für ihre Schwester. Meredith schien genau zu wissen, wer sie war, während Leigh sich abstrampelte.

Sie rieb sich mit den Fingern unter den Augen entlang, um ihr Make-up zu glätten. Sie wirkte müde. Dann nahm sie ein gerahmtes Bild von Nan am Strand in die Hand, auf dem die grauen Haare ihrer Großmutter im Wind flatterten. »Folge ich dem richtigen Weg?«, flüsterte sie dem lächelnden Gesicht zu. Die darauffolgende Stille schmerzte sie.

Nachdem sie keine Antwort erhalten hatte, straffte sie die Schultern und verließ das Zimmer.

»Du siehst gut aus«, stellte Mama vom Küchentisch aus fest, wo sie in einer von Nans Zeitschriften blätterte.

»Danke. Ich habe im Internet gesehen, dass sich das Büro von Greystone direkt neben der Baustelle befindet. Ich werde mal dort vorbeischauen, vielleicht kann ich mit jemandem sprechen. Möchtest du mit mir im Boot rüberfahren?«

»Ach, ich glaube, ich bleibe hier. Ich muss noch einige Leute wegen Merediths Party heute Abend anrufen und will auch noch Essen dafür einkaufen.« Sie blickte liebevoll auf die Zeitschrift in ihren Händen. »Aber im Augenblick lasse ich einfach nur alles auf mich wirken. Es ist schön, sich für einige Momente in Moms Welt aufzuhalten.«

Leigh legte ihr eine Hand auf die Schulter. »Nan hatte irgendwie die Gabe, dass alles möglich schien, oder?«

»Ja.«

»Weißt du noch, wie sie immer am ersten Abend, wenn wir für die Sommerferien herkamen, Lichterketten draußen aufgehängt und alle Verandafackeln angezündet hat? Alle Kerzen haben gebrannt, und im Ofen hat immer etwas vor sich hin gebrutzelt – wie ihr Auflauf mit dem selbst angebauten Gemüse.«

»Ja«, bestätigte Mama mit einem nostalgischen Lächeln.

»Das ganze Haus hat nach Käse gerochen, und nach Jasmin von den Kerzen.«

»O ja. Als wäre es Jahrzehnte her, nicht nur Jahre.«

Leigh nickte, in Erinnerungen versunken. »Sie hatte immer irgendwelche Strandmusik voll aufgedreht. Und wenn wir sie baten, sie ein bisschen leiser zu stellen, hat sie uns an den Händen genommen und uns herumgewirbelt.«

»Das hat sie oft mit dir und Meredith gemacht, als ihr klein wart.« Mamas Blick fiel auf die Zeitschrift, eine alte Ausgabe der *Southern Style*. »Ich kann es immer noch nicht ertragen, dass sie nicht mehr da ist«, sagte sie mit brüchiger Stimme.

Ohne Vorwarnung brannten plötzlich Tränen in Leighs Augen.

»Ohne sie ist es nicht mehr dasselbe. Alles wirkt so leer.«

»Ich weiß. Ich warte darauf, dass es sich normal anfühlt, aber das tut es nicht. Kein bisschen«, erwiderte Leigh.

Mama machte eine abwehrende Handbewegung. »Tut mir leid, ich wollte dich nicht deprimieren. Ich weiß ja, dass du versuchst, diesen Job zu kriegen …«

»Ist schon gut. Über Nan zu reden macht mir nie etwas aus. Und auch, wenn es sich noch nicht normal anfühlt, ist es schön, wieder hier zu sein. Vielleicht werden wir es im Laufe der Zeit akzeptieren lernen, und das Cottage wird sich wieder anfühlen, als ob es uns gehört.«

Mama lächelte, doch auf ihrem Gesicht lag ein undeutbarer Ausdruck. Kurz darauf war er verschwunden. »Na los! Lass deine Magie spielen und überzeug sie bei Greystone von dir.«

Leigh küsste ihre Mutter auf die Wange, nahm ihre Handtasche und verließ das Cottage. Das hier konnte der Beginn von etwas Großartigem sein. Daran musste sie einfach glauben.

* * *

Unter der brennenden Sonne klopfte sie bereits zum zweiten Mal an die Tür des Containerbüros neben der Baustelle. Sie konnte undeutlich hören, dass im Inneren gesprochen wurde, daher ließ sie dazwischen ein wenig Zeit, falls der Projektmanager telefonierte. Als auch beim zweiten Mal niemand reagierte, beschloss sie, die Initiative zu ergreifen, und spähte hinein.

»Was gibts?«, blaffte ein älterer Mann und knallte den Hörer auf die Gabel. Er trug eine rückwärts aufgesetzte Basecap, unter der graue Haare hervorlugten, und starrte sie unter zusammengezogenen Brauen an.

»Tut mir leid«, erwiderte sie ungerührt und trat ein. Sie ließ sich nie von den Launen potenzieller Kunden beeinflussen. Und in dieser Hinsicht hatte sie bereits einiges erlebt. »Ich würde gern mit dem Projektmanager von Greystone Properties sprechen.«

Er blickte sie an, als hätte ihr Besuch seinen Tag ruiniert. Die Klimaanlage am Fenster surrte wie ein Kompressor und blies eine eiskalte Brise durch den warmen kleinen Raum.

»Sind Sie das?«, fuhr sie fort und bemühte sich um ihr authentischstes Lächeln.

»Wer will das wissen?«, brummte er, schlug einen Ordner auf und schrieb einige Zahlen auf einen Notizblock.

»Ich habe Ihnen eine Nachricht hinterlassen«, sagte sie. »Ich habe gehört, dass sie Ladenmieter für ihre Baustelle hier suchen. Dabei könnte ich Ihnen helfen.«

Sein Blick blieb auf die Unterlagen vor ihm gerichtet.

»Mein Name ist Leigh Henderson. Ich bin Beraterin für gewerbliche Immobilienverwaltung bei einer großen Firma in New York, und ich bin zufällig hier für … einen Urlaub. Ich habe die Baustelle entdeckt und mir gedacht, dass ich genau die Person bin, die Sie brauchen.«

»Dafür hab ich kein Budget, Sie verschwenden also Ihre Zeit.« Er schlug den Ordner zu, drehte sich auf seinem Stuhl um, öffnete einen Aktenschrank und suchte etwas darin.

»Ich würde es pro bono machen«, bot sie an.

Er wandte zu ihr um. »Warum? Was haben Sie davon?«

»Erfahrung«, gab sie zurück. »Es wäre eine fantastische Ergänzung für meinen Lebenslauf.«

Er schüttelte den Kopf und wandte sich wieder seinen Akten zu. »Sie brauchen Erfahrung«, murmelte er. »Alles Schall und Rauch.«

Sie stützte sich auf seinem Schreibtisch ab und sprach in Richtung des Kappenschilds auf seinem Hinterkopf. »Es gibt genau acht Restaurants im Umkreis von fünfzehn Meilen, und davon sind null richtige Pizzerien. Das meistgegessene Gericht im Land ist Pizza. Nachdem eine Familie den ganzen Tag am See verbracht hat, was wollen die Kinder da, bevor sie nach Hause fahren? Pizza. Hochwertige Pizza brauchen Sie am Ende der Ladenzeile, bei der runden Terrasse. Das wäre ein fantastischer Outdoorbereich zum Essen.«

Er wandte sich zu ihr um und verschränkte die Hände. Sein Blick war skeptisch.

»Letztes Jahr haben die US-Amerikaner mehr als zwei Milliarden Dollar für Flipflops ausgegeben«, fuhr sie fort. »Raten Sie mal, wie viele Läden mit Sommerkleidung es im Umkreis von zehn Meilen um die Old Hickory Lane gibt.«

Aus seiner Skepsis wurde ein Funkeln.

»Ich sagte ›raten‹. Wissen Sie es?«

Zögerlich schüttelte er den Kopf.

»Keine.« Sie beugte sich noch weiter vor, und ihre blonden Haare hingen jetzt über seinem verblichenen Tischkalender mit dem Kaffeetassenabdruck in der Mitte. »Ich *weiß*, was Sie brauchen.«

Der Mann zuckte nicht mit der Wimper. »Ich wollte lokale Geschäfte haben, und kein einziges zeigt Interesse.«

»Mit lokalen Geschäften denken Sie zu klein«, parierte sie sofort. »Außerdem hat der Bauernmarkt diese Nische schon abgedeckt. Sie brauchen eine breitere Spanne.«

»Und wie sollen wir das Interesse dieser Geschäfte wecken?«

»Da komme ich ins Spiel.« Sie blickte ihm direkt in die Augen. »Wir haben uns noch nicht vorgestellt.« Sie streckte ihm die Hand entgegen. »Wie gesagt, mein Name ist Leigh Henderson. Und Sie sind?«

»Jimbo Peterson.« Er ignorierte die Hand und blickte sie weiterhin finster an.

»Jimbo?« In einem der Artikel hatte sie gelesen, dass der Projektmanager *James* Peterson hieß. Wenn sie von dem Dreitagebart in seinem Gesicht ausging, war der Mann eher lässig in seinem Auftreten, also handelte es sich vermutlich um dieselbe Person.

»Ja.« Er hatte die Lippen jetzt fest zusammengekniffen, was seine Genervtheit über ihre Anwesenheit deutlich zum Ausdruck brachte. »Hören Sie, ich habe keine Ahnung, wer Sie sind oder was Sie wirklich wollen, aber für uns steht hier alles auf der Kippe. Ich habe keine Zeit für so was, ich hab viel zu tun.«

»Das verstehe ich. Daher lasse ich Ihnen meine Visitenkarte da, Jimbo.« Sie hatte sich bereits eine in die Hosentasche gesteckt. Die schob sie ihm jetzt über den fleckigen Kalender hin zu. »Wenn Sie bereit sind, spreche ich gerne mit Ihnen über die Liste an potenziellen Kunden, die ich bereits ausgesucht habe.«

Er starrte sie an und spielte mit der Karte.

Sie hatte ihn beinahe so weit, sah es in seinem Blick.

»Vielleicht können wir das irgendwann mal bei einem Kaffee besprechen. Oh, Moment, das geht ja erst, wenn Sie mich das Café in ihre Anlage haben einmieten lassen. Aber das ist Ihre Entscheidung.« Zufrieden drehte sie sich um und ging.

Kapitel 9

Leigh parkte am Cottage hinter Coltons Ford. Dann nahm sie die Champagnerflaschen, die sie auf dem Rückweg von ihrem Gespräch mit Jimbo als Friedensangebot für Meredith gekauft hatte, und stieg aus. Elvis kam zu ihr herangetrottet. »Hey, du Guter«, sagte sie und streichelte ihm den Kopf. »Wo ist denn dein Daddy?«

»Hier«, antwortete Colton von der Veranda.

Als sie zu ihm kam, lehnte er gegen den Türrahmen, eine Hand in der Tasche seiner Jeans. Er war barfuß, und sein T-Shirt war an genau den richtigen Stellen fadenscheinig, was ein Flattern in Leighs Magen auslöste. Sie konzentrierte sich auf den Eingang zum Haus, um es zu unterdrücken.

»Deine Mama hat angerufen und mich gebeten, ihr mit dem Essen zu helfen. Sie hat die halbe Stadt eingeladen.«

»Wirklich?«

Colton nahm ihr die Champagnerflaschen ab und brachte sie ins Haus, Elvis an seiner Seite. Als Leigh eintrat, wurde sie von Jasminduft begrüßt und musste sich kurz sammeln. Durchs Küchenfenster sah sie die funkelnden Lichterketten hinter dem Haus, und Nostalgie ergriff von ihr Besitz.

»Wo ist Meredith?«, wollte sie wissen.

»Laut deiner Mom noch irgendwo zum Malen unterwegs.« Er legte die Flaschen in den Kühlschrank.

»Hoffentlich kommt sie rechtzeitig her«, murmelte Leigh. »Schließlich ist es ihre Feier.«

»Das wird sie.« Colton richtete seine dunklen Augen auf sie. »Nie vertraust du ihr.«

Leigh wollte sich nicht mit ihm streiten, aber er hatte auch nicht ein Leben lang Merediths Ausflüchte anhören müssen. »Für dich taucht sie immer auf«, sagte sie stattdessen.

Er musterte sie. »Weil ich ihr glaube, dass sie kommt, und das weiß sie.«

Leigh dachte darüber nach – so hatte sie das noch nie gesehen. Lag es daran, dass sie nie wirklich geglaubt hatte, dass Meredith ihretwegen kommen werde? Vielleicht spürte Meredith das.

»Kann ich dich etwas fragen?« Er trat näher an sie heran.

Seine Ernsthaftigkeit und die Tatsache, dass sie allein waren, machten Leigh das Atmen schwer.

Sie wich einen Schritt nach hinten aus. »Natürlich.«

»Was hat dich so angespannt gemacht?«

Seine Frage überraschte sie. »Ich bin noch derselbe Mensch wie früher.«

Colton schüttelte den Kopf. »Du warst immer schon engagiert, aber nicht so angespannt. Ich habe es sofort erkannt, als du bei Leon reingekommen bist. Deine Schultern sind bis an die Ohren hochgezogen.« Er legte ihr die Hände sanft auf die Arme, und sofort war alle Spannung verschwunden, und sie ließ die Schultern sinken. Bis zu diesem Moment war ihr ihre Haltung gar nicht bewusst gewesen.

»Ich hatte heute bloß viel zu tun, das ist alles.« Sie hatte keine Ahnung, warum sie Colton gegenüber nicht verraten wollte, was sie gerade durchmachte, aber es war ihr wichtig, dass er es nicht wusste. Vielleicht lag es daran, dass sie es nicht erklären konnte. Sie wusste nicht, warum sie ihren Job verloren hatte. Oder warum sie nicht stark genug gewesen war, während der vergangenen Jahre hierher zurückzukehren. Oder, schlimmer noch, warum sie nicht zurückgekommen war, um ihn zu sehen. Sie hatte bereits erfolgreicher in ihrem Leben sein wollen, wenn sie Colton wiedertraf. Und das war sie jetzt definitiv nicht.

»Oh! Wie ist es gelaufen?«, fragte Mama, die gerade mit einer Sprühflasche und einem Lappen in der Hand in die Küche kam.

Elvis ließ ein lautes Bellen hören und folgte ihr mit misstrauischem Blick.

Leigh schüttelte rasch hinter Colton den Kopf, um die Fragen ihrer Mutter zu unterbinden. »Ich habe drei Flaschen Champagner besorgt«, warf sie schnell ein, um das Thema zu wechseln. Sie wollte den Auftrag erst sicher haben, bevor sie mit Colton darüber sprach. Auf eine gewisse Weise wollte sie ihm beweisen, dass es richtig gewesen war, ihn zu verlassen, daher musste ihre Karriere erst wieder in der richtigen Bahn laufen, bevor sie darüber sprach.

»Großartig«, erwiderte ihre Mutter, während sie fragend zwischen ihnen hin- und herblickte. »Uns bleibt ungefähr eine Stunde, bevor die ersten Gäste eintreffen. Ich habe alle unsere Bekannten aus dieser Straße, aus dem Rutledge Way und aus der Trout Lane eingeladen.« Sie verstaute die Sprühflasche und den Lappen unter der Spüle und stellte das Wasser an. »Colton, könntest du in ungefähr vierzig Minuten den Grill für die Burger und die Hotdogs anheizen?«

»Klar«, bestätigte er und warf Leigh einen neugierigen Blick zu.

»Leigh, die Zutaten für den Salat sind im Kühlschrank. Machst du eine große Schüssel? Und könntest du diese Cookies auf einem Tablett anrichten?« Mama eilte aus der Küche und ließ Colton und Leigh wieder allein.

»Hilfst du mir beim Gurkenschälen?« Zusammen mit den Tomaten, einer Packung vorgeschnittenem Salat und einem Stück Cheddar holte Leigh sie aus dem Kühlschrank.

»Natürlich.«

Dann nahm sie eine von Nans selbst getöpferten Schüsseln aus dem Schrank – pink- und türkisfarbene sowie gelbe Streifen zierten den Rand des beigen Gefäßes. Sie schüttete den Salat hinein.

Colton wusch seine Hände an der Spüle, während Elvis sich schnaubend in einer Ecke niederließ. Als auch Leigh anschließend die Hände unter den Wasserstrahl hielt, griff Colton um sie herum, um sich ein Stück Küchenrolle zu nehmen. Sie musste die Luft anhalten, damit sie nicht den holzigen Duft seines Aftershaves einatmete.

»Deine Mama war fleißig«, bemerkte er, während er sich die Hände abtrocknete.

»Stimmt.« Leigh nahm sich den Sparschäler und ein Messer aus der Schublade und legte beides auf das Schneidbrett. »Sie fährt das volle Programm für Meredith auf. So hab ich sie noch nie zuvor erlebt.« Sie schälte zügig eine Gurke, so wie sie es viele Male für Nan getan hatte.

Colton nickte, und sein ernster Blick verriet, dass er ihre Sorge um ihre Mutter verstand. »Jetzt ist Merediths Zeit gekommen, verstehst du?«, sagte er und hatte sich damit offensichtlich für ein leichteres Thema entschieden.

»Ja.« Sie reichte ihm die geschälte Gurke.

Er schnitt sie in Scheiben und gab diese dann in Nans Schüssel.

»Was ist mit dir? Was machst du inzwischen?«, fragte er. Die Neugier, die sie schon zuvor in seinem Blick bemerkt hatte, war zurückgekehrt.

»Ich bin Beraterin für gewerbliche Immobilienverwaltung in New York.« Hoffentlich fiel ihm nicht auf, wie dünn ihre Worte klangen. Sie war sich sehr bewusst, dass sie in der Gegenwart gesprochen hatte. »Und du?« Sie reichte ihm eine weitere Gurke.

Er hielt lange genug inne, dass sie sich fragte, ob er wohl Angst hatte, sie würde auf seine Arbeit herabsehen. Dabei hatte er keine Ahnung, wie oft sie darüber nachgedacht hatte, ob ihr eine langsamere Herangehensweise vielleicht besser gefallen hätte.

»Nach der Highschool habe ich auf der Baumwollfarm von Jax Wrigley gearbeitet.«

Die größte Baumwollfarm nördlich von Rutherford County. Sie hatte immer noch die Stimme des alten Jax im Ohr, wie er in der Stadt mit seinen Feldern angab.

»Als er gestorben ist, hat er sie mir hinterlassen. Seitdem leite ich sie.«

»Oh, wow … Du allein?« Sie wollte nicht neugierig sein, aber sie fragte sich natürlich, ob er während der vergangenen Jahre jemanden kennengelernt hatte oder ob er lediglich einige flüchtige Beziehungen gehabt hatte so wie sie.

»Ja. Genau so gefällt mir das«, erwiderte er, aber seine Worte passten nicht zu dem, was sie in seinem Blick las.

»Du bist gern allein?«, hakte sie provokant nach. Warum sie unbedingt wollte, dass er ehrlich zu ihr war, wo sie ihm doch auch nicht die ganze Wahrheit erzählte, wusste sie allerdings nicht.

»Es ist einfacher. Nicht so … kompliziert.« Er musterte sie von oben bis unten, was sie verunsicherte. »Außerdem bin ich nicht ganz allein. Ich habe Elvis.«

Der Hund horchte auf. Colton nahm ein Plätzchen vom Blech und warf es durch die Luft. Geschickt fing Elvis es auf und wedelte begeistert mit dem Schwanz.

»Er ist ein toller Hund.« Sie hätte schwören können, dass der Hund ganz genau verstand, was sie sagte. Er kam herübergetrottet und stupste gegen ihr Bein. Leigh bückte sich und drückte ihn.

»Dass er dich so mag, überrascht mich immer noch«, stellte Colton fest. »Bisher hat er nur mich an sich herangelassen. Das war auch der Grund, warum ich im Tierheim sofort wusste, dass er der richtige Hund für mich ist.«

Sie hörte ihm zu und nahm dabei das Messer, das er benutzt hatte, um damit die Tomaten zu schneiden, die ebenfalls in die Schüssel wanderten.

»Als wir an den Käfigen entlanggingen, meinte der Tierwärter, dass wir gar nicht erst bis zum letzten Hund gehen müssten. ›Der verträgt sich mit niemandem‹, behauptete er. Doch der Hund blickte mich direkt an, und ich konnte ebenfalls nicht die Augen von ihm lassen. Als ich darum gebeten habe, dass sie den Käfig öffnen, kam er schnurstracks auf mich zu und hat sich an meinem Bein gerieben.«

Sie lächelte auf den Hund hinab. Elvis wedelte erneut mit dem Schwanz. »Als hätte er gewusst, was für ein Mensch du bist. Er konnte deine Freundlichkeit spüren.«

»Aber deine Mama ist auch freundlich. Warum spürt er das nicht?«

Sie schüttelte den Kopf. »Keine Ahnung. Vielleicht hat ihm eine Art sechster Sinn gesagt, dass du das richtige Herrchen für ihn bist.«

Colton zog die Mundwinkel nach oben und bückte sich, um Elvis am Kopf zu kraulen. »Vielleicht.« Dann blickte er sie an. »Was denkt er dann über dich?«

In diesem Moment rauschte Meredith durch die Tür herein, eine Leinwand in der Hand, was Elvis zu lautem Bellen veranlasste. »Hey«, begrüßte sie Leigh und Colton und streckte die Hand nach Elvis aus. Der scheute jedoch zurück und bellte lauter. Colton versuchte, ihn zu beruhigen.

Meredith lehnte ihr Gemälde gegen die Wand.

»Das ist fantastisch«, kommentierte Leigh und hockte sich hin, um es besser sehen zu können.

Meredith hatte das Gelb und Orange des Sonnenaufgangs eingefangen, das Glitzern des Sees und das durch die Kiefern fallende Licht. In der Ferne war eine kleine Schaukel zu erkennen. Merediths Technik war sanft und weich, die Linien verwischt, was dem Ganzen einen einzigartigen Südstaaten-Farmhaus-Effekt verlieh.

»Danke.« Meredith hüpfte hinüber zu Colton und schlug ihn spielerisch auf den Arm. »Hey, du«, sagte sie, als müsse sie ihn persönlich begrüßen. »Ihr macht Salat?« Sie nahm sich ein Stück Gurke aus der Schüssel und steckte es sich in den Mund.

Colton grinste sie an, und beim Anblick ihrer Vertrautheit zog sich Leighs Magen zusammen.

»Was ist denn da los?« Kaum waren die Worte ausgesprochen, war ihre Schwester auch schon wieder fort, völlig abgelenkt von der Außendekoration ihrer Mutter.

»Dieses Bild ist … wow!« Colton hob es vorsichtig hoch und hielt es vor sich. »Sie ist so talentiert.«

»Ja.« Zum ersten Mal in ihrem Leben spürte Leigh ein Minderwertigkeitsgefühl, das ihre Wangen heiß werden ließ. Was geschah gerade?

Elvis sprang auf, kam zu ihr herüber und stupste ihre Hand an, als wüsste er Bescheid. Sie rieb ihm über den Nacken. Vielleicht war es die Rückkehr zum Cottage oder alles andere, das los war, aber sie fühlte sich merkwürdig emotional, als könnte sie jede Sekunde zusammenbrechen. Das fehlte ihr gerade noch, dass sie Merediths großen Moment mit einem Nervenkollaps ruinierte. Das würde ihr Meredith nie verzeihen.

Colton stellte das Bild zurück an die Wand und streichelte Elvis. Dabei streifte seine Brust Leighs Arm und ließ ihren Puls in die Höhe schnellen.

»Du verstehst dich so gut mit Meredith«, stellte sie fest und fragte sich, wie sie genauso eine warmherzige Reaktion aus Meredith herauslocken konnte wie er.

Er verdrehte die Augen. »Du fängst jetzt aber nicht schon wieder damit an, oder?«

»Womit?«

»Der Andeutung, dass sich zwischen ihr und mir etwas abspielt. Komm schon, Leigh.«

»Hast du denn nie darüber nachgedacht?«

»Ihre mangelhafte Zeitplanung würde mich in den Wahnsinn treiben, sie hat ein schreckliches Temperament und ich habe nichts mit ihr gemeinsam. Aber ich bin gern mit ihr zusammen.«

Leigh nickte. Sie wollte ihn fragen, was er in *ihr* gesehen hatte, aber sie schwieg. Es hatte keinen Sinn, alte Gefühle wieder aufzuwühlen, das würde alles nur verkomplizieren. Sie hatte nicht vor hierzubleiben, und er würde ganz sicher nirgendwo anders hingehen, wenn er die Farm von Jax Wrigley leitete.

»Sind die Cookies und der Salat fertig?« Ihre Mutter streckte den Kopf zur Tür herein.

Leigh holte tief Luft, um ihre Nerven zu beruhigen. »Fast.« Sie zog die Platte zu sich herüber.

Sobald sie wieder allein waren, wandte sich Colton ihr zu. »Es ist schön, dich wiederzusehen.«

Darauf hatte sie seit ihrem Zusammentreffen bei Leon gewartet, und nur dieser eine Satz hob ihre Stimmung. Sie hatte ihn vermisst.

»Gleichfalls«, gab sie zurück und versuchte, sich nicht anmerken zu lassen, wie gern sie ihn hatte. Stattdessen arrangierte sie die Cookies fächerartig auf dem Teller und arbeitete sich von außen bis zur Mitte vor. »Es ist schön, wieder hier zu sein.«

»Ja?« Das Wort kam sanft über seine Lippen, als hätte er noch Hunderte andere Worte, die er ihr sagen wollte, aber er beließ es dabei.

Sie widerstand dem Drang, die Arme um ihn zu schlingen und das Gesicht an seiner Brust zu vergraben; sie musste diesen Zauber schnell brechen, bevor sie noch in Tränen ausbrach, und gleich hier und jetzt in der Küche alles aus ihr herausplatzte, was geschehen war.

»Ich liebe dieses Cottage«, sagte sie und wusste, dass er mehr als Antwort von ihr erwartet hatte. Da sie mit den Cookies fertig war, nahm sie den Teller und ging hinaus, ohne Colton noch einmal anzusehen.

Er folgte ihr mit der Salatschüssel, und Elvis trottete hinter ihnen her.

Sobald Leigh die Veranda betrat, entspannte sie die sanfte Frühlingsbrise und das vertraute Plätschern des Wassers. Zusammen mit dem fröhlichen Geplauder der Gäste, die bereits eingetroffen waren, hob sich sofort ihre Stimmung. Thomas und Rosemary Peabody, die den örtlichen Markt veranstalteten, waren hier. Thomas hatte immer eine kleine Kühlbox mit Eis für die Kinder parat gehabt, die mit ihren Eltern den Markt besuchten. Leighs Lieblingsgeschmack war Kirsche gewesen, und er hatte ihr immer extra eins davon aufgehoben.

Meredith bewunderte gerade Rosemarys auffällige Ohrringe, so als wären die beiden Frauen nie getrennt gewesen. Aber so waren die Menschen hier: Ob nun Jahre oder Tage vergangen waren, sie behandelten einander wie Familienmitglieder. Rosemary gehörte der erste Stand auf dem Markt mit Tischen voller handgemachtem Schmuck und Klimperkram. Früher hatte sie den Stand mit Nan geteilt, wenn die Töpferwaren zu verkaufen hatte, und Mama besaß einige Ringe von ihr.

Ihre Nachbarin Luella Wilson musste auf die neunzig zugehen. Sie war herübergekommen und gerade dabei, sich auf einen der Stühle zu setzen. Ein antiker Teller mit Scones, abgedeckt mit Frischhaltefolie, stand als Neuzugang auf dem Tisch. Luella lebte in dem kleinen gelben Haus, das man durch die Bäume sah. Bevor sie so schwach geworden war, war sie jeden Morgen spazieren gegangen und dabei öfter mit ihren hausgemachten Scones vorbeigekommen. Leigh merkte, wie sehr sie das vermisst hatte.

Sie stellte den Teller mit den Cookies neben die Scones von Luella. Colton tat es ihr mit der Salatschüssel gleich, bevor er von Mama zum Grill beordert wurde.

»Hey, Leigh!«, rief Meredith. »Mom sagt, wir haben Champagner. Lassen wir die Korken knallen!«

»Okay«, antwortete sie und ging zurück ins Haus, um den Champagner auf Eis zu legen.

Leigh holte die Glasflöten aus einem Küchenschrank und stellte sie auf die Arbeitsplatte, um sie mit hinauszunehmen. Elvis war ihr gefolgt. Sie füllte eine Schüssel mit Wasser und stellte sie ihm hin.

»Du bist wirklich lieb, weißt du das?« Sie streichelte ihm den Rücken, während er trank. Elvis war eine willkommene Überraschung, eine Art göttlicher Ersatz für die Gelassenheit, die mit Nan verschwunden war. »Du hast auch einen guten Daddy, aber ich wette, das wusstest du schon.«

Colton betrat das Zimmer. Seine Mundwinkel zuckten, bevor ihm etwas einzufallen schien, das den liebevollen Ausdruck auf seinem Gesicht löschte. »Ich muss die Hotdogs und die Burger für den Grill holen.« Er blickte auf Elvis und schüttelte kaum merklich den Kopf, dann holte er die Packungen aus dem Kühlschrank.

Als er die Tür des Kühlschranks gerade wieder schloss, kam Meredith hereingerauscht.

»Wolltest du uns nicht den Champagner bringen?«, frotzelte sie und holte eine Flasche heraus. Sie reichte Colton die Flasche. »Kannst du sie öffnen?«

Er blinzelte, als müsste er erst gedanklich umschalten, dann wickelte er den Metalldraht ab und zog am Korken. Mit einem Ploppen löste er sich in seiner großen Hand, und die freigesetzte Kohlensäure stieg als kleine weiße Wolke auf.

»Danke.« Meredith nahm ihm die Flasche ab und schnappte sich ein Glas von der Arbeitsplatte. Dann packte sie ihn am Arm. »Komm mit! Mach uns was zu essen. Ich verhungere gleich.« Was auch immer ihm durch den Kopf gegangen war, war jetzt vergessen, als er mit Meredith hinausging.

Seufzend nahm Leigh die Gläser und brachte sie hinaus auf den Tisch, den Mama auf der hinteren Veranda aufgestellt hatte. Sie entdeckte Colton am Grill, wo er über etwas lachte, das Meredith gesagt hatte. In ihrem gelben Sommerkleid mit der Jeansjacke, die langen Haare locker über den Rücken fallend, war ihre Schwester das Inbild von Glück. Als sie sich bückte, um Elvis zu streicheln, wich der jedoch aus, was Leigh ein Lächeln entlockte.

Plötzlich vibrierte ihr Handy in der Tasche. Ein Anruf. Da sie die Nummer nicht kannte, überlegte sie kurz, ob sie den Anruf ablehnen sollte, doch die örtliche Vorwahl ließ sie rangehen. »Hallo?«

»Ms Henderson?«

»Ja?« Sie stellte das letzte Glas in die Reihe und ging dann zurück in die Küche, um in Nans Schränken nach dem Champagnerkühler zu suchen, den sie Weihnachten immer benutzt hatte.

»Hier spricht Jimbo Peterson von Greystone Properties.«

»Oh, hallo.« Sie horchte auf.

»Ich sage noch nicht Ja zu irgendwas, aber ich höre mir Ihre Ideen an. Treffen wir uns um vier unten an der Baustelle?«

Sie blickte auf ihre Uhr. Das war in einer Stunde. »Geht das eventuell auch morgen?«

Sie hörte ihn laut seufzen. »Nein. Da bin ich nicht in der Stadt. Ich komme erst am Donnerstagvormittag zurück. Entweder um vier oder gar nicht.«

Es war Merediths Feier, und obwohl Mama sie buchstäblich damit überfallen hatte, musste Leigh dabei sein. Vermutlich würde es auffallen, wenn sie für eine oder zwei Stunden verschwand. Aber wenn Jimbo einige Tage fort war – wer wusste schon, ob er sie überhaupt noch mal anrufen würde, bevor sie wieder nach Hause fuhr? Sie musste den Ball ins Rollen bringen und die ersten Treffen anberaumen, wenn sie etwas erreichen wollte, bevor sie Bewerbungsgespräche in New York hatte.

Sie biss sich auf die Unterlippe und überlegte, den Blick durchs Fenster auf ihre Schwester gerichtet. Meredith hatte sie bisher kaum beachtet, nur als sie den Champagner gesucht hatte. Und Mama war viel zu sehr damit beschäftigt, sich vor ihren Gefühlen zu verstecken, um mit Leigh zu sprechen. Sie hatte sich bereits neben Luella gesetzt, die Beine übergeschlagen, die Arme auf die Seitenlehnen gelegt, und lachte höflich über etwas, das die Frau gesagt hatte. Vielleicht konnte sich Leigh tatsächlich fortschleichen, ohne dass jemand etwas bemerkte, und dann genauso unauffällig auf die Party zurückkehren.

»Wir treffen uns dort«, sagte sie, beendete den Anruf und ging wieder hinaus, damit sie während der nächsten Stunde von möglichst vielen Gästen gesehen wurde.

* * *

»Ach, es ist schon viel zu lange her!«, sagte Coltons Mutter Ruby, als sie Mama umarmte, direkt nachdem sie Leigh fest an sich gedrückt hatte. Sie hielt Leighs Hände vor sich gestreckt. »Du siehst fantastisch aus! Aber ich habe schon immer gewusst, dass du wunderschön werden wirst.« Sie gab ihr einen Kuss auf die Wange. Ruby richtete ihre Bluse und fummelte an ihren aufgerollten Ärmeln herum. Dann schob sie sich die grau melierten Haare hinter die Ohren, wodurch ihre Knopfohrringe aus Jeansstoff sichtbar wurden. Sie hatte sich ganz offensichtlich schick gemacht.

Coltons Vater Paul kam ebenfalls dazu. Er legte sich die Hände auf den unteren Rücken und streckte sich. Dann schenkte er ihnen das warmherzige Lächeln, das Leigh schon aus ihrer Kindheit kannte. »Schön, euch alle wiederzusehen.« Der große Mann nickte in die Runde.

»Und Meredith!«, fuhr Ruby fort. »Du siehst keinen Tag älter als zwanzig aus. Du und Leigh, ihr seid wunderhübsche junge Frauen.« Sie legte sich bewundernd eine Hand auf die Brust, bevor sie davonhuschte, um die anderen zu begrüßen.

»Was für eine schöne Party«, bemerkte Rose Thompson, ihre Nachbarin und die Tierärztin der Stadt, die dazugekommen war, um Hallo zu sagen. An ihrem Arm klimperten silberne Reife, die zu dem Schimmer in ihren grauen Haaren passten. In der Hand hielt sie einen Teller mit einem Burger und Obstsalat. »Und das Essen ist köstlich, obwohl wir natürlich alle wissen, wie gern Colton kocht.« Sie grinste breit.

»Colton kocht gern?«, hakte Leigh nach. Die Bemerkung lenkte sie von ihrem Versuch ab, die Gruppe zu verlassen. Ihre Gedanken waren jetzt zu einhundert Prozent auf Colton gerichtet. Wie sehr hatte er sich von dem Jungen verändert, der von Süßigkeiten und Dr. Pepper aus Leons Laden gelebt hatte.

»O ja! Wusstest du das nicht? Seine Dinnerpartys sind der Wahnsinn.«

Leigh konnte nur mit Mühe verhindern, dass ihr die Gesichtszüge entgleisten. »Dinnerpartys?«

Sie wartete auf die Pointe, doch da kam keine. Sie blickte über den Garten hinweg zu Colton, wie er mit einer Flasche

Bier in der einen und einer Grillzange in der anderen Hand über den Grill gebeugt dastand. Sein altes T-Shirt umschmeichelte seinen Körper. Sie konnte sich überhaupt nicht vorstellen, dass er irgendwelche formellen Dinnerpartys veranstaltete.

»Holt euch bitte alle ein Glas!«, rief Mama den Gästen im Garten und auf der Veranda zu. »Wir wollen einen Toast auf Meredith ausbringen!«

Die Leute suchten sich ein Getränk und wandten sich dann freudig der Frau des Tages zu.

Leigh riskierte einen Blick auf ihre Uhr. 15:45 Uhr. Sie holte scharf Luft. Wenn sie es bis um 16 Uhr über die Hauptstraße durch die Stadt und über die Brücke zur anderen Seite des Sees geschafft haben wollte, musste sie spätestens jetzt los. Sie hob ihr Glas und machte einen Schritt nach hinten, doch Colton bemerkte es und kam zu ihr herüber.

»Ich muss weg«, flüsterte sie. »Lenk Meredith ab, bis ich zurück bin.«

Er zog die Brauen zusammen. »Warum? Hast du eine Überraschung für sie oder so?«

»Nein. Es hat etwas mit der Arbeit zu tun. Ich konnte es nicht verschieben.«

Sein Grinsen wich und machte einem enttäuschten Ausdruck Platz. »Bist du nicht im Urlaub?«

»Sozusagen. Und dann auch wieder nicht.« Sie machte einen weiteren Schritt nach hinten, doch er folgte ihr.

»Was um alles in der Welt könntest du am See zu erledigen haben? Du weißt doch, dass es hier draußen kein Internet gibt. Wenn du versuchst, irgendwo ein Netz zu finden, wärst du im Cottage vermutlich noch am besten dran.«

Sie blickte erneut auf ihre Uhr. 15:49 Uhr. »Ich muss los.« Ihr Ton war entschuldigend. »Versuch, dass sie gar nicht merkt, dass ich weg bin.«

Seine Miene wurde verkniffen, als Leigh wieder versuchte zu gehen.

Die Menge jubelte und toastete Meredith zu.

»Bleib!«, drängte er und griff nach ihrem Arm.

»Ich habe keine Zeit, das jetzt zu diskutieren. Ich werde nicht lange weg sein, versprochen. Ihr werdet mich gar nicht vermissen.«

Colton hob frustriert die Hände. Sie würde es ihm später erklären müssen. Jetzt rannte sie nach drinnen, schnappte sich ihren Laptop und machte sich auf den Weg zu Greystone Properties, nicht ohne Jimbo noch eine Nachricht zu schicken, dass sie unterwegs war.

Kapitel 10

Auf dem Weg zur Baustelle ging Leigh im Kopf die Fakten durch, an die sie sich spontan erinnerte. Da sie keine Zeit gehabt hatte, sich auf die Präsentation vorzubereiten, musste sie den Rest am Laptop aufrufen. Als sie ankam, wartete Jimbo bereits draußen auf sie.

»Das hier sollte sich besser lohnen. Sie sind mein letzter Versuch«, sagte er, als sie mit ihrem Laptop unter dem Arm ausstieg. »Ich habe gerade die letzte Mahnung meiner Bank erhalten. Mir bleiben ungefähr sechs Monate für die ersten Mieteinnahmen, oder ich schließe die Baustelle und biete alles zum Verkauf.«

»Sechs Monate?«, wiederholte sie, fasste sich aber sofort wieder. »Na schön. Wir kriegen das hin.«

Sie gingen über den sandigen Weg, der noch nicht geteert worden war, und betraten den Steg, der entlang des Grundstücks verlief. Jimbo steckte einen Schlüssel in eine der Ladentüren. Der Geruch von frischer Farbe und frischem Holz traf sie zur selben Zeit wie die kühle Luft der Klimaanlage. Er schaltete das Licht ein.

»Das ist hübsch«, stellte sie fest, als sie die glänzenden weißen Fliesenböden, die schlanke Theke und die herabhängenden

Lampen darüber betrachtete. »Es wäre perfekt für die Green Hat Coffee Roasters.« Sie stellte ihren Laptop auf die Theke und rief die Website über ihren Hotspot auf. »Es ist ein Kaffeeunternehmen, das seine Läden nicht nur um die lokale Geschichte herum dekoriert, sondern auch für die Nahrungs- und Wasserversorgung der Unterprivilegierten weltweit spendet. Kaffee und Wohltätigkeit – eine tolle Kombination.«

Sie klickte auf das Dokument, das sie erstellt hatte, und zeigte ihm Fotos der anderen Shops dieses Unternehmens. »Im letzten Jahr haben sie ihren Umsatz verdoppelt, und ich wette, der CEO sucht nach weiteren Läden.« Sie rief die Datei mit den Finanzstatistiken auf, die sie online hatte finden können.

In Jimbos Augen zeigte sich ein Funken Interesse.

»Auf meiner Liste steht ebenfalls Top Mountain Supply Co., eine Firma für Outdoorkleidung aus Florida, die sich auf Outdoor-Aktivitäten und Bootsbekleidung spezialisiert hat. Sie hat gerade einen zweiten Laden in Florida eröffnet und sucht jetzt nach weiteren Expansionsmöglichkeiten.« Sie öffnete das nächste Dokument. »Am Ende des Piers stelle ich mir Rocket Pizza vor, eine neue Biokette, die gerade Fuß fasst und fünfzehn weitere Läden im Süden eröffnen möchte.« Sie rief den Artikel auf, in dem stand, dass die Firma nach ländlichen Gebieten in Tennessee, Virginia und den Carolinas suchte. »Für das andere Ende des Piers schlage ich vor, dass wir uns mit Samantha Perkins von The Attic Light in Verbindung setzen. Ihr gehören die schnell wachsenden Indie-Buchläden mit Standorten in drei anderen Städten in Tennessee.« Sie zeigte es ihm.

»Und Ihre Arbeit würde mich nichts kosten?«, vergewisserte er sich noch mal.

»Überhaupt nichts.«

»Wie könnte ich dann ablehnen?«

Sie klappte den Laptop zu und fühlte sich großartig. »Ganz genau.«

»Wie gesagt, mir bleiben sechs Monate, das bedeutet vier für Sie.« Er öffnete die Tür und ging hinaus.

»Ja, Sir!«, rief sie ihm nach, glücklich darüber, dass sie das tun konnte, was sie so liebte. Nun musste es nur noch klappen.

* * *

Elvis kam zu ihr herübergelaufen, als Leigh in den Garten kam, nachdem sie ihre Sachen im Cottage abgelegt hatte. Die Party war immer noch in vollem Gange. Jemand hatte Musik aufgelegt, und die Feuerschale war in Benutzung. Leigh ging den Hügel zum Wasser hinunter und entdeckte Meredith im Badeanzug, die auf einem großen Schwimmreifen trieb, ein Bier in den Händen und irgendwie nicht völlig erfroren, während die anderen Gäste sich im Garten tummelten.

»Wie lief's mit der Arbeit?«, fragte Colton knapp, als er hinter ihr auftauchte.

Sie drehte sich um. »Gut.«

»Konntest du das erledigen, was auch immer du vorhattest?«

»Ich habe es auf den Weg gebracht.« Sie unterdrückte den Funken Begeisterung, den sein Auftauchen bei ihr ausgelöst hatte. »Hat Meredith gemerkt, dass ich weg war?«

»Nein«, gab er zurück. »Aber darum geht es gar nicht, oder?« Er ging hinüber zu der Hängematte und ließ sich hineinfallen, dann trank er aus seiner Bierflasche.

Leigh folgte ihm, und er verdrehte die Augen, ganz offensichtlich genervt.

»Kritisier mich nicht«, bat sie und fühlte sich genötigt, sich zu verteidigen. Er hatte keine Ahnung, was sie durchmachte und wie mies sie sich gerade fühlte. »Du kennst mich doch gar nicht mehr«, fügte sie hinzu. Es war ein Tiefschlag, aber dass er ihre Situation so abschätzig beurteilte, brachte sie aus der Fassung.

»Offensichtlich nicht.« Er trank erneut einen Schluck Bier.

»Was ich meine: Ich bin nicht mehr das Mädchen, das dich damals am Ende des Sommers hier zurückgelassen hat.«

Mit blitzenden Augen setzte er sich auf, dann warf er seine leere Flasche in den Mülleimer, den sie nur bei Partys hier aufstellten. Das Geräusch ließ Elvis aufhorchen. Seufzend legte er sich allerdings sofort wieder zurück in den Schatten. »Du hast niemanden hier *zurückgelassen*. Ich bin aus eigenem Antrieb geblieben. Nicht jeder wünscht sich so ein Leben wie deins.«

»Woher willst du das wissen? Du hast nicht die geringste Ahnung, was ich für ein Leben führe.«

»Ein Blick auf dich in diesem noblen Outfit, und ich kann es erraten«, erwiderte er und erhob sich aus der Hängematte.

Sie straffte die Schultern und blickte zu ihm auf. »Was meinst du damit?«

»Ich meine, dass du so zugeknöpft bist und du ganz offensichtlich mal ein wenig leben solltest.«

Sie fuhr sich mit den Händen über die Leinenhose. »Nur, weil mir mein Aussehen nicht egal ist, musst du nicht glauben, dass ich nicht … *lebe*. Ich musste heute arbeiten!« Ihre Stimme war jetzt lauter und gereizter. Rasch blickte sie sich um, um sich zu vergewissern, dass niemand sonst das gehört hatte. Zu ihrer Erleichterung wurde überall weiter geplaudert.

Colton marschierte hinunter zur Kühlbox am Wasser, Elvis dicht auf den Fersen. Er holte sich eine Flasche heraus und hebelte den Kronkorken mit dem Schlüsselbund aus seiner Tasche ab. Dann setzte er sie an, trank sie zu einem Drittel leer und ging hinunter zum Steg, wo er auf das Wasser hinausblickte.

Meredith winkte ihm von ihrem Schwimmreifen aus zu, bevor sie sich im Wasser drehte. Die Wellen schoben sie in Richtung Ufer. Leigh folgte ihm nach unten. Sie wusste nicht, was sie ihm sagen wollte, aber so leicht würde sie ihn nicht davonkommen lassen.

»Komm rein!«, rief Meredith Colton zu und paddelte mit den Händen wieder vom Ufer weg. »Im Ernst, ich will nämlich dein Bier«, neckte sie ihn und hielt ihre leere Flasche hoch. »Nichts mehr drin! Und das Wasser ist toll heute Abend.«

»Dann musst du rauskommen und es dir holen!«, rief er zurück. »Ich habe Jeans an.«

»Ach los«, quengelte sie. »Wen interessiert das schon?«

»Ja, leb doch ein bisschen«, giftete Leigh.

Langsam stellte Colton sein Bier auf dem Steg ab und drehte sich herausfordernd zu ihr um. »Das sagt die Richtige.«

Sie blickte den Hügel hinauf zu den anderen Partygästen, aber niemand schien sie hier unten zu bemerken. »Was ist denn los? Hast du Angst?«, hakte sie nach und genoss dieses neue Machtgefühl.

»Definitiv nicht.« Er verschränkte die Arme.

Meredith beobachtete sie beide, doch Leigh ignorierte sie. Sie war viel zu sehr damit beschäftigt, das entscheidende Argument vorzubringen.

»Was hält dich dann davon ab?«

Er blickte wieder hinaus aufs Wasser, nickte, als hätte er etwas beschlossen. Dann drehte er sich zu ihr um. »Nichts«, erwiderte er und hob sie unvermittelt hoch.

Unmittelbar darauf segelte sie in ihrem Strickensemble und der Leinenhose auf das Wasser zu. Ihre Zweihundert-Dollar-Schuhe waren ihr bereits von den Füßen gerutscht und plumpsten in den See. Mit einem Platschen tauchten sie und Colton unter. Ihr stockte der Atem, und die Geräusche der Gäste drangen nur noch gedämpft zu ihr durch.

Elvis bellte vom Steg aus.

»Was um alles in der Welt sollte das, Colton?«, protestierte sie mit zitternden Lippen, nachdem sie wieder aufgetaucht war und sich die feuchten Haare aus dem Gesicht geschoben hatte. Ihre Schwester lachte so heftig, dass sie beinahe von ihrem

Reifen gekippt wäre. Leigh paddelte zu ihren Schuhen hinüber und hob sie aus dem Wasser. Ruiniert. Elvis bellte immer noch.

»Es war deine Idee«, behauptete er, als er mit einem verschmitzten Grinsen auf sie zuschwamm. »Du hast vorgeschlagen, dass wir ein bisschen leben.«

»Aber doch nicht auf Kosten meiner Stuart Weitzmans!« Sie warf die Schuhe direkt vor seinem Gesicht wieder ins Wasser. Das aufspritzende Wasser brachte ihn zum Lachen, dabei hatte sie sich an ihm rächen wollen.

»Es sind nur Schuhe.«

»Es sind richtig teure Schuhe.« Schmollend streifte sie ihre durchweichte Strickjacke ab und schwamm, bis sie festen Boden unter den Füßen spürte.

»Deshalb kauft man keine teuren Schuhe«, warf Meredith kichernd ein.

»Ihre Prioritäten sind ein wenig anders als unsere«, erklärte Colton Meredith und stellte Leighs nasse Schuhe auf den Steg.

Sie neckten sie, so wie sie es schon immer getan hatten, aber jetzt, während sie in ihrem ruinierten Outfit im See stand und alle Gäste zuschauten, spürte sie Frust und Tränen in sich aufsteigen. Sie schwamm zum Ufer, warf ihre klatschnasse Strickjacke auf einen Stuhl und marschierte durch die starrenden Gäste hindurch über die Veranda ins Haus. Dort stand sie triefnass und erlaubte sich endlich, in Tränen auszubrechen.

Sie holte sich ein Handtuch aus dem Schrank im Flur, ging ins Bad und zog ihre nassen Klamotten aus. Dann drehte sie die Dusche auf. Ihre Haut war eiskalt, und sie fragte sich, warum die Sache sie so mitnahm. Früher hätte sie ihn einfach untergetaucht und sich von ihm durch den See jagen lassen, aber jetzt war es kein bisschen lustig gewesen. Leigh stellte sich unter das heiße Wasser und ließ sich aufwärmen. Sie weinte still vor sich hin, während sie sich wusch.

Es klopfte an der Tür. »Schatz, ist alles in Ordnung?« Ihre Mutter.

»Ja«, antwortete sie mit einer Spur Traurigkeit in der Stimme.

»Ich glaube, Colton hat nur Spaß gemacht. Aber ich weiß, dass du momentan vermutlich empfindlich bist …«

»Mir geht's gut, Mama, danke.«

Sie fuhr sich mit der Seife übers Gesicht und den Hals und dachte darüber nach, dass sie womöglich nur so sauer war, weil sie ganz tief im Inneren glaubte, das Colton eventuell recht hatte, was sie betraf.

* * *

Die Party war draußen immer noch in vollem Gange. Leigh saß in ihrem Zimmer und versuchte, die Energie aufzubringen, wieder hinauszugehen. Sie hatte die Haare zurückgesteckt, damit sie ihr nicht ins Gesicht fielen, und sie hatte ebenfalls ein wenig Puder und Lipgloss aufgelegt, bevor sie in ein Sommerkleid geschlüpft war und sich eine Strickjacke um die Schultern gelegt hatte. Sie war vollständig angezogen für die Party, aber sie brachte es einfach nicht über sich. Sie rief sich in Erinnerung, dass diese Feier Meredith galt. Ihre Schwester hatte etwas Großartiges erreicht und das war es wert, gefeiert zu werden. Sie versprach sich, ein Glas Champagner zu trinken und über den Vorfall zu lachen. Doch jedes Mal, wenn sie aufstand, kamen die Tränen zurück.

Sie ging ins Wohnzimmer und holte Nans Brief aus der Schublade. *Ganz egal, was passiert, alles wird gut.* Das hatte sie jetzt gebraucht.

Sie hörte, wie die Hintertür geöffnet wurde, und legte das Blatt zurück.

»Hey«, sagte Colton vom Eingang her.

Sie drehte sich um. »Hi.« Er trug jetzt ein verblichenes grünes T-Shirt. Der Markenname darauf sagte ihr nichts. Der Saum war dunkel, wo er an seiner feuchten Jeans auflag. »Neues Shirt?«

»Hatte ich noch im Auto.« Er betrat das Zimmer. Ein gelber Strahl Abendsonne fiel durch das Fenster hinter ihm. »Kommst du wieder raus?«

»Ich versuche es«, antwortete sie und atmete tief durch.

»Falls du dir Gedanken machst, dass du dich den Leuten stellen musst, die meisten sind fort oder gerade im Aufbruch. Deine Mom hat Meredith überzeugt, zusammen mit ihr Thomas und Rosemary mit dem Boot heimzubringen, also sind eigentlich nur noch ich und Elvis da.« Er hielt ihr die Tür auf. »Möchtest du rauskommen?«

Sie folgte ihm über die Veranda auf die Terrasse, unter die Lichterketten. Sie gingen hinüber zur Hängematte und er setzte sich aufrecht hinein. Damit sie nicht schaukelte, stellte er die Beine fest auf den Boden auf und klopfte dann auf den Platz neben sich. Leigh gehorchte, und sobald sie saß, stieß er sie ab und schwang sie vor und zurück. Elvis legte sich wieder an den Baum, wo er schon am Nachmittag gelegen hatte.

»Es tut mir leid, wenn ich dich heute verärgert habe. Ich habe nur herumgealbert, ich wollte dich nicht zum Weinen bringen.«

Sie hatte nicht öffentlich geweint. Bei ihrem Zusammenbruch im Cottage war sie allein gewesen. »Woher weißt du, dass ich geweint habe?«

Der liebevolle Ausdruck, den sie von früher gewohnt gewesen war, kehrte in seinen Blick zurück.

»Dein Kinn zuckt immer ein bisschen, kurz bevor du losweinst. Ich habe es gesehen, als du auf dem Weg ins Haus warst.«

Sie schluckte, ihr Herz pochte wild. »Schon gut. Ich bin momentan einfach nur empfindlich.«

»Willst du mir erzählen, warum?«

So ernst hatte sie ihn noch nie erlebt.

»Nur die Arbeit, und dass ich hier ohne Nan bin. Und Mama hat etwas, das sie uns sagen muss, aber sie tut es nicht.« Sie wandte den Kopf, betrachtete seine dunklen Augen, die goldenen Strähnen, die ihm in die Stirn fielen, und für einen Augenblick hatte sie das Gefühl, als wären sie wieder siebzehn.

Plötzlich kam ein Schmetterling angeflogen und setzte sich auf den Rand der Hängematte, wo er mit seinen gelben Flügeln flatterte. »Oh, schau mal!« Sie deutete darauf. »Ich frage mich, was das wohl für einer ist?«

Colton zuckte mit den Schultern.

»Auf dem Weg hierher hab ich auch einen Schmetterling gesehen.«

Er drehte sich zu ihr und verschreckte damit das Insekt. Der gelbe Schmetterling flog davon.

»Das war kurz bevor ich bei Leon angehalten habe, um nach dem Weg zu fragen.«

Er grinste sie an.

»Was?«

»Vielleicht ist das deine Nan.«

Sie rollte sich auf die Seite, was die Hängematte zum Schaukeln brachte, und legte den Kopf auf ihren Arm. »Das ist ein wunderschöner Gedanke. Sie hat immer Schmetterlinge in ihr ledergebundenes Notizbuch gezeichnet, aber ich habe es nicht gefunden. Wo es wohl ist?« Sie richtete sich wieder auf. »Wir sollten es suchen.«

»Jetzt?«

»Ja.« Sie zog ihn am Handgelenk hoch.

Auch Elvis sprang auf, und zu dritt gingen sie zurück zum Cottage.

»Vielleicht hat sie eine Botschaft für mich«, mutmaßte Leigh, während sie die Schubladen am Schreibtisch durchsuchte.

Darin befanden sich mehrere alte Telefonbücher, Schreibwaren und ein bisschen Kleinkram, für den Nan vermutlich keinen anderen Platz gefunden hatte.

Leigh hob einige Hefter an und schloss dann die Schublade wieder. Anschließend ging sie den Zeitschriftenhalter durch, der neben dem Sofa stand. Sie blätterte ein paar der Zeitschriften durch, doch da war nichts.

»Wie sieht es denn aus?«, fragte Colton, der gerade das Bücherregal durchsuchte.

»Dünn, ungefähr so groß wie eine Schallplatte und braun mit einem Lederband.« Sie öffnete den Schrank im Flur und hob die zusammengelegten Bettlaken und Handtücher an. Nichts. »Vielleicht liegt es in ihrem Studio.«

Zusammen gingen sie den Flur entlang bis zur Tür von Nans Kunstraum. Leigh hatte sich seit ihrer Ankunft noch nicht gestattet, den Raum zu betreten. Das Zimmer hatte ausschließlich Nan gehört. Meredith war zwar ab und zu dort drin gewesen, um mit ihrer Großmutter zu malen, aber Leigh hatte das Zimmer größtenteils gemieden. Sie hatte immer das Gefühl gehabt, dort nicht richtig hinzugehören.

»Wenn ich male, übernimmt meine Seele meinen Körper und zeigt mir, was sie kann«, hatte Nan einmal gesagt, als Leigh ungefähr fünfzehn gewesen war. »Manchmal ist mir gar nicht richtig bewusst, was ich tue, bis ich hinterher einen Schritt zurückmache und es mir ansehe. Das überrascht mich jedes Mal wieder aufs Neue.«

Der Raum war der Platz ihrer Seele gewesen, der Ort, an dem sich ihre Nan aufgehalten hätte, wenn sie wie durch ein Wunder im Cottage festgehalten worden wäre. Man hätte denken können, dass Leigh schnurstracks in dieses Zimmer gerannt wäre, aber das Gegenteil war der Fall. Ihrer Meinung nach war sie es nicht wert, dort einzutreten, nicht in der Lage, die

Großartigkeit von Nans Seele ohne ihren Körper auszuhalten, der beides ausglich.

Vorsichtig drehte sie den Türknauf. Die Scharniere quietschten, als sie die Tür aufschob. Mit Colton hinter sich stand sie im Eingang.

Nans Leinwände standen immer noch auf den Staffeleien. Auf einer thronte ein unfertiges Landschaftsgemälde mit Bergen, die anderen beiden waren leer, als warteten sie auf die sanften Pinselstriche ihrer Großmutter. Nans Pinsel steckten in einem leeren Glas, der eingetrocknete Rand von trübem Wasser war deutlich sichtbar. Ihre zusammengequetschten Aluminiumfarbtuben lagen verstreut auf einem Tisch neben dem Bild. Alles war genau so, wie sie es an dem Tag hinterlassen hatte, als sie Leighs Mutter angerufen und ihr gesagt hatte, dass sie vermutlich ins Krankenhaus gehen und mal jemanden nach ihrem Husten sehen lassen sollte. Der Raum wartete, als würde sie zurückkommen und weitermachen.

So war das im Leben: Nie schien es wirklich beendet, wenn die Menschen starben. Sie verschwanden einfach und ließen ihr Leben im Istzustand zurück. Vermutlich hatte Nan große Pläne für dieses Landschaftsbild gehabt, vielleicht sollte es im Haus von jemandem hängen oder in einem Büro auf emsige Betriebsamkeit herabsehen. Das Bild hatte keine Ahnung, dass es keine Zukunft mehr hatte, dass es sein Schicksal war, immer unvollendet zu bleiben.

»Ich weiß, wo Meredith ihr Talent für Landschaftsmalerei herhat«, stellte Colton fest und ging hinüber zu dem Bild.

Flach atmend folgte Leigh ihm. Der Fluss, der sich um die Berge schlängelte, wirkte beinahe lebendig, als könnte sie ihren Finger hineinhalten.

»Ja«, antwortete sie schließlich. Ihre Gedanken wogen schwer.

»Sie standen sich nicht sehr nah, Meredith und deine Nan, oder?«

»Nein«, bestätigte sie. »Sie hatten sehr viel gemeinsam, aber Meredith war kaum hier. Sie hat nicht wirklich Zeit mit Nan hier verbracht.«

»Sie ist eine Reisende«, sagte er. »Das ist einfach ihre Persönlichkeit.«

»Du entschuldigst immer alles bei ihr«, entgegnete Leigh. »Letztendlich war sie für keinen von uns da, und wir haben das gespürt.«

»Du bist unfassbar.« Merediths Stimme vom Türeingang her überraschte Leigh.

Sie drehte sich zu ihrer Schwester um. »Inwiefern?«

»Du armes Ding, das sich ausgeschlossen fühlt. Nun, mir ging es mein ganzes Leben lang so.«

»Ich sollte euch das allein klären lassen«, sagte Colton und machte einen Schritt auf die Tür zu.

»Nein.« Meredith hielt ihn auf, indem sie die Tür blockierte. »Das brauchen wir nicht, ich verschwinde nämlich von hier.«

»Typisch«, murmelte Leigh. Natürlich musste Meredith dieses Gespräch wieder hochdramatisch machen, wo man das Ganze doch auch ruhig gemeinsam hätte klären können. Das war schon ihr ganzes Leben lang das Grundproblem zwischen ihnen. Es gab keine Kommunikation. Doch noch bevor Leigh sie aufhalten konnte, war Meredith den Flur entlanggelaufen. Die zuschlagende Fliegengittertür verriet ihnen, dass sie das Cottage verlassen hatte.

»Was in aller Welt geht hier vor?« Mama kam über den Flur auf Leigh und Colton zu. Auf halbem Weg blieb sie stehen. Es war offensichtlich, dass sie nicht weitergehen wollte. Merediths Probleme waren schon schwierig genug für sie, da war es nicht nötig, sich auch noch Nans Studio zu stellen. »Meredith und ich hatten gerade eine sehr schöne Bootsfahrt, aber kaum sind wir zwei Sekunden hier, stürmt sie davon. Was hast du zu ihr gesagt, Leigh?«

»Nichts, was sie nicht schon weiß, aber sie weigert sich, sich wie eine Erwachsene zu benehmen.«

Mama lockerte die Schultern und atmete tief aus. Man sah ihren Verdruss – noch ein falsches Wort und sie würde zerspringen. »Meredith hat recht: Wir werden uns vermutlich sowieso nicht einig. Ich werde euch die Neuigkeiten erzählen müssen, ob es uns gefällt oder nicht. Wenn Meredith sich beruhigt hat, setzen wir uns hin und reden.«

Es war Leigh nicht entgangen, dass Mama Meredith zustimmte. Was geschah hier?

»Ich setze mich auf die hintere Veranda, um meine Gedanken zu sammeln«, erklärte Mama.

»Ich wollte nichts ruinieren«, erwiderte Leigh. »Aber ehrlicherweise muss man sagen, dass Meredith immer so kratzbürstig ist. All das hätte vermieden werden können.«

»Es ist nie einfach«, gab Mama resigniert zurück. »Lass mir ein wenig Zeit, okay? Mir geht eine Menge im Kopf herum.«

»Okay.« Leigh ließ ihre Mutter gehen und wünschte sich, sie hätte die Zeit einige Minuten zurückdrehen und ihre Bemerkung zurücknehmen können. Das hätte zwar ihre Probleme nicht geändert, aber der Abend hätte dann ganz anders geendet.

Kapitel 11

»Das Schmetterlingsbuch ist nirgendwo«, sagte Leigh zu Colton, der nach der Auseinandersetzung zögerlich geblieben war, nachdem sie ihn darum gebeten hatte. Mit vor Aufregung und Frust zitternden Händen schloss sie die letzte Kommodenschublade in Nans Studio.

Als Meredith davongestürmt war und Mama sich auf die Veranda zurückgezogen hatte, um sich zu beruhigen, hatte Leigh ihre Suche nach dem Buch wiederaufgenommen. Sie und Colton hatten das ganze Haus auf den Kopf gestellt. Es war verschwunden, genau wie Nan. Leigh brauchte etwas, um sich in dem ganzen Trubel zu trösten, aber selbst das schien ein Kampf zu werden.

»Willst du hier weg?«, fragte Colton plötzlich, als hätte er ihre Stimmung erkannt.

Sie blickte ihn an. »Und wohin?«

»Zu mir. Ich muss mir die nasse Jeans ausziehen, aber ich dachte, es wäre auch gut, für einen Augenblick von hier zu verschwinden.«

Elvis, der sich auf einer Plane in der Ecke zusammengerollt hatte, stand auf und kam winselnd zu Colton herübergetrottet, so als hätte er seine Worte verstanden.

»Was, wenn Meredith in der Zwischenzeit zurückkehrt?«, fragte Leigh.

»Wir bleiben nicht lange weg. Aber falls sie so schnell wiederkommt, ist sie bestimmt nicht in der Stimmung, mit dir oder deiner Mom zu reden – du kennst sie doch. Sie braucht mindestens vierundzwanzig Stunden, um sich wieder einzukriegen.«

»Du kennst sie besser als ich.« Das verblüffte Leigh. Sie hatte ihre gesamte Kindheit mit ihrer Schwester verbracht und kannte sie trotzdem kaum. Sie waren wie zwei Fremde. »In Ordnung«, gab sie nach. Vielleicht würde es ihr guttun, ihre Aufmerksamkeit mal auf etwas anderes als ihre Familie zu richten.

Colton nickte in Richtung Flur. »Du zuerst«, sagte er zu dem Hund. »Führe uns an, und wir fahren nach Hause.«

Elvis wedelte wie wild mit dem Schwanz und drehte sich beim Gehen begeistert im Kreis. Er führte sie in die Küche. Colton warf Leigh seinen Autoschlüssel zu. »Kannst du Elvis in den Pick-up setzen? Ich gehe zu deiner Mama und sage ihr, dass wir gehen.«

»Okay. Sag ihr, sie soll mir eine Nachricht schreiben, falls sie mich braucht.« Sie klopfte sich aufs Bein. »Na los, Elvis. Dein Daddy möchte, dass wir in den Pick-up steigen.«

Leigh ging mit dem Hund nach draußen, und Elvis rannte ihr begeistert um die Füße, als sie die schwere Tür des alten Ford aufzog. Er sprang hinein und saß auf der Beifahrerseite, die Brust herausgedrückt und die Ohren gespitzt. Leigh stieg auf der anderen Seite ein, steckte den Schlüssel ins Zündschloss und ließ den Motor an. Das Fahrzeug erwachte brummend zum Leben. Elvis behielt die Tür im Blick und wartete auf sein Herrchen.

»Er kommt«, versicherte sie ihm und rutschte zur Seite, damit der Fahrersitz für Colton frei wurde.

Das schien Elvis zu genügen, und er legte sich hin, wobei er sich auf der abgenutzten Sitzbank neben ihr zusammenrollte. Sie streichelte ihn, bis sie Colton im Seitenspiegel auf das Auto zujoggen sah.

»Alles geregelt«, sagte er beim Einsteigen. Er konnte jeden davor bewahren, den Verstand zu verlieren. Er legte den Gang ein, und sie fuhren Richtung Westen.

Durch die offenen Fenster des Pick-ups strömte der aromatische Duft der Bäume und der Pflanzen, während sie über den Kiesweg holperten. Die untergehende Sonne schickte rosa- und orangefarbene Strahlen durch das Baumdach. Wenn Leigh die Augen schloss, versetzte sie das direkt in ihre Jugend zurück, wo Colton und sie lange Fahrten ohne Ziel mit seinem Jeep unternommen hatten. Die Fahrt selbst war das Ziel gewesen.

Wie hatte sie sich all die Jahre von hier fernhalten können? Es war so ein drastischer Unterschied zu dem Neonlicht und dem belastbaren schiefergrauen Teppichboden in ihrem Büro. Sie war so beschäftigt damit gewesen, ihre Zukunft zu einem Erfolg zu machen, dass sie ihre Vergangenheit komplett ignoriert hatte.

Colton blickte einige Male lächelnd zu ihr herüber, als könne er ihre Gedanken lesen.

Schließlich bogen sie auf einen von Reifenspuren durchfurchten Weg ein, der an endlos leeren Feldern entlangführte.

»Man kann es zwar nicht sehen«, erklärte Colton, »aber unter all dem Dreck hier liegen Baumwollsamen, und wenn ich auch den Rest gepflügt habe, wird die ganze Farm innerhalb weniger Wochen voller weißer Blüten sein.«

»Wow!«, erwiderte sie, schaute hinaus und stellte es sich vor.

Er manövrierte sie um eine Kurve herum, die sie an einer großen, frei stehenden Garage vorbei auf ein massives, aber charmantes Farmhaus zuführte. Es hatte einen historisch inspirierten Look, mit weißen Schindeln und steinernen Schornsteinen zu beiden Seiten des Blechdachs. Die riesigen schmalen Fenster und die Doppeltür auf der Veranda mit Ventilatoren und Laternen machten deutlich, dass es sich um einen Neubau handelte.

»Das ist dein Haus?«, fragte sie.

Er hielt an und stieg aus. »Ja.«

»Irgendetwas sagt mir, dass Jax Wrigley nicht hier gewohnt hat«, meinte sie, nachdem Colton ihr die Tür geöffnet hatte. Sie stieg an der kreisrunden Einfahrt aus. Der Pick-up wirkte vor dem Hintergrund völlig deplatziert.

»Doch. Aber Smash leitet inzwischen sein eigenes Bauunternehmen, und er hat dem Haus einen neuen Look verpasst.« Er ging die breiten Stufen zur Veranda hinauf und ließ Leigh dann durch die Vordertür hinein.

Parkettfußboden erstreckte sich über den offenen Raum bis hin zur Küche, wo Leigh Edelstahlgeräte und weiß-grau gemusterte Marmorarbeitsplatten entdeckte, die von Hängeleuchten erhellt wurden. Auf der anderen Seite stand ein Ledersofa, flankiert von zwei trendigen Fernsehsesseln, die alle auf einen enormen Steinkamin und einen Flachbildfernseher ausgerichtet waren.

»Das ist toll«, sagte sie.

»Ich freue mich, dass es dir gefällt.«

Elvis trottete hinüber zu seiner Futterschüssel und knabberte Trockenfutter.

Plötzlich klingelte Coltons Handy. Mit einem entschuldigenden Blick holte er es heraus und blickte auf das Display. Sein freundlicher Gesichtsausdruck verschwand. Mit zusammengekniffenen Augen betrachtete er die Anruferkennung und lehnte den Anruf dann ab, bevor er das Handy wieder in die Tasche steckte.

»Ist alles in Ordnung?«, erkundigte sich Leigh.

Er holte tief Luft, als ob er ihren Anblick einsog, und sein ehrliches Lächeln kehrte zurück. »Ja, alles okay.« Er machte eine allumfassende Geste. »Schau dich gerne um. Elvis …«

Elvis hörte auf zu fressen und sah auf.

»Behalt sie im Auge, okay?« Colton deutete mit dem Daumen auf Leigh, und der Hund blickte sie an. Grinsend fügte er hinzu: »Ich bin gleich in einer trockenen Hose zurück.«

Leigh setzte sich auf das Sofa. Auf dem schicken Couchtisch mit dünnen Eisenbeinen und polierter Holzplatte entdeckte sie einen Stapel Männermodezeitschriften und eine Kerze mit Tabakgeruch. Sie blätterte eine der Zeitschriften durch und blieb bei dem Markennamen hängen, den sie auf Coltons T-Shirt entdeckt hatte: »Down South« in geschwungener Schrift, mit dem Wort »Athletics« in kastenförmigen Buchstaben darunter. Als sie den Preis sah, klappte ihr die Kinnlade herunter. All die Jahre hatte er sie wegen ihres »noblen Lebensstils« aufgezogen und dabei lebte er in diesem massiven Haus mit seiner Tabakkerze und trug T-Shirts für zweihundertfünfzig Dollar? Vermutlich fuhr er den Pick-up nur zum Schein und hatte in der Garage eine ganze Sportwagenflotte.

»Alles trocken«, verkündete Colton, als er in einer neuen Jeans zurückkehrte. Da er die offene Zeitschrift auf dem Tisch bemerkte, sagte er: »Ah, wie ich sehe, hast du ein wenig leichte Lektüre gefunden.«

»Ja.« Sie tippte auf das T-Shirt. »Du investierst in teure Mode?«

Er blickte sie fragend an.

»Du trägst eins dieser T-Shirts.«

»Ah, ja. Schuldig im Sinne der Anklage.«

»Warst das nicht du, der behauptet hat, weil ich teure Mode trage, wären meine Prioritäten ›ein wenig anders‹?«

»Nicht, weil du sie trägst, sondern weil du so viel Geld dafür ausgibst.«

»Das musst gerade du sagen! Schau dich an.« Sie deutete auf das Logo auf seiner Brust. »War das T-Shirt, das du auf der Party getragen hast, nicht von derselben Marke? Du hast einen Stapel T-Shirts für zweihundertfünfzig Dollar. Wieso soll das was anderes sein?«

Elvis horchte auf und kam zu ihnen herüber. Er setzte sich neben Colton, als wollte er sich auf seine Seite stellen.

»Ich habe nicht zweihundertfünfzig Dollar dafür bezahlt. Meins hat nur zwölf gekostet.«

Skeptisch verschränkte sie die Arme vor der Brust. »Wie bitte?«

»Weil ich sie zum Einkaufspreis bekommen habe.«

»Du verbringst also deine Abende damit, online Schnäppchen zu finden?«

Er lachte. »Definitiv nicht.« Dann nahm er die Zeitschrift in die Hand, blätterte bis zu einem Artikel und reichte sie ihr. Als ihr Blick auf das Hochglanzfoto von ihm fiel, ergänzte er: »Mir gehört Down South Athletics.«

»Du hast deine eigene Modemarke gegründet?« Verblüfft sah sie ihn an.

Er zuckte mit den Schultern. »Ich hatte so viel Baumwolle und nichts, wofür ich sie verwenden konnte …«

Leigh schlug sich eine Hand vor den Mund. Damit überraschte er sie komplett. Sie nahm ihm die Zeitschrift aus der Hand und betrachtete die Marke unter einem neuen Blickwinkel. Das Farbschema war Südstaaten-traditionell: rote Scheune, John-Deere-Grün, Weiß, Kaki, ausgewaschenes Jeansblau. Die Schrift erinnerte an die alten Colaschilder, und der Stil war schlicht. *Genial.* »Du hast all das entworfen?«

»Hm.«

»Ich wusste gar nicht, dass du künstlerisches Talent hast.«

»Ich auch nicht. Ich meine, ich habe ein Team, das mir hilft, aber von mir stammt das Originaldesign.« Er ging hinüber zur Küche. »Möchtest du etwas trinken? Ich habe eine Flasche Weißwein im Kühlschrank.«

Leigh legte die Zeitschrift zurück auf den Couchtisch. »Seit wann trinkst du denn Weißwein?« Sie folgte ihm hinüber zu der Theke, die den Wohn- und Küchenbereich trennte.

»Seit ich die Leute aus New York verköstigen musste, die meine Marke gelauncht haben. Während der Planungsphase für Down South Athletics habe ich ein halbes Jahr am Stück Weißwein trinken müssen. Da bin ich auf den Geschmack gekommen.«

Sie grinste.

»Versteh mich nicht falsch. Während der Footballsaison ist mir ein Bud Light jederzeit lieber, aber ein schöner Chardonnay ohne Barrique ist kein schlechtes Sommergetränk.«

Leigh lachte laut auf. »Ich hätte nie gedacht, dass ich Colton Harris mal ›ohne Barrique‹ sagen hören würde.« Sie lachte erneut.

»Nun, du warst schließlich eine Weile lang nicht hier.« Er holte die Flasche aus dem Kühlschrank, entkorkte sie und schenkte zwei Gläser ein, von denen er ihr eins reichte.

»Danke.« Sie sah ihn jetzt mit anderen Augen. »Du hast mich heute überrascht.«

Er hielt sein Glas hoch. »Auf Überraschungen.«

»Auf Überraschungen.« Sie stieß mit ihm an.

* * *

»Wir haben das Schmetterlingsbuch deiner Großmutter nicht gefunden«, stellte Colton fest. Leigh saß auf einem Barstuhl an seiner Kücheninsel, die Finger um den Stiel ihres halb leeren Weinglases gelegt. Der Himmel draußen war jetzt ein tiefes Lila – die Sonne hatte ihren letzten Auftritt. Colton hatte ihnen inzwischen mehrere Male nachgeschenkt, und sie spürte allmählich die Wirkung – ihre Schultern waren entspannt und ihre Wangen waren warm.

»Ich weiß. Ich frage mich, wo es sein könnte.« Nachdenklich spielte sie mit dem Stiel ihres Glases. »Ich habe früher viel über Vögel aufgeschrieben so wie Nan über Schmetterlinge. Ich konnte sie lediglich nicht zeichnen.« Sie nahm einen Schluck von dem fruchtigen, kühlen Wein. »Obwohl sie und ich völlig unterschiedliche Begabungen hatten, waren wir beide sehr gerne draußen. Wieder hier zu sein hat mir bewusst gemacht, wie sehr ich das vermisst habe.«

Ein merkwürdiger Ausdruck huschte über Coltons Gesicht, und er stand auf. »Möchtest du etwas Cooles sehen?«

»Natürlich.«

»Nimm dein Glas mit.«

Leigh folgte Colton durch den großen Wohnbereich einen breiten Flur entlang, an einigen perfekt dekorierten Gästezimmern vorbei bis zum hinteren Teil des Hauses, wo er sie in einen großen Raum führte, in dem sich ein Billardtisch, eine voll bestückte Bar für Partys und ein richtiger Basketballkorb befanden. Sie versuchte, nicht allzu verblüfft auszusehen.

»Hier gibt es im Winter nicht wirklich viel zu tun«, erklärte er. »Aber das ist es gar nicht, was ich dir zeigen wollte.«

Colton ging hinüber zur hinteren Wand, die komplett verglast war, und löste einen Riegel in der Mitte. Die Wand faltete sich zusammen wie eine riesige transparente Ziehharmonika und gab den Zugang auf eine sehr große Veranda frei. Sie war ebenfalls von halbhohen Glaswänden als Geländer umgeben, an einem Ende befand sich eine steinerne Feuerstelle, und sie bot einen atemberaubenden Ausblick auf die Umgebung. So weit man blicken konnte, waren da nur die sanften Hügel der Baumwollfelder und ein privater Abschnitt des Sees. Das einzige sichtbare Gebäude war ein alter Bungalow am Ufer. Es war ein stiller Abend, abgesehen vom Zirpen der Zikaden und Grillen.

»Wow!« Sie trat hinaus, und die kühle Frühlingsbrise wehte ihre Haare zurück.

»Frühmorgens ist es unglaublich schön hier draußen.« Er deutete auf einen kleinen Tisch und Stühle am Ende der Veranda. »Manchmal sitze ich hier mit meinem Kaffee und einem Buch und verliere jegliches Zeitgefühl, weil es so friedlich ist. Nur ich und die Natur.«

»Ich kann es mir vorstellen.« Sie nippte an ihrem Wein.

Colton hielt den Blick auf den Horizont gerichtet. »Ich wette, das ist was ganz anderes als in New York …«

»Ja. Definitiv.« Sie genoss den Ausblick – die Hügel in verschiedenen Lilaschattierungen vor dem dunkler werdenden saphirblauen Himmel, und dachte an ihre Einzimmerwohnung. Wie hart sie für das kleine bisschen Platz arbeiten musste.

Er trank einen Schluck und drehte sich zu ihr um. »Du hattest schon immer dieses unstete Bedürfnis, dich selbst zu beweisen, das ich nie hatte. Ich war nie fort, aber ich wollte es gar nicht. Der Erfolg hat sozusagen mich gefunden. Aber weißt du was? Ich glaube, das war so, weil ich hierfür bestimmt bin.« Er machte eine ausladende Geste. »Ich könnte gar nicht ohne das hier leben.«

»Du sagst, der Erfolg hat dich gefunden, aber du hast Down South Athletics aufgebaut, nicht wahr? Das entstammt deinem kreativen Geist – du hast den Erfolg gefunden, nicht umgekehrt. Du musstest dafür lediglich nirgendwo hingehen.«

Er nickte. »Wie ist es bei dir? Hast du deinen gefunden? Bist du glücklich?«

Sie versuchte, eine tapfere Miene aufsetzen, aber die Art, wie er seinen Kopf geneigt hielt, verriet ihr, dass er das durchschaute. »Natürlich«, log sie trotzdem.

Er starrte sie an, als wollte er sie damit dazu bringen, ihm die Wahrheit zu sagen.

»Manchmal frage ich mich, warum ich so lange nicht zurückgekehrt bin«, sagte sie und hoffte, die Halbwahrheit werde ihn zufriedenstellen.

»Früher hast du die Tage gezählt, bis du zu deiner Nan fahren konntest.«

Sie nickte. Die vergangenen Jahre fühlten sich an wie verlorene Zeit. »Eine Zeit lang hatte ich vergessen, wie toll es hier ist und wie tröstlich das Cottage auf mich wirkt. Aber das wird nicht noch einmal passieren.«

»Das höre ich gern.« Er stellte sich neben sie, und zu zweit standen sie unter dem Sternenhimmel. »Ich hoffe, du kommst oft zu Besuch.«

Das erfüllte sie mit Glück. »Ja«, antwortete sie, obwohl sie nicht wusste, wie sie das schaffen sollte, sobald sie zurück in New York war, unter dem Druck eines neuen Jobs. Aber sie würde einen Weg finden.

* * *

Als Colton Leigh zu Hause absetzte, war es im Cottage dunkel und alle Zimmertüren waren geschlossen. Nach dem Abend mit Colton sprühte Leigh vor Energie und fühlte eine Art inneren Frieden, trotz der schwelenden Spannung innerhalb ihrer Familie. Was auch immer ihre Mutter ihnen zu sagen hatte, Leigh konnte es durchstehen, solange sie sich von dem beruhigenden Einfluss dieses Ortes erfüllen ließ. Auch wenn Nan nicht mehr körperlich anwesend war, so war sie trotzdem noch hier, und Leigh konnte das endlich spüren.

Sie schaltete die Lampe im Wohnzimmer ein und setzte sich auf das alte Sofa, um sich unter einer von Nans Quiltdecken zusammenzurollen, die immer über der Lehne hingen. Doch da fiel ihr Blick auf die alte Truhe, in der Meredith ihre Dinge aufbewahrt hatte. Hatte Nan ihrer Schwester auch einen Brief hinterlassen? Der Wein in Leighs Blut verlieh ihr den Mut nachzuschauen. Nach einem Blick auf die verschlossenen Türen im Flur ging sie leise hinüber, öffnete das Schloss und hob den Deckel an.

In der Truhe lagen alte Leinwände mit einigen von Merediths ersten Bildern aus ihrer Kindheit und Malbücher, mehrere Puppen, mit denen sie hier immer das Bett geteilt hatte, und eine Schwimmbrille. Doch das, was ganz obenauf lag, ließ Leighs Haut prickeln – es war das ledergebundene Schmetterlingsbuch, auf dem mit einer Büroklammer ein Umschlag befestigt war. Darauf stand in Nans Handschrift »Meredith«.

Meredith hatte vermutlich seit ihrer Ankunft kein einziges Mal an dieses Buch gedacht, und trotzdem hatte Nan es *ihr* hinterlassen? Leigh war diejenige gewesen, die sich genau wie Nan für die Natur interessiert hatte – sie hatte Vögel studiert wie Nan ihre Schmetterlinge. Meredith hatte keinen einzigen Moment mit Nan verbracht, über nichts mit ihr gesprochen. Leigh hatte von Nan lediglich einen Brief erhalten. Warum um alles in der Welt hinterließ ihre Großmutter dieses wertvolle Buch dann Meredith? Sie musste es wissen. Leise zog sie den Umschlag unter der Büroklammer hervor, steckte ihn in ihre Tasche und schloss die Truhe. Dann ging sie in ihr Zimmer.

Sobald sie dort die Tür hinter sich abgeschlossen hatte, starrte sie den Namen ihrer Schwester auf dem Umschlag an und wünschte sich, ihrer würde stattdessen auf dem Brief stehen, der zu dem Schmetterlingsbuch gehörte. Dann zog sie den Bogen heraus und keuchte. Dieser Brief war lang, und ihrer war ganz kurz gewesen. Neugierig begann sie zu lesen.

Meredith, mein liebes Kind,
wir beiden haben nie mehr als ein paar Minuten miteinander verbracht – du warst immer in

Bewegung, genau wie dein Herz, und bist dem gefolgt, was der Augenblick gebracht hat. Obwohl ich nicht oft an deiner Seite war, hab ich dich kommen und gehen sehen, und ich wusste, dass die Bewegung wichtig für den Menschen war, der du warst. Aber ich verstehe auch, dass es eine rastlose Seele meistens nicht sehr leicht hat.

Ich bin einmal unten beim See an einem Baum vorbeigekommen, an dem sich ein Schmetterling aus seinem Kokon gekämpft hat. Ungefähr anderthalb Wochen lang hab ich ihm jeden Tag dabei zugesehen. Er musste sich so sehr anstrengen, und niemand schien seinen riesigen Einsatz zu bemerken. Ich habe das nicht ertragen, also habe ich meine Pinzette geholt und ihm geholfen. Als ich ihn endlich befreit hatte, fiel er auf den Boden und erhob sich nicht wieder. Am nächsten Tag habe ich erneut nach ihm gesehen, aber er war gestorben. Ich war am Boden zerstört.

Ich war überzeugt davon, dass ich ihn zu lange hatte kämpfen lassen, und begann, zu Schmetterlingen zu recherchieren und meine Ergebnisse in diesem Buch zu notieren. Ich fühlte mich schrecklich. Was ich herausfand, überraschte mich jedoch. Tatsächlich hatte ich ihn getötet, weil ich ihm geholfen hatte. Wenn er seinen Kokon verlässt, braucht der Schmetterling diesen Kampf, weil dadurch die Flüssigkeit aus seinem Körper in die Flügel gepresst wird. Ohne dieses mühsame Herauswinden kann er also niemals fliegen.

Ich erhoffe mir für dich, dass du durch den ständigen Kampf in deinem Inneren und durch das, was du zu ertragen hattest, deine Flügel gefunden hast. Und falls es mir vom großen Paradies oben gestattet ist, werde ich dir beim Fliegen zusehen.

In Liebe, Nan

Langsam faltete Leigh das Blatt wieder zusammen und steckte es zurück in den Umschlag. Ihre Gedanken wirbelten umher und Tränen stiegen ihr in die Augen. All die Jahre hatte Leigh geglaubt, dass sie am härtesten gearbeitet hatte, am längsten gelernt und sich selbst angetrieben, um die Karriereleiter emporzuklettern. Sie hatte gedacht, sie habe am meisten gekämpft, weil sie alles, was sie kannte, zurückgelassen und sich an einem neuen Ort ein Leben aufgebaut hatte. Aber Nan hatte das anders gesehen.

Nans Worte »immer in Bewegung« und »rastlose Seele« gingen ihr durch den Kopf. Mit brennender Erkenntnis verstand sie, dass Meredith ihr nicht nahestand, weil sie ihre Schwester nie verstanden hatte. Sie hatte ihre Rastlosigkeit als Vermeidungsstrategie interpretiert und ihre gelassene Einstellung als Faulheit. Hatte sie sich geirrt? War Meredith in Wahrheit die Stärkere von ihnen beiden? Schließlich schien ihre Schwester tatsächlich ihre Flügel gefunden zu haben, während sie auf dem Boden herumflatterte und versuchte zu überleben.

Sie brachte den Brief zurück ins Wohnzimmer, wo sie ihn wieder dorthin legte, wo Nan ihn für Meredith platziert hatte. Und während sie in der Stille des Hauses dastand, erschien ihr plötzlich nichts an ihrem Leben mehr klar.

Kapitel 12

Leigh setzte sich vorsichtig neben ihre Mutter an die Feuerstelle, beobachtete den Sonnenaufgang und versuchte einzuschätzen, in welcher Stimmung sie sich heute Morgen befand.

»Morgen.« Mama hob den Kopf, um einem Spatzen zuzusehen, der über sie hinwegflog. »Was hast du heute vor?«

»Ich werde verschiedene Unternehmen anrufen, um herauszufinden, ob sie sich mit mir wegen der Greystone-Baustelle treffen wollen.« Wenn sie sich besser fühlen wollte, musste sie loslegen und sich überlegen, was sie mit ihrem Leben anfangen wollte. »Ich möchte, dass die Mails am Montagmorgen in ihren Posteingangsfächern liegen.«

Mama nickte und schob mit dem Schürhaken ein Scheit zurecht. »Ist Meredith gestern Abend zurückgekommen?« Sie stieß ein Holz an, und der süße Holzkohlegeruch erinnerte Leigh an den Sommer.

»Ja«, antwortete Meredith vom Eingang zur Veranda her. Sie schob sich eine Strähne in ihren unordentlichen Haarknoten. Schnaubend kam sie herunter und setzte sich neben Leigh, wobei sie ihre weite Jogginghose hochzog, damit sie nicht rutschte.

»Es ist kühl hier draußen. Sollen wir reingehen?«, fragte Mama.

»Ja«, bestätigte Meredith mit einem beinahe verzweifelt klingenden Zischen.

Früher hätte Leigh Merediths Reaktion so interpretiert, dass sie nicht bei ihnen sein wollte, aber nachdem sie Nans Brief gelesen hatte, fragte sie sich, ob es schwieriger für Meredith war, als sie zugab, mit zwei Menschen hier draußen zu sitzen, die sie absolut nicht verstanden. War es das, was Colton an Meredith verstand, und sie nicht?

Mama stand auf und ging ins Haus. Leigh und Meredith folgten ihr. Ohne Vorwarnung verkündete ihre Mutter: »Ich glaube, es ist an der Zeit, dass ich euch sage, weshalb ich euch hierherbestellt habe. Wir lassen der Sache einfach ihren Lauf.«

Zu dritt setzten sie sich an den Küchentisch, an dem sie so viele Mahlzeiten geteilt hatten, wo sie Tränen gelacht hatten, wenn Nan ihnen Geschichten erzählt hatte. Hier hatten sie große Frühstücke veranstaltet und die Tischplatte mit Mehl bestäubt, um Cookies zu backen, hier hatten sie sich versammelt. Und jetzt waren sie hier, um zu hören, was Nan ihnen aus dem Grab heraus mitzuteilen hatte.

»Eure Großmutter hat mir kurz vor ihrem Tod einen Brief gegeben. Er war an mich adressiert, aber ich hatte damals nicht die Kraft, ihn zu öffnen, also habe ich ihn in eine Schublade gelegt. Lange Zeit war es mir einfach zu viel. Ich konnte es nicht ertragen, ihre Worte an mich zu lesen, wo ich doch wusste, dass sie nicht mehr länger unter uns weilte, um sie auszusprechen. Einige Jahre später, als ich endlich das Gefühl hatte, ich könnte ihn lesen, ohne zusammenzubrechen, habe ich den Brief geöffnet.«

Leigh hing an jedem Wort ihrer Mutter. Bisher hatten Nans Briefe ziemlich große Überraschungen enthalten, daher konnte sie kaum erwarten zu erfahren, was in diesem stand.

»Als ich ihn las, konnte ich es buchstäblich nicht fassen.« Mamas Augen füllten sich mit Tränen. »Ich musste erst hierherkommen und versuchen, es zu verstehen.«

Meredith legte die Arme auf den Tisch. »Was stand denn drin?«

Mama holte tief Luft, blickte ihnen beiden in die Augen, erst ihrer einen Tochter, dann der anderen. Es war offensichtlich, wie aufgewühlt sie war. »Sie hat das Cottage nicht mir hinterlassen.«

Leigh riss die Augen auf. »Was? Warum?«

Mama schniefte, und Leigh holte ein Taschentuch von der Arbeitsplatte und reichte es ihr.

»In ihrem Brief stand, dass sie wusste, dass bei mir alles gut werden würde, und dass ihre Handlung am Ende Sinn ergeben würde.« Mama wischte sich die Tränen ab und holte zittrig Luft. »Sie wollte, dass eine von euch das Cottage bekommt.«

Leigh bekam eine Gänsehaut. Deshalb war Nans Brief an sie so kurz gewesen. Das war das perfekte Geschenk aus dem Jenseits. Nan hatte gewusst, dass Leigh auch ihre Mutter an der Instandhaltung des Hauses beteiligen würde, daher hatte sie sie bei der Erbfolge übergehen können. Und Nan hatte ebenfalls verstanden, dass das hier Leighs Ort war, wo nichts schiefgehen konnte … Im Stillen dankte sie Nan für dieses unglaublich großzügige Geschenk. Vor ihrem geistigen Auge wandelte sich ihre gesamte Zukunft.

Mama stützte sich mit zitternden Händen auf dem Tisch ab und beugte sich vor. »Meredith, sie wollte, dass du es bekommst.«

»Was?« Das Wort platzte wütend und trotzig aus Leigh heraus. In dem darauffolgenden Schweigen wurde ihr bewusst, dass sie aufgestanden war und ihre Gliedmaßen zitterten. Diese Zurückweisung von Nan fühlte sich an wie Stiche von einem ganzen Bienenschwarm. »Meredith mag es nicht einmal!«, brachte sie heraus. Ihre Unterlippe zitterte und Tränen liefen ihr über die Wangen. »Sie hat sich noch nie irgendwo niedergelassen. Wieso hat Nan es *ihr* hinterlassen?«

Was Leigh nicht sagte – das Cottage war der Ort, an dem sie und ihre Mutter sich immer am sichersten gefühlt hatten. Hier ruhten so viele Erinnerungen. Und jetzt, wo Leigh das Gefühl hatte, ihre gesamte Welt werde auf den Kopf gestellt, war es das Haus, das sie erdete. Die Schmetterlinge, die sie gesehen hatte – der im Auto, der an der Hängematte. Sie hatte geglaubt, die hätten eine Bedeutung gehabt. Plötzlich bedeutete das alles nichts mehr. Genau wie der Job, dessen sie sich so sicher gewesen war, bis Rebecca ihn ihr direkt vor der Nase weggeschnappt hatte, wurde ihr und ihrer Mutter nun ihr Zufluchtsort entrissen. Das Schlimmste daran war, dass Nan dieses tiefgehende Verständnis für Meredith gehabt zu haben schien, aber nicht erkannt hatte, wie sehr Leigh und Mama diesen Ort liebten.

Sie setzte sich wieder und versuchte, den Schmerz, der in ihrem Inneren tobte, zu ignorieren. »Du gibst es mir, oder?«, wandte sie sich an Meredith in dem verzweifelten Versuch, das Cottage zu retten. »Ich meine, das wäre doch nur logisch, nachdem du sowieso kaum hier warst. Es ist mein Lieblingsort …«

Meredith kniff die Lippen zusammen. »Dein Lieblingsort, für den du während der letzten acht Jahre keine Zeit aufbringen konntest.«

»Im Gegensatz zu dir, ja?«, konterte Leigh. Sie hörte selbst die Mischung aus Kummer und Frust in ihrer Stimme.

»Wir finden eine Lösung«, versuchte Mama, sie zu beruhigen.

Meredith stand auf, stützte sich auf die Spüle und blickte zum Fenster hinaus. »Ich denke nicht, dass hier eine Lösung gefunden werden muss«, sagte sie mit den Rücken zu ihnen gewandt. »Nan wollte, dass ich es bekomme. Es tut mir leid, wenn ihr beiden das nur schwer akzeptieren könnt.«

»Sie hat gesagt, sie hätte euch beiden hier Briefe hinterlassen«, erwiderte Mama leise. »Ich habe sie nicht gesehen.«

Meredith blickte sich nachdenklich um, bevor sie zur Tür ging. »Ich wette, ich weiß, wo ich meinen finde.« Sie marschierte ins Wohnzimmer und ließ Leigh, immer noch geschockt, am Küchentisch zurück. Dann kam sie mit dem Schmetterlingsbuch und ihrem Brief wieder herein. »Gefunden. Leigh, deiner ist vermutlich in deiner Schublade.« Mit diesen Worten ließ sie sie wieder allein.

»Ich hatte gehofft, ich könnte die Stimmung zwischen uns dreien verbessern, bevor ich es euch sage«, flüsterte ihre Mutter. »Das Letzte, was ich will, ist, dass Meredith so sauer auf uns ist, dass sie uns nicht mehr ins Haus lässt.« Mamas Augen glänzten und eine weitere Träne rollte ihr über die Wange. Sie tupfte sie mit ihrem zusammengeknüllten Taschentuch ab.

Leigh hörte, was Mama sagte, aber es löste nichts bei ihr aus. Sie konnte nur an Nans Verrat und an den Brief denken, den Meredith vermutlich gerade las. Am Boden zerstört stand sie auf. »Kann ich ein wenig allein sein?«, fragte sie leise und wischte die Tränen fort, die ihr inzwischen übers Gesicht rannen.

Mama nickte. Als Leigh den ersten Schritt machte, griff Mama nach ihrem Arm. »Es tut mir so leid, Leigh.«

Der Schmerz in den Augen ihrer Mutter verstärkte Leighs Elend nur noch. Leigh starrte sie sprachlos an.

»Aber, Leigh, da steckt noch etwas anderes dahinter …«

Nichts, was ihre Mutter sagen konnte, hätte die Situation verbessert. »Ich brauche einen Moment«, erklärte sie und ignorierte die Bemerkung. Sie wollte im Augenblick nichts weiter darüber hören.

Leigh ging ins Wohnzimmer und zog ihren Brief aus der Schublade. Dann ging sie leise in ihr Zimmer und schloss die

Tür. Sie ließ sich aufs Bett fallen, öffnete den Umschlag und las noch einmal Nans kryptische Botschaft.

> *Ich weiß, dass du und deine Schwester sehr unterschiedliche Menschen seid. Manchmal seid ihr nicht einer Meinung, aber vergiss nicht, sie ist ein Teil der Familie. Nimm sie an, so wie sie ist. Und ganz egal, was passiert, alles wird gut.*

Nan hatte ganz offensichtlich gewusst, wie Leigh die Nachricht aufnehmen würde, und hatte es trotzdem getan. Und egal, wie sehr sie sich bemühte, Nans Beweggründe zu verstehen, sie konnte es nicht.

* * *

Leigh saß in einem Coffeeshop in einer kleinen Stadt namens Goodlettsville, ungefähr zwanzig Minuten vom See entfernt. Der morgendliche Andrang war vorbei, zurückgeblieben waren ein halb leerer Gastraum mit einigen Leuten an ihren Laptops und eine Frau in der Ecke, die ein Buch las. Leigh hatte das Cottage verlassen, um sich zu sammeln und mit dem Greystone-Projekt weiterzukommen, aber es war beinahe unmöglich, sich zu konzentrieren, wenn die Sache mit Nan und dem Cottage all ihre Gedanken beherrschte.

Sie hatte sich an einem winzigen Bistrotisch ohne Aussicht und mit Gratis-WLAN niedergelassen, die kleine Vase mit einer einzigen roten Nelke darin zur Seite geschoben und ihren Laptop aufgeklappt, fest entschlossen, sich auf die vor ihr liegende Aufgabe zu konzentrieren. Auch wenn sie versuchte, nicht in Selbstmitleid zu verfallen, konnte sie doch den nagenden Gedanken nicht abschütteln, dass niemand sie verstand – weder ihr Chef noch Nan, und manchmal auch Colton nicht.

Bis zum vergangenen Donnerstag hatte sie sich unbesiegbar gefühlt, und jetzt hinterfragte sie alles, was sie tat. Während sie versuchte, eine E-Mail an die Firmenzentrale von Green Hat Coffee Roasters zu formulieren, verschwammen die Wörter vor ihr. Ihr Selbstbewusstsein hatte einen schweren Schlag erlitten.

Vielleicht hatte Nan geglaubt, Meredith bräuchte einen Ort zum Leben, wohingegen Leigh ihr Leben bereits woanders eingerichtet hatte ... Oder war es möglich, dass das Cottage Nans Meinung nach besser für eine Künstlerin geeignet war? Doch keine dieser Möglichkeiten fühlte sich richtig an. Familie hatte Nan alles bedeutet – warum hätte sie sie so auseinandergerissen?

Leigh kniff die Augen zusammen und öffnete sie wieder, konzentrierte sich erneut auf die E-Mail. Ein unberührter Double-Shot-Karamell-Latte stand neben ihr auf dem Tisch. Mit einem tiefen Atemzug rief sie sich in Erinnerung, dass der einzige Weg aus diesem Loch war, das zu tun, was sie am besten konnte. Sie würde die Leiter eine Stufe nach der anderen erneut erklimmen. Sie kreiste mit den Schultern, um die Verspannungen darin zu lösen, und begann zu tippen.

> ... möchte ich Sie gerne 24 100 potenziellen Kunden vorstellen. Lernen Sie die Einwohner von Old Hickory in Tennessee kennen, einer Stadt in unmittelbarer Nachbarschaft zur Metropole Nashville. Mit mehr als 1 200 unter Denkmalschutz stehenden Häusern hat es eine lebendige Geschichte, und zu Ihrem Glück ist es ein noch völlig unerschlossener Markt für Green Hat Coffee ...

Nachdem sie sich durch die Einleitung gezwungen hatte, trank sie einen Schluck von ihrem Latte. Das süße Karamell in Kombination mit dem starken Kaffee motivierte sie. Sie machte weiter, schrieb E-Mails an Top Mountain Supply Co., Rocket Pizza und den Attic-Light-Buchladen und fügte jeder davon ihre Kontaktinformationen in der Signatur bei. Als sie damit fertig war, fühlte sie sich ein wenig besser, also sammelte sie ihre Sachen ein, und bevor sie den Laden verließ, warf sie ihren Becher in den Mülleimer. Sie schaffte es mit nur einem Wurf, und eine winzige Erinnerung an die Frau, die sie noch vor ein paar Tagen gewesen war, wusch über sie hinweg.

Kapitel 13

Am nächsten Tag, nachdem sie weitere Statistiken für die Firmen, die sie im Namen von Greystone anwerben wollte, zusammengestellt hatte, fand sie Meredith und ihre Mutter am Küchentisch vor.

»Wir haben gerade über dich gesprochen«, erklärte Mama, als Leigh ihren Laptop abstellte.

Dass die beiden ohne sie miteinander sprachen, verursachte ihr ein unbehagliches Gefühl.

Meredith klopfte auf den Platz neben sich. »Setz dich.«

Leigh hatte keine Ahnung, was das bringen sollte, aber da sie auch nichts Besseres vorhatte, setzte sie sich. Die offenen Fenster ließen eine frische Brise herein, die die zum Schneiden dicke Luft zwischen ihnen wegzuwehen schien. Mama schob eine Platte mit frischen Zimtschnecken in Leighs Richtung. Der süße, würzige Duft drang ihr in die Nase, aber sie nahm sich keine.

»Ihr habt über mich gesprochen?«, hakte sie nach, verschränkte die Hände und versuchte, entspannt auszusehen, obwohl sie sich sehr unwohl fühlte.

»Ich weiß, dass unsere Beziehung … angespannt ist«, begann Meredith. »Aber es ist wichtig, dass ihr euch vor Augen haltet, dass Nan mir das Cottage hinterlassen hat. Ich habe sie nicht darum gebeten.«

»Genau das ist es: Du hast sie nicht darum gebeten. Kümmert es dich überhaupt, dass du es hast?«, wollte Leigh wissen.

Meredith beugte sich über ihre Zimtschnecke hinweg vor. »Glaubst du etwa, ich verstehe das Ganze?«

Leigh schüttelte den Kopf. Sie wusste, dass sie hier über die falsche Sache diskutierten. Selbst wenn sie Meredith davon überzeugen konnte, dass eigentlich sie das Cottage verdiente, änderte es nichts an der Tatsache, dass Nan es Meredith hinterlassen hatte. Damit würde Leigh für immer leben müssen, und wenn sie hierblieb, würde sie sich jetzt immer wie eine Außenseiterin vorkommen. Sie hatte plötzlich Tränen in den Augen, und sie schluckte hart und versuchte, sie wegzublinzeln.

»Ich weiß, dass es sehr schwer für dich ist«, sagte Mama und legte sanft eine Hand auf Leighs Arm. »Es ist für uns alle schwer.«

»Tut mir leid.« Leigh stand zu schnell auf und stieß gegen den Tisch. Die Platte mit den Zimtschnecken rutschte über die Oberfläche. »Ich muss allein sein.«

Sie eilte in ihr Zimmer, schloss die Tür, ließ sich aufs Bett fallen und schluchzte in ihr Kissen. Sie kam nicht von der Frage los, warum Nan ihr das angetan hatte. Der Gedanke wütete in ihrem Kopf wie ein Hurrikan. Sie fühlte sich verraten, kleingemacht, als wäre sie in Nans Augen weniger gewesen, als sie geglaubt hatte. Und nachdem sie auch noch ihren Job verloren hatte und ihre Ersparnisse nur wenige Monate für die Miete ihres Apartments in New York reichten, fühlte sie sich einem Zusammenbruch nahe. Wenn sie ehrlich zu sich selbst war, gab es nichts mehr, was sie in New York hielt. Es war der schlimmste Schmerz, den sie erfahren hatte, und ihre Gedanken drehten sich einfach immer weiter.

Sie betete um irgendeine Erkenntnis, die dem Ganzen Sinn verleihen würde. »Nan, falls du mich hören kannst, sag mir, was ich falsch gemacht habe, damit ich es in Ordnung bringen kann. Was auch immer es war, es war keine Absicht«, flüsterte sie in ihr Kissen. Da keine Antwort kam, drehte sie sich auf den Rücken und starrte an die Decke. Die Lampe erkannte sie durch ihre Tränen nur verschwommen. Leigh starrte nach oben, bis sie sich taub fühlte, sie nicht mehr weinte und ihr Atem regelmäßig und langsam ging.

Traurig und verwirrt drehte sie den Kopf zur Seite und nahm den Anblick des Sees durch das Fenster in sich auf. Ihr war plötzlich nach einem Spaziergang, nach frischer Luft und Wasser an den Füßen. Entschlossen fuhr sie sich mit den Fingern unter den Augen entlang, nahm ihr Handy und schlüpfte in ihre Flipflops. Dann ging sie durch die hintere Verandatür nach draußen, unbemerkt von Schwester und Mutter, die in der Küche saßen.

Während sie durch den Garten hinunter zum weichen Sand am Ufer ging, wo die Morgensonne ihre hellen Strahlen über die Wellen schickte, fühlte sie sich bereits ruhiger. Das Wasser schlug an den Strand, als wollte es sie zu sich rufen. Sie zog die Flipflops aus, tauchte die Zehen ins Wasser und zog sie durch die kleinen Wellen. Die Brise wehte durch die Bäume. Das Rascheln klang wie leiser Applaus für ihren Erfolg am Vortag.

Ihr Handy vibrierte in ihrer Gesäßtasche, kündigte eine E-Mail an. Überrascht betrachtete sie die Nachricht. Rocket Pizza hatte sich bereits zurückgemeldet und wollte gern mit ihr telefonieren … Sie starrte die Zeilen an und wünschte sich, sie würden ihre Stimmung heben. Doch dann erkannte sie, genau dort in den beruhigenden Bewegungen des Wassers, dass dieser neue Job das Einzige war, das sehr langsam, Schritt für Schritt, richtig lief. Und im Moment war es das Positivste in ihrem Leben, also musste sie ihm auch die gebührende Aufmerksamkeit schenken. Sie öffnete die Mail und antwortete mit einem Terminvorschlag für den Anruf.

»Arbeitest du jetzt schon im Laufen?«, drang Coltons Stimme zu ihr herüber.

Sie drehte sich um und schob sich das Handy wieder in die Gesäßtasche.

»Oh! Alles okay?«, fragte er, da ihm sofort das Gefühlschaos in ihren Augen und ihre gerötete Nase aufgefallen waren. Elvis kam den Hügel herunter zu den Bäumen getrottet.

Sie schüttelte den Kopf. Zu sprechen traute sie sich nicht, aus Angst, dass es in Schluchzen enden würde.

Er stellte sich neben sie. Das Wasser verdunkelte das Leder seiner Stiefel, aber das schien ihm nichts auszumachen. »Meredith hat mir eine Nachricht geschickt. Sie meinte, es gebe da etwas, das dich belastet und worüber du vielleicht reden möchtest.«

Sie versuchte, ihm zu antworten, doch die Worte blieben ihr im Halse stecken.

Obwohl Leigh nicht gefiel, wenn Meredith herumposaunte, dass sie sich wie eine Irre benahm, war sie froh, dass Colton gekommen war. Seine Gegenwart war wie eine tröstliche Kraft im Sturm.

Er blickte auf seine Uhr. »Es ist beinahe Mittag. Was hältst du davon, wenn wir zu mir gehen und ich uns was zu essen mache? Mein Kokos-Hähnchen-Curry ist legendär.«

Das entlockte ihr ein kleines Lächeln. »Ich habe schon gehört, dass du kochst«, brachte sie heraus.

»Wow! Man weiß, dass man es geschafft hat, wenn am See über einen geredet wird.«

Sie grinste und schniefte ein wenig.

»Ah, genau das möchte ich sehen.« Er rief nach Elvis. »Na los, gehen wir was essen.«

Sie fuhren zu Coltons Haus. Und noch bevor sie es sich versah, lag Leigh mit einer weichen Decke auf dem gemütlichen Sofa im Wohnzimmer, mit einem Blick auf den See zu ihrer Rechten und einem wärmenden Kaminfeuer zu ihrer Linken.

Elvis hatte sich neben ihr zusammengerollt, und Colton schnitt Hühnchenfleisch in Stücke.

Dann schnippelte er Zwiebeln und Paprika und warf beides in eine Pfanne. Anschließend fügte er noch Knoblauch und Butter hinzu. Der würzige Duft ließ ihren Magen knurren.

»Möchtest du mir erzählen, was los ist?«, fragte er.

Sie berichtete ihm von Nans Wünschen für das Cottage. Bei jedem Wort hoffte sie, dass er eine Art Erkenntnis haben würde, die ihr bisher verwehrt geblieben war.

»Das ist definitiv merkwürdig«, sagte er jedoch anschließend zu ihrer Enttäuschung. Er gab das Hühnchen und Gewürze in die Pfanne, zusammen mit Kokosmilch, und drehte die Temperatur herunter. Dann kam er mit einem Tablett Käsehäppchen und Crackern zu ihr herüber. Elvis sprang vom Sofa und saß aufmerksam neben dem Couchtisch, ganz offensichtlich voller Hoffnung auf einen Bissen.

»Ich verstehe es einfach nicht«, gab sie zu und konzentrierte sich darauf, den Käse auf ihren Cracker zu legen, damit sie nicht wieder in Verzweiflung verfiel.

»Manchmal«, begann er und zog damit ihre Aufmerksamkeit wieder auf seine dunklen Augen, »entstehen die besten Momente unseres Lebens aus dem, womit wir uns am wenigsten wohlfühlen.«

»Aber sieh doch mal dich an«, hielt sie dagegen. »Du bist erfolgreich, und du scheinst dich wohlzufühlen.«

»*Scheinst* ist hier das Schlüsselwort. Wir haben alle unsere Probleme.«

»Was ist denn dein aktuelles Problem?«, hakte sie neugierig nach.

»Nichts, womit ich dich belasten will«, erwiderte er und stand auf. »Genieß die Cracker, während ich mich um den Reis kümmere.«

Nachdem er mit Kochen fertig war, belud Colton zwei Teller und stellte sie auf den Farmhaustisch aus alten versiegelten Holzplanken und schmalen Eisenbeinen. Er zog ihr einen Stuhl heraus. »Ich habe Limonade und Eistee als Getränk. Wonach ist dir?«

»Ich hätte gern eine Limonade.« Sie nahm Platz.

Colton füllte zwei Gläser und setzte sich ihr gegenüber. »Also, was wirst du jetzt in Bezug auf das Cottage machen? Willst du versuchen, Meredith zu überreden, es dir zu überlassen?«, nahm er ihr Gespräch wieder auf.

»Ich kann mich nicht gegen Nans Wünsche stellen.« Leigh spießte ein Stück Hühnchen auf und steckte es sich in den Mund. Das aromatische Curry in Kombination mit der cremigen Kokossoße war göttlich.

Colton schob sich Curry auf die Gabel und hielt sie dann in der Luft, während er fragte: »Was wird Meredith deiner Meinung nach damit tun?«

»Keine Ahnung. Sie ist nie da, um es zu genießen.«

»Du glaubst doch nicht, dass sie es verkaufen würde, oder?«

Der letzte Bissen fühlte sich plötzlich wie ein Stein in ihrem Magen an. »Das sollte sie besser nicht«, entgegnete sie, während Angst in ihr aufstieg. »Mama würde kein Wort mehr mit ihr sprechen.« Sie nahm einen weiteren Bissen und spülte ihn mit einem Schluck Limonade hinunter. »Ich nehme an, es wird einfach leer stehen.«

»Vielleicht will sie ja auch drin wohnen«, gab er zu bedenken. »Sie hat mir neulich erzählt, dass sie derzeit kein Haus besitzt.«

»Ich habe keine Ahnung, aber lass uns nicht länger darüber reden.« Sie ertrug den Gedanken einfach nicht mehr. »Danke, dass du mich abgeholt und für mich gekocht hast. Es schmeckt köstlich.«

»Keine Ursache.« Ihr fiel der liebevolle Ausdruck in seinen Augen auf, als er das sagte. »Ich habe dir allerdings etwas verschwiegen.«

»Was meinst du damit?«

Auf dramatische Weise beugte er sich vor. »Ich habe Key Lime Pie im Kühlschrank.«

Sie schnappte nach Luft. Seine Begeisterung ließ sie beinahe ihre Sorgen wegen Nan und des Hauses vergessen. »Du weißt, dass ich den am liebsten mag.«

»Immer noch?«, fragte er lachend, aber sie erkannte an seinem bewundernden Blick, dass er das wusste.

Colton schien es zu gefallen, dass er sie glücklich gemacht hatte. Und sie fragte sich plötzlich, ob er dabei an sie gedacht hatte, als er die Zutaten für das Curry und den Pie eingekauft hatte. Angesichts ihrer aktuellen Lebensumstände wollte sie sich den Gedanken lieber nicht gestatten. Außerdem hatte Rose Thompson erwähnt, dass er Dinnerpartys veranstaltete. Vielleicht war er einfach immer auf Gäste vorbereitet.

Nach dem Essen räumte Colton die Teller ab und stellte sie in die Spüle. »Wie lautet das Urteil? Pie oder keinen Pie?«

»Was ich jetzt sage, wird mir später sehr leidtun«, begann sie, zum einen, weil sie auf den Pie verzichtete, aber zum anderen, weil sie wünschte, sie könnten mehr Zeit miteinander verbringen. »Aber ich bin zu satt für Nachtisch. Das Curry war so gut, dass ich alles aufgegessen habe.«

»Verstehe«, erwiderte er mit einem Nicken in Richtung der leeren Teller. »Dann beim nächsten Mal.« Der Gedanke, mehr Zeit mit ihm zu verbringen, löste ein begeistertes Flattern in ihrem Magen aus. »Ich möchte dir etwas zeigen«, fügte er mit funkelnden Augen hinzu. »Ich habe es erst heute Morgen installiert. Es ist perfekt für die Entspannung mit Bäuchen voller Curry geeignet.«

Er führte sie hinaus auf die Veranda, Elvis im Schlepptau. An der Seite hatte er neben der Feuerstelle eine riesige Hängematte für zwei Personen aufgehängt. Sie wurde von den Pfosten zu beiden Seiten der Veranda gehalten.

»Oh, wow!« Leigh fuhr mit den Fingern über die dicken Seile.

»Du zuerst.« Er bedeutete ihr, sich hineinzulegen, und hielt die Hängematte fest.

Leigh kletterte hinein. Dann ging er hinüber zu der Feuerstelle, nahm ein Streichholz und zündete die Scheite an, die mit einem Flackern zum Leben erwachten. Nachdem er sich neben sie in die Hängematte gelegt hatte, verschränkte er die Finger und legte sie hinter seinen Kopf. Sie lagen so nah nebeneinander, dass sie sich an ihn hätte kuscheln können, wenn sie das gewollt hätte.

»Weißt du, warum ich die hier aufgehängt habe?«, fragte er.

»Warum?«, fragte sie gehorsam zurück.

Er nickte in Richtung der Aussicht. »Darum.«

Leigh schaute über die Glaswand am Rand der Terrasse hinaus. Sie konnte bis zum See blicken, wo die Sonne die Wasseroberfläche wie Diamanten glitzern ließ.

»Man kann hier liegen und das betrachten, bis man einschläft.«

»Mmm«, machte sie. Ihre Sorgen schmolzen beinahe dahin.

Er drehte den Kopf und suchte den Blickkontakt zu ihr. »Ich habe mich im Laufe der Jahre gefragt, wie es dir wohl geht«, gab er zu.

Sie versuchte, das Flattern in ihrer Brust zu ignorieren.

Er schaute wieder in die Ferne. »Kann ich dir was beichten?«

»Natürlich.«

»Ich hatte große Pläne für uns in dem Sommer vor unserem achtzehnten Geburtstag.«

Sie wandte sich ihm zu; die Halterung der Hängematte knarzte. »Ach ja?«

»Ja.« Er lächelte wissend. »Ich wollte all meinen Mut zusammennehmen und dich küssen.«

Ein Glücksgefühl stieg in ihr auf. »Du *hast* mich geküsst.«

»Aus Verzweiflung! Du hast die Bombe platzen lassen, dass du gehen wolltest! Ich dachte, ich erledige es lieber sofort, bevor ich mich den Rest meines Lebens frage, wie es wohl gewesen wäre.«

»Und wie war es?«, neckte sie ihn.

»Absolut unglaublich. Ich meine, besser als bei Mary-Jo Sanders und Sharon Easton, den anderen beiden Mädchen, die ich bis dahin geküsst hatte.«

Leigh lachte. Sie hatte seine witzige Art und ihr lockeres Geplänkel vermisst. »Es tut mir leid«, sagte sie. »Wirklich.«

Er wurde ernst. »Ich weiß noch, dass ich an diesem letzten Tag mit dir meine Traurigkeit im Zaum halten musste. Ich war mir sicher, dass ich nie wieder so ein Mädchen wie dich kennenlernen würde.«

»Ah, aber das hast du bestimmt.«

Er lächelte, antwortete aber nicht. Sosehr sie sich auch gerade wie eine Versagerin fühlte und so unterschiedlich sie beide auch waren, sie wollte seine Antwort hören. »Darf ich dich was fragen? Ganz ernsthaft?«

»Na klar.«

»Was war es damals an mir, dass zu dir *gepasst* hat?«

Er zog die Brauen zusammen, während er überlegte. »Du hast immer nachgedacht, warst gedanklich immer schon einen Schritt weiter. Das liegt dir im Blut.«

Inwiefern passte das gut zu ihm? »Was meinst du damit?«

»Deine Schwester Meredith braucht körperliche Bewegung, aber du brauchst geistige Regsamkeit zum Glücklichsein. Und ich habe die Herausforderung angenommen. Bevor ich dich kennenlernte, habe ich keine Bücher gelesen, das hab ich nur für dich getan. Wenn ich dann lesend neben dir lag, habe ich gespürt, wie es in deiner Welt zuging, und es hat mir gefallen. Du hast mich meine alltäglichen Gedanken hinterfragen lassen. Du hast mir beigebracht, Dinge aus einem anderen Blickwinkel zu sehen, das große Ganze. Deine Sicht hat mich zu einem vollständigen Menschen gemacht.«

Er drehte sich auf die Seite und rutschte rückwärts, damit sie nicht aneinandergedrängt wurden.

»Du hast also gern dazugelernt, genau wie ich«, stellte sie fest.

»Ja, aber das war nicht alles. Du siehst die Dinge einfach anders als ich. Die Welt ist ein riesiger Ort voller Erfahrungen, und du fürchtest dich vor keiner. Tief im Inneren hab ich als Kind große Angst vor dem gehabt, was da draußen war, davor, dass die Welt mich nicht verstehen würde. Du hast mir beigebracht, dass es nichts zu fürchten gab, dass meine Welt nur so klein war, wie ich sie sein ließ.«

Er schaute sie an, sein Ausdruck verletzlich. Beide hatten den Kopf auf einem Arm abgelegt, und seine Fingerspitzen kitzelten ihre. Wenn sie den Kopf vorschob, konnte sie die Lippen auf seine pressen. Sie dachte darüber nach, verwarf den Gedanken jedoch. Sie musste noch eine Menge über den älteren Colton lernen. Das ungebändigte Kind war durch diesen kultivierten Südstaatenmann ersetzt worden.

Doch als sich ihre Blicke trafen, kurz bevor er sich wieder auf den Rücken rollte, musste sie sich zum Weiteratmen zwingen. »Das soll aber nicht heißen, dass du mich nicht auch in den Wahnsinn getrieben hast – auf unterschiedliche Art und Weise.«

»Wie das?«, fragte sie, immer noch um Fassung bemüht.

»Nun, indem du mich während deiner Teenagerjahre nur als Freund gesehen hast, egal wie sehr ich versucht habe, dass du mich als mehr wahrnimmst.«

»Das habe ich«, erwiderte sie. »Aber ich wollte das mit uns nicht ruinieren.«

»Genau das meine ich damit, dass du dir immer zu viele Gedanken machst. Deine Sorge, dass du etwas ruinieren könntest, hat dich davon abgehalten, es zu erleben.«

Sie beobachtete einen Vogel, der zwischen ihr und der Sonne flog, und dachte über seine Worte nach.

»Bei Meredith ist es genauso. Du gehst ihr aus dem Weg.«

Ruckartig setzte sie sich auf und brachte damit die Hängematte zum Schwingen. »Ich gehe meiner Schwester nicht aus dem Weg! Ich war die ganze Zeit über bei ihr. Sie ist es doch, die dauernd verschwindet.«

Er nahm sanft ihre Hand und zog sie zurück, doch ihre Schultern waren jetzt angespannt und sie fühlte sich nicht mehr so wohl wie noch vor wenigen Minuten.

»Ich war mit euch beiden zusammen. Du sprichst nicht mit ihr. Du fragst sie nicht nach ihrem Leben.«

»Doch, das hab ich! Neulich«, widersprach sie und erinnerte sich an ihr Gespräch auf der Veranda. »Ich hab sie gefragt, womit sie ihr Geld verdient, weil ich das gar nicht wusste.«

»Das ist ein Anfang.« Er hielt immer noch ihre Hand. »Aber Leigh, du wusstest nicht mal, was deine eigene Schwester beruflich macht. Warum hat es so lange gedauert, bis du sie danach gefragt hast?«

»Du verstehst das nicht, Colton. Bei dir ist sie anders.«

»Weil ich mich nach ihr erkundige. Und ich höre ihr zu. Deshalb benimmt sie sich anders.«

»Sie wollte nie mit jemandem von uns zusammen sein, noch nie. Bei meiner Abfahrt zum College hat sie es nicht mal für nötig gehalten, aus dem Haus zu kommen, um mich zu verabschieden.«

»Hast du sie nach dem Grund gefragt?«

Stumme Frustration erfasste sie. Sollte sie wirklich diejenige sein, die auf Meredith zuging? Sie hatte doch nichts getan, was dieses Verhalten ihrer Schwester rechtfertigte?

»Niemand hört ihr zu«, erklärte er ernst. »Dabei ist das alles, was sie will.«

Das war doch lächerlich. »Wenn du so gut darin bist, Leute zu durchschauen – was ist es, das *ich* will?«

Er grinste, was zu bezaubernden Fältchen um seine Augen führte. »Du willst einen Sinn. Du bist eine Macherin, eine Arbeiterin. Und du willst in der Lage sein, deine Fähigkeiten zu demonstrieren, weil die nämlich spektakulär sind.«

Sein Kompliment wärmte sie und erzeugte gleichzeitig eine Gänsehaut. Er hatte den Nagel auf den Kopf getroffen. »Was ist mit dir?«, fragte sie leise. »Was wünschst du dir?«

»Ich will aus meinem Boot angeln und abends auf meiner Veranda Football schauen. Ich will jeden persönlich kennen, wenn ich in die Stadt gehe.«

Sie lächelte über seine lockere Bemerkung, doch als sie sich an seine Wünsche als Teenager erinnerte, wurde ihr ganz heiß. »Das willst du also alles immer noch?« Sie war neugierig auf den Mann neben sich. Ihre gemeinsamen Jahre waren inzwischen nur noch ein Bruchteil von dem, was ihn ausmachte.

»Ja, all das macht mich glücklich. Aber eins hab ich vergessen. Ich möchte angeln und Football schauen und jeden in der Stadt kennen. Aber was ich damals nur vage wusste, war, dass ich es inmitten meiner liebsten Menschen tun möchte, denn nichts davon hat ohne die Menschen, die man liebt, irgendeine Bedeutung. Eines Tages möchte ich meine eigene riesige Familie gründen, aber bis dahin nehme ich meine Eltern und deine Familie, falls das okay ist.«

»Unsere ist ein bisschen chaotisch«, entgegnete sie, erfreut über seine Aufrichtigkeit.

»Nur, wenn du es zulässt. Sprich mit Meredith.«

»Vielleicht mache ich das«, antwortete Leigh und fragte sich, ob er womöglich recht hatte.

Kapitel 14

Nachdem Colton Leigh abgesetzt hatte, ging sie geradewegs hinüber zu ihrem Mietauto. Sie war noch nicht ganz so weit, dass sie sich ihrer Familie stellen konnte.

»Kommst du klar?«, wollte Colton wissen. Er hatte den Ellbogen in das offene Fenster des Ford gestützt.

»Ich versuche es.« Sie öffnete die Tür ihres Autos, immer noch verunsichert.

»Ruf mich an, wenn du mich brauchst«, sagte er mit einem Blick, der ihr verriet, dass auch er jemanden vor sich sah, der nicht mehr derselbe Mensch war wie früher.

Sie nickte, schloss die Fahrertür ihres Honda und startete den Motor. Colton fuhr zurück zu seinem Haus.

Die Fenster heruntergelassen, fuhr sie über die kurvigen Straßen, im kühlen Schatten des Baumdaches über ihr. Die neuen Blätter glänzten in einem frischen Grün. Der Gedanke, dass eine Luftaufnahme dieser Straßen für einen Außenseiter wie Wildnis aussehen musste, gab ihr ein Gefühl des Schutzes, als wäre sie in ihrem eigenen kleinen Kokon, in dem niemand zu ihr durchkäme – nicht Phillip, nicht ihre Familie, nicht Jimbo und seine Unfreundlichkeit …

Während der Fahrt, mit nichts als dem Geräusch des kühlen Frühlingswindes in den Ohren, wurde ihr immer wieder bewusst, dass sich ihr ganzes Erwachsenenleben ausschließlich um ihre Arbeit gedreht hatte. In ihrem Apartment gab es nicht mal eine Zimmerpflanze, weil sie nicht häufig genug daheim gewesen war, um eine zu gießen. Sie hockte immer über ihrem Laptop, wo sie suchte, studierte, die neuesten Fakten auswendig lernte, damit sie wie eine Rakete durch ihre nächste Besprechung fliegen konnte. Darauf hatte sie ihr komplettes Selbstbild aufgebaut.

Aber jetzt, in diesem Moment, zwang sie sich, auf das Rauschen der Bäume zu achten, auf die Sonnenstrahlen, die durch die Zweige brachen, das Gefühl der unebenen Straße unter den Reifen und der Kurven, während sie dem Ufer des glitzernden Sees folgte. Sie nahm alles in sich auf und dachte daran, dass dies die Dinge waren, die Nan so viel bedeutet hatten. Wie sehr wünschte sie sich ihren Rat.

»Du hast dir eine ganz schlechte Zeit fürs Nicht-da-Sein ausgesucht«, sagte sie laut und hoffte, dass Nan sie hörte. »Das sieht dir gar nicht ähnlich.«

Sie schob Nan absichtlich die Schuld zu, weil sie hoffte, ihre Großmutter damit genügend aufzuregen, dass sie zu ihr kommen würde, um ihr zu sagen, dass sie bei dieser Angelegenheit kein Mitspracherecht hatte. Leigh wartete mit geschärften Sinnen auf ein »Ich bin immer noch hier« im Flüstern des Windes, aber da kam nichts.

Es wäre so einfach gewesen, sich von der Traurigkeit darüber hinabziehen zu lassen, dass das Cottage nicht mehr derselbe lebhafte Ort wie früher war, dass jede Minute, in der Leigh jetzt kämpfte, die strahlenden Erinnerungen ihrer Jugend mehr und mehr wie eine Fantasie aussehen ließ. Aber es lag nicht in Leighs Charakter, sich in so was zu suhlen, das hatte sie jetzt bereits zur Genüge getan. Wie Colton gesagt hatte – sie war eine Macherin. Sie wollte arbeiten, denken, Lösungen für das finden, was nicht funktionierte.

Ihr Handy vibrierte – eine E-Mail-Benachrichtigung –, und ihre Macherinneninstinkte meldeten sich. Sie fuhr rechts ran, parkte zum Teil auf dem weichen wilden Gras am Straßenrand, und nahm das Telefon vom Beifahrersitz. Green Hat Coffee Roasters wollte ein Gespräch. Dort, neben der Straße, tat sie das, was sie am besten konnte, und vereinbarte einen Termin für einen Anruf. Ihre Pitches waren ein Volltreffer gewesen – schon zwei der vier Kaltakquisekunden hatten ihre E-Mail in weniger als vierundzwanzig Stunden beantwortet. So etwas gab es in ihrer Welt praktisch gar nicht.

Mit einem zufriedenen Seufzer und einem Funken Hoffnung beschloss sie, dass es an der Zeit war, umzukehren und sich ihrer Schwester zu stellen.

* * *

»Meredith!«, rief Leigh, sobald sie die Tür geöffnet hatte.

»Ich bin auf der hinteren Veranda!«, kam die Antwort ihrer Schwester.

Mit Coltons Worten bewaffnet, ging sie hinters Haus, wo Meredith und ihre Mutter saßen, und ließ sich auf dem Sofa neben ihrer Schwester nieder. »Kann ich dich etwas fragen, was mich schon immer beschäftigt hat?«

Meredith schlug die Kunstzeitschrift zu, in der sie gelesen hatte, und hielt ihren Finger als Lesezeichen darin. »Sicher.«

Mama blickte zu ihnen herüber und fragte sich offensichtlich, worum es ging.

»Warum bist du nicht nach draußen gekommen, um mich zu verabschieden, als ich damals an die Northwestern University gefahren bin?«

Zwischen Merediths Brauen erschien eine Falte, und sie blickte Leigh an, als wäre die verrückt geworden.

»Ich habe mich immer gefragt, was ich wohl getan hatte, dass du so sauer auf mich warst.« Endlich die Worte auszusprechen, die so lange in ihr geschwelt hatten, fühlte sich sehr befreiend an, als ob sie einen Schwarm Tauben freiließ und zusah, wie er sich in die Lüfte erhob.

Meredith legte die Zeitschrift auf den Couchtisch und stützte die Unterarme auf die Knie. Ihr Blick wanderte von Leigh zu ihrer Mutter und zurück, und die Verwirrung darin war einer Schwere gewichen, als hätte auch sie all die Jahre etwas zurückgehalten.

»Leigh, als du aufs College bist, haben Mom und Dad eine riesige Party für dich geschmissen. Weißt du noch, Mom?«

Mama nickte. Sie hatte ihre Lesebrille abgenommen, ihr Buch in den Schoß gelegt und lauschte interessiert, als ob auch sie sich das jahrelang gefragt hatte.

»Aber zwei Tage zuvor, als ich euch erzählt hatte, dass ich vorzeitig mit der Schule fertig geworden war, sodass ich in Florida kellnern konnte, bis ich alt genug fürs Barkeeping war, hab ich einen Vortrag darüber bekommen, dass ich mich unter Wert verkaufe, weil ich den leichteren Abschluss gewählt hatte. Statt einer Party haben Dad und du mir ein Sandwich für unterwegs mitgegeben und etwas Bargeld, damit ich nach Hause kommen konnte, falls ich irgendwo festsaß.«

Leigh konnte sich genau an die merkwürdige Mischung aus Genervtheit und Schmerz in Merediths Blick an diesem Tag erinnern. Meredith war hereingerannt, als hätte sie im Lotto gewonnen, ein gefaltetes Blatt Papier in der Hand.

* * *

»Ich bin fertig!«, verkündete Meredith. »Vier Jahre Highschool innerhalb von dreien geschafft.« Sie hielt ihnen den Ausdruck unter die Nase.

»Was ist das?«, fragte ihr Vater und versuchte, die Informationen auf dem Blatt Papier zu verstehen.

»Ich habe genug Stunden, dass ich ein Jahr früher von der Highschool abgehen kann, mit einem allgemeinen Abschluss.« Für Meredith war die Highschool immer wie ein Gefängnis gewesen, aus dem sie eines Tages ausbrechen wollte. Und in diesem Moment hatte sie es geschafft.

»Aber Schatz«, warf ihr Vater ein. Wenn er der Typ gewesen wäre, der den Kopf schüttelte und Gott segne dich *sagte, wäre jetzt der perfekte Moment dafür gewesen. »Wie willst du damit denn am College angenommen werden?« Er deutete auf das Papier, als wäre es eine Krankheit.*

»Ich brauche keinen Collegeabschluss«, erklärte Meredith zum Entsetzen ihres Vaters.

Was sie ihr ganzes Leben lang zu vermeiden versucht hatten, brach in diesem Moment krachend über sie herein. Keiner ihrer Elternteile hatte die geringste Ahnung, was sie mit jemandem anfangen sollten, der nicht so akademisch war wie sie.

»Du bist nicht handwerklich begabt«, sagte er. »Du hast keinen Weg vor dir. Was um alles in der Welt hast du denn mit deinem Leben vor?«

»Nun, jetzt fahre ich zum Highway 30 A und kellnere am Strand«, gab sie abwehrend zurück.

* * *

»Aber Meredith«, warf Mama von ihrem Stuhl auf der Veranda aus ein, womit sie Leigh wieder in die Gegenwart zurückholte. »Wir haben diese Party für Leigh veranstaltet, weil die Zulassung für Northwestern eine Menge Arbeit über viele Jahre hinweg bedeutet hat. Wir haben all ihre Anstrengungen gefeiert.«

»Genau das ist das Problem«, antwortete Meredith. »Was ist denn falsch daran, einander zu feiern? Ich war genauso glücklich, an der Golfküste zu kellnern, wie Leigh über die Zulassung an der Northwestern, aber ihr habt Arbeit immer über Glück gestellt. Einige von uns funktionieren anders. Ich bin in meiner Branche sehr erfolgreich, und welchem Kurs auf der Highschool habe ich das verdammt noch mal zu verdanken?« Sie verschränkte die Arme, immer noch gekränkt. Dann wandte sie sich an Leigh. »Ich war an diesem Tag nicht sauer auf dich. Ich war sauer, dass niemand mich verstanden oder mich unterstützt hat.«

Coltons Einschätzung schoss Leigh durch den Kopf: *Niemand hört ihr zu, und dabei ist das alles, was sie will.*

»Hast du uns deshalb nicht zu deiner Galerieeröffnung eingeladen?«, erkundigte sich Mama. »Wir wären gern dabei gewesen.«

»Ihr habt mich früher nicht unterstützt, also bin ich gar nicht auf den Gedanken gekommen, dass ihr es jetzt vielleicht wollt.«

Merediths Bemerkung traf Mama hart – sie kauerte sich in sich zusammen und Tränen standen ihr in den Augen. Leigh konnte sich nur ansatzweise vorstellen, welche Last sich auf die Schultern ihrer Mutter legte, als ihr bewusst wurde, dass sie und ihr Vater sich all die Jahre in Meredith geirrt hatten. All die Nachhilfestunden hätten Kunstunterricht sein können … Meredith war nicht einfach immer nur in Bewegung – sie *lief vor ihnen weg.*

»Es tut mir leid, wenn ich dich traurig gemacht habe, Mama«, sagte Meredith.

Mama winkte ab und blickte hinaus auf den See. Ihre Unterlippe zitterte. In diesem Moment fragte sich Leigh, ob

Mama den Blick auf das ruhige Wasser brauchte, um sich selbst Frieden in ihrem eigenen Sturm zu geben.

* * *

Nach Merediths Geständnis herrschte einige Stunden lang Schweigen zwischen den dreien. Meredith war wer weiß wo und Mama war ins Bett gegangen, also sah Leigh ihre E-Mails durch. Der Anblick einer bestimmten Nachricht drehte ihre Stimmung um einhundertachtzig Grad. Samantha Perkins von The Attic Light hatte mit einigen Fragen auf Leighs Follow-up-E-Mail geantwortet, und Leigh hatte einen Videoanruf vor Ort angeboten. Sie hatte Jimbo angerufen, um ihm mitzuteilen, dass sie Zutritt zu dem Laden brauchte, und er hatte zwar nicht zurückgerufen, ihr aber geschrieben, dass einer seiner Männer sie am nächsten Morgen um neun Uhr einlassen werde.

Leigh konnte es nicht erwarten, die Sache unter Dach und Fach zu bringen. Es lief alles ein wenig zu glatt … Aber das war in Ordnung, es rief ihr in Erinnerung, dass sie diese Arbeit gut machte. Wenn sie alle Kunden für das Projekt interessieren konnte, würde sie sie während der kommenden Wochen persönlich treffen. Meredith würde ihr doch sicher erlauben, das Cottage zu benutzen, wenn es so weit war. Aber es brachte nichts, sie zu fragen, bevor sie das Projekt in der Tasche hatte.

Mit neu erwachter Zielstrebigkeit klappte Leigh den Laptop auf und scrollte durch die neuesten Stellenangebote, bis sie ein aktuelles in New York City fand, bei einer Firma namens Rycroft Enterprises, die sich drei Blocks von McGregor entfernt befand. Es war eine Werbeagentur, die nach einer Projektleitung suchte. Sie las die gesuchten Qualifikationen:

Kenntnisse im Bereich Public Relations, teamfähig, erfolgreiche Erfahrung bei der Führung eines großen Teams bevorzugt.

Leigh schrieb eine E-Mail, hängte ihren Lebenslauf an und fügte hinzu, dass sie für die Kundenakquise bei Greystone Properties verantwortlich war. Es war keine Lüge, und es fühlte sich an, als ob es die Aussage zu einer Tatsache machen würde, wenn sie es jemandem gegenüber erwähnte. Dann drückte sie auf Senden. Sie fand noch einige weitere vielversprechende Angebote und bewarb sich auf diese ebenfalls. Mit jeder abgeschickten E-Mail fühlte sich Leigh selbstbewusster. Auch wenn damit nicht alle ihre Probleme gelöst waren, war es doch ein Licht am Ende des Tunnels.

Kapitel 15

»Wir könnten diese Wand hier komplett mit Bücherregalen verkleiden«, erklärte Leigh, als sie am nächsten Morgen im Laden von Greystone über den weißen Fliesenboden ging und für Samantha Perkins ihr Handy hochhielt. Sie hatte noch nicht Rücksprache mit Jimbo gehalten, ob er überhaupt Bücherregale bauen konnte. Da er nicht verfügbar war, hatte sie sich einfach die Freiheit genommen, es vorzuschlagen. Das war schließlich das Mindeste, was er tun konnte, wenn sie ihm die Läden hier füllte. »Wir reden hier über zweihundertdreißig Quadratmeter Verkaufsfläche, mit all den Upgrades.«

»Ist ein Umbaupaket im Preis inbegriffen, falls wir weitere Änderungswünsche haben?«

»Alles ist verhandelbar.«

»Ich würde gerne rüberfliegen, um es mir anzusehen«, verkündete Samantha.

Leigh lächelte, um darüber hinwegzutäuschen, dass sie am liebsten herumgerannt und die Faust in die Luft gereckt hätte. »Hervorragend. Wie sieht es denn nächste Woche bei Ihnen aus? Sagen wir am Dienstag, um neun Uhr?«

»Das wäre perfekt.«

Leigh beendete ihren Videoanruf und rief dann Jimbo an. Sie hinterließ ihm eine weitere Nachricht, um ihn über ihren Fortschritt zu informieren. Sie dachte darüber nach, es auch ihrer Mutter und vielleicht sogar Meredith zu erzählen, aber irgendetwas an der Situation fühlte sich nach ihrem, und nur nach ihrem Sieg an. Sie würde es ihnen schon noch früh genug mitteilen, aber für den Augenblick wollte sie diese kleine Freude für sich behalten und sich daran wärmen. Mit schwungvollen Schritten machte sie sich auf den Weg nach Hause und fühlte sich, als könnte ihr in diesem Moment nichts und niemand etwas anhaben.

* * *

Im Eingang zu Nans Kunststudio fand sie Meredith barfuß und mit einem Pinsel in der Hand bei offenem Fenster und Countrymusik vor. Die Staffeleien waren herumgeschoben und Nans Sachen verändert worden. Ihre Schwester hatte Nans Farben geöffnet, viele davon auf Nans Palette gedrückt und einen blauen Streifen über eine der Leinwände gemalt.

Leigh öffnete den Mund, um zu protestieren, hielt dann jedoch inne und blieb im Türrahmen stehen, um Meredith zu beobachten. Ihre anfängliche Wut darüber, dass ihre Schwester es gewagt hatte, Nans Sachen zu berühren, wich einer Neugier, je länger sie Meredith beim Malen zuschaute.

Ihre Schwester hatte eine ungewöhnliche Technik, die aus je drei Pinselstrichen bestand, nach denen sie einen Schritt zurücktrat und anschließend drei weitere machte. Ihre Bewegungen waren beinahe mathematisch, und gleichzeitig auch irgendwie wie ein Tanz zwischen ihr und der Kunst. Es ähnelte der Weise, wie Nan gemalt hatte, aber Meredith hatte sich auch eigene Bewegungen beigebracht. Sie bewegte sich leichtfüßig, als würde sie gar nichts wiegen, ihr Pinsel strich über die Leinwand und ihre Striche begannen, eine breite Flügelform anzunehmen. In dem Moment fiel Leigh das Schmetterlingsbuch auf, das aufgeschlagen auf dem Boden neben der Staffelei lag.

»Das ist wunderschön«, sagte Leigh über die Musik hinweg und betrat den Raum.

»Danke«, erwiderte ihre Schwester, den Blick vorsichtig auf Leigh gerichtet. Sie malte weiter – Strich, Strich, Strich, ein Blick. Konzentriert kratzte sie sich mit dem Stiel des Pinsels am Kopf, wobei sie beinahe einige Strähnen mit der blauen Farbe beschmierte, als sie auf Nans Schmetterlingszeichnungen hinabsah. »Nan hat mir dieses Buch zusammen mit meinem Brief hinterlassen, und ich versuche herauszufinden, warum.«

Leigh ging hinüber zum Radio und drehte die Lautstärke so weit herunter, dass sie sich unterhalten konnten. »Es ist interessant, dass sie es dir gegeben hat, oder?« Mit schmerzender Brust betrachtete Leigh das Buch, das sie so gerne gehabt hätte.

Meredith legte den Pinsel an der Staffelei ab und tauchte einen neuen in graue Farbe, mit der sie Schattierungen auf dem Flügel anbrachte. »Ich muss ständig daran denken, dass Schmetterlinge Veränderung symbolisieren, Metamorphose. Und in meinem Brief hat Nan vom Kämpfen gesprochen und davon, dass der Schmetterling für seine Flügel kämpfen muss.«

»Mm«, machte Leigh, die immer noch versuchte, den Sinn in Nans Handlung zu erkennen.

»Ich verstehe, dass sie damit den Kampf meiner Jugend meint, aber ich habe das Gefühl, ich hätte meine Flügel schon gefunden, verstehst du?«

»Aber das wusste Nan nicht«, gab Leigh zurück.

Meredith beugte sich vor und fügte ein winziges Detail am Rande des Flügels hinzu. »Es ist mir trotzdem ein Rätsel, was sie sich für mich gewünscht hat. Sie wollte Veränderung und dass ich meinen Weg finde, aber irgendwie hat sie auch geglaubt, das

Cottage wäre ein Teil davon. Ich dachte, wenn ich hier male, kommt mir vielleicht die Antwort.«

»Vielleicht wollte sie lediglich, dass du einen sicheren Ort zum Wohnen hast, solltest du ihn je brauchen.«

»Das klingt aber gar nicht nach Nan. Sie hat immer größer gedacht.«

»Das stimmt.« Da hatte ihre Schwester recht. »Vielleicht wollte sie, dass du irgendwo Wurzeln schlägst.«

»Möglich, aber sie hat geschrieben, dass sie mir vom großen Paradies aus beim Fliegen zusehen will, und sie wusste, dass ich mich nicht gern irgendwo festhalten lasse. Der Moment selbst inspiriert mich, und das hat sie immer verstanden.« Sie tauchte einen weiteren Pinsel in ein lebhaftes Gelb.

Während Meredith weiter ihren Schmetterling zum Leben erweckte, tat Leigh so, als ob sie immer noch über die Situation nachdachte, dabei hatte sie ihr eigenes Rätsel zu lösen. Warum hatte Nan Meredith alle von Leighs Lieblingsdingen hinterlassen und ihr gar nichts? Auch wenn sie nicht das Gefühl hatte, ein Anrecht darauf gehabt zu haben, hatte die Geste doch ihr Selbstbewusstsein erschüttert und fraß nun unaufhörlich die ohnehin schon fragile Nähe zu ihrer Familie auf. Nan war ihr Fels gewesen, die Person, die vermeintlich nichts falsch machen konnte. Und auch wenn Leigh wusste, dass Nan ihre Gründe gehabt haben musste, fühlte sie sich doch von ihr im Stich gelassen.

»Sag mir Bescheid, falls du es herausfindest«, sagte sie und zwang sich zu einem Lächeln, das Meredith nicht sah, weil sie sich aufs Malen konzentrierte.

* * *

Am Abend sah sie ihre Mutter durch das Fenster, immer noch in ihrem Arbeitsoutfit vom Tag in der Bank, auf einem der Liegestühle an der brennenden Feuerstelle, den Blick auf den See gerichtet. Sie war am Morgen zur Arbeit geeilt, um jemanden zu vertreten. Wieder einmal hatte der Instinkt, sich selbst so beschäftigt wie möglich zu halten, damit sie nicht viel nachdenken musste, überhandgenommen. Leigh ging durch die Hintertür hinaus zu ihr.

»Wie geht es dir?«, fragte sie und bemerkte die roten Ränder um die Augen ihrer Mutter.

Mamas Unterlippe zitterte, und sie schüttelte den Kopf, um anzuzeigen, dass es ihr nicht gut ging.

Leigh setzte sich auf den Stuhl daneben, und gemeinsam blickten sie auf das Wasser hinaus. Das Boot schwankte neben dem alten Steg und zog an den Seilen, die es festhielten, als wollte es sie daran erinnern, wie sehr es vernachlässigt wurde.

»Wie war es bei der Arbeit?«, fragte Leigh und versuchte, ein unverfängliches Thema anzuschneiden.

Mama zuckte mit den Schultern.

»Viel los?«

Mama schüttelte den Kopf und wischte sich eine Träne von der Wange.

Die Abendluft wurde allmählich kühler, aber Leigh schlug nicht vor, nach drinnen zu gehen. Mamas Handtasche stand neben ihr und ihr Autoschlüssel lag auf der Stuhllehne. Es war klar: Wenn sie hätte ins Haus gehen wollen, hätte sie es längst getan.

»Wie konnte ich mich so irren?«, fragte Mama schließlich.

»Wobei? Meredith?«

»Bei allem«, erklärte sie mit feuchten Augen. »Euer Dad und ich haben unsere eigene Tochter nicht verstanden, und sie hat recht: Wir haben nicht euch als Menschen gefeiert, sondern nur eure Errungenschaften, und sogar dann nur die, die unseren eng gefassten Erfolgskriterien entsprachen.« Sie schloss die Augen und öffnete sie wieder, dann wischte sie eine Träne fort, die ihr über die Wange rollte. »Sie ist eurer Nan sehr ähnlich, dem großartigsten Menschen in unserem Leben, und ich habe es nie gemerkt. Nicht so, wie es mir hätte auffallen müssen. Stattdessen habe ich sie zu einem Weg gedrängt, der nicht für sie bestimmt war.«

»Du konntest nur das tun, was du für richtig gehalten hast«, versuchte Leigh, ihrer Mutter die Schuldgefühle zu nehmen.

»Ich hätte es sehen müssen«, wiederholte Mama und schüttelte den Kopf. Leigh sah wieder ihren entrückten Blick wie damals nach dem Tod des Vaters. Sie verschloss sich, überwältigt von ihrem Kummer und ihren Gedanken.

Leigh griff nach ihrer Hand, doch ihre Mutter bemerkte es kaum. In diesem Moment verstand Leigh, dass sie genau wie bei Nan und später bei ihrem Vater den Verlust der Beziehung betrauern musste, die sie mit ihrer jüngeren Tochter nie gehabt hatte.

»Ist schon gut, Mom«, sagte Meredith und kam die Stufen zu ihnen herunter.

Leigh sah zu ihrer Schwester hoch.

»Ich habe euch durch das Fenster gehört.«

Mama hob den Kopf, als Meredith um die Stühle herumging und sich dann setzte. Die farbbekleckssten Hände legte sie auf die Armlehnen, den Blick auf Mama gerichtet.

»Ich habe mein ganzes Leben lang verstanden, dass ihr es nicht sehen konntet.«

Mama neigte den Kopf, und erneut stiegen ihr Tränen in die Augen. »Ich hätte dir nicht das Gefühl geben sollen, dass du weniger warst als der begabte und brillante Mensch, zu dem Gott dich gemacht hat«, sagte sie. »Ich muss auch ständig daran denken, dass eure Nan es die ganze Zeit über gewusst hat, mir aber kein einziges Mal gesagt hat, dass ich das etwas lockerer nehmen sollte. Ich frage mich, warum.«

»Sie hat immer daran geglaubt, uns alle unseren Weg gehen zu lassen«, erwiderte Meredith. »Ich glaube, sie wollte dich eine Mutter sein lassen. Wer war sie denn, dir etwas vorzuschreiben?«

»Aber ich habe mich geirrt!«, entgegnete sie verzweifelt.

Meredith bekam ebenfalls feuchte Augen. Leigh hatte noch nie gesehen, dass sie für jemand anderen weinte. Aus ihrer Miene war eindeutig ersichtlich, dass sie Mitgefühl für Mama hatte.

»Vielleicht waren unsere Wege nie dazu bestimmt, geradlinig zu sein«, meinte sie. »Vielleicht ist das Leben dazu gedacht, chaotisch zu sein. Weil es nicht an dir ist, mich zu finden, sondern an mir, mich selbst zu finden.«

Merediths Worte schienen Mama ein wenig zu trösten, und sie holte tief Luft. »Ich hätte es dir ein wenig leichter machen können. All diese Nachhilfestunden, wo du die Zeit stattdessen zum Malen hättest nutzen können.«

»Na ja, ich muss die Abrechnungen für zwei Angestellte erledigen, insofern waren die extra Mathestunden schon hilfreich.« Sie grinste Mama an.

Mama lachte leise durch die Tränen, und Leigh war froh über Merediths Mitgefühl. Dann wurde ihre Mutter wieder ernst. »Es tut mir leid. Noch einmal wird das nicht vorkommen.«

Meredith schlang die Arme um ihre Mutter, und gemeinsam saßen sie zu guter Letzt als kleine Familie miteinander schweigend da. Das Haus wachte über sie.

* * *

Als die Sonne unterging, saß Leigh auf dem Steg, die Füße über dem Wasser baumelnd, wie sie es als Mädchen getan hatte. Ihre Gedanken drehten sich um den neuen Blickwinkel, aus dem sie ihre Familie jetzt sah. In ihrer Jugend hatte sie geglaubt, ihre Mutter habe alle Antworten. Sie hatte immer auf alles gehört, was sie ihr geraten hatte. Nachdem sie aber heute deren

Verletzlichkeit erlebt und erkannt hatte, dass sie lediglich ihr Bestes bei der Erziehung ihrer Töchter gegeben hatte, stellte sie nun ihr eigenes Leben infrage.

Weil Leigh gut in der Schule gewesen war, war es ihr leichtgefallen, die Wünsche ihrer Eltern zu erfüllen, und sie hatte sie gerne glücklich gemacht. Jetzt war sie nicht mehr so sicher, ob das richtig gewesen war. Ihr ganzes Leben lang hatte sie alles in ihre Arbeit gelegt. Selbst jetzt klammerte sie sich an die kleinen Erfolge bei Greystone Properties, wo sie buchstäblich eine Stelle für sich aus dem Nichts erschaffen hatte, um sich gebraucht zu fühlen.

Aber was, wenn sie am falschen Ort nach dem Glück suchte?

Leigh tauchte die Zehen in das kalte Wasser. Die Blätter der Bäume säuselten um sie herum, als wollten sie ihre rasenden Gedanken beruhigen. Der See wirkte heute riesig, wie eine von Merediths Leinwänden, als ob er auf etwas von ihr wartete. Plötzlich spürte sie die Abwesenheit der kleinen Füße, die über den Steg trappelten, des Ehemanns, der am Ende des Stegs die Arme um sie legte – nichts davon war Teil ihrer Realität. Die Wahrheit war: Sie liebte, was sie tat, und Erfolg im Büro brachte ihr echte Freude. Aber vielleicht war vom Schicksal Größeres für sie vorgesehen.

»Du bist auffallend still geblieben, Nan«, flüsterte sie. »Möchtest du mir vielleicht helfen? Warum tust du das alles?«

Der Wind blies ihr in die Haare und sie lauschte angestrengt auf die Stimme ihrer Großmutter. Doch wie immer war da nur Stille. Dann wandte sie Merediths Worte auf ihre Situation an: Vielleicht war das Leben dazu gedacht, chaotisch zu sein. Weil es nicht an den anderen ist, uns zu finden, sondern an uns, uns selbst zu finden. Sie wartete auf Nans Rat, weil sie ihr ganzes Leben lang auf den Rat von anderen gehört hatte. Aber womöglich war es an der Zeit, dass sie ihren eigenen Weg fand, so wie Meredith es getan hatte.

Kapitel 16

Am nächsten Morgen erwachte Leigh mit einer neuen Einstellung. Sie zog die Jalousien in ihrem Zimmer hoch und öffnete das Fenster. Die Frühlingstemperatur zeigte einundzwanzig Grad, bei Sonnenschein und keiner einzigen Wolke am Himmel. Sobald sie sich für den Tag fertig gemacht hatte, schlüpfte sie in ein Sommerkleid, zog eine Strickjacke darüber und ging in die Küche.

»Morgen«, sagte Mama, die gerade ihr Frühstück für die Arbeit einpackte, weil sie wieder für einen Kollegen einsprang und somit mehr Stunden arbeitete als normalerweise. Sie war noch in ihrem Bademantel, die grauen Haare hinter die Ohren gesteckt.

»Morgen«, gab Leigh glücklich zurück.

Mama schob ein halbiertes Sandwich in eine Plastikverpackung und legte sie in ihre Brotdose, dann setzte sie sich an den Küchentisch, um zu frühstücken. »Du bist heute sehr aufgekratzt.«

Leigh holte eine Tasse aus dem Schrank und goss Kaffee aus der halb vollen Kanne ein, dann fügte sie Sahne und Zucker hinzu. Dann setzte sie sich Mama gegenüber. Auf dem Tisch stand ein Frühstücksauflauf, ein Servierlöffel dagegengelehnt. »Ich gehe heute Morgen vielleicht zum Bauernmarkt.«

»Klingt gut.« Mama holte einen Teller, reichte ihn Leigh und schob ihr dann den Ei- und Würstchenauflauf zu.

Leigh tat sich eine Portion auf und teilte sich ein Stück mit der Gabel ab. »Weißt du, ob sie dort immer noch diese selbst gemachten Seifen verkaufen, die ich auf der Highschool benutzt habe? Es wäre schön, wieder welche zu haben.«

»Ich denke, schon«, erwiderte Mama.

»Brauchst du etwas? Ich könnte dir was mitbringen.«

»Danke, aber ich brauche nichts.« Es war offensichtlich, dass Mama immer noch über das Gespräch mit Meredith nachdachte.

Leigh stach mit ihrer Gabel in den Auflauf. »Vielleicht können wir heute zu dritt etwas unternehmen, wenn du von der Arbeit zurück bist – du, ich und Meredith.« Sie steckte sich den Bissen in den Mund und genoss den köstlichen Geschmack.

»Das wäre schön.«

»Finde ich auch«, erwiderte Leigh und meinte es auch so.

* * *

Der Bauernmarkt war eine Anhäufung auffallend dekorierter Stände und Zelte, wo die Verkäufer ihre Waren mit riesigen Kreidetafeln und bunter Schrift sowie mit wunderschön dekorierten Bannern anpriesen. Auf den mit blau-weißen Decken belegten Tischen standen frisch geerntetes Gemüse und selbst gemachte Marmeladen. Bäcker winkten den Kunden von ihrem Platz hinter Pekannuss-Pies und Pfirsichkuchen zu.

Rosemary Peabodys Stand war immer noch der erste, mit handgefertigten Ketten und Ohrringen, die im Sonnenlicht funkelten. Ihr Ehemann Thomas stand in der Nähe neben seiner Kühlbox und verteilte Eis an die Kinder, die sich dort versammelt hatten. Der ganze Platz wirkte durch die morgendlichen Einkäufer festlich. Leigh holte tief Luft, als könnte sie das Bodenständige einatmen und für später aufheben. Sie nahm sich einen Korb, winkte Rosemary zu, die mit ihrem Stand beschäftigt war, und ging den ersten Gang hinunter. Sie wollte systematisch alle Reihen ablaufen, um ja nichts zu verpassen.

An einem Tisch mit Holunderelixir nahm sie eine Flasche in die Hand, um das Etikett zu lesen. Der Verkäufer plauderte gerade mit einem Kunden. »Sei du selbst!«, stand auf der Flasche. Lächelnd stellte Leigh sie zurück und ging weiter zur nächsten Auslage, einer mit handgezogenen Bienenwachskerzen. Die mit Lavendelduft fiel ihr ins Auge. Sie schloss die Augen und beugte sich vor, um den blumigen Duft einzusaugen.

»Was machst du da?«, drang es leise an ihr Ohr, erzeugte eine Gänsehaut auf ihrem rechten Arm und brachte sie zum Lächeln. Sie drehte sich zu Colton um, der einen Korb mit Gemüse und Pfirsichkuchen in der Hand hielt.

»Hi«, sagte sie, unfähig, ihre Freude über seinen Anblick zu verbergen. »Ich überlege, ob ich diese Kerze kaufe. Sie duftet himmlisch.« Sie hielt sie ihm unter die Nase und er schnüffelte daran.

»Schön. Du solltest sie nehmen.«

»Ich glaube, das mach ich.« Sie winkte den Verkäufer heran, bezahlte die Kerze und legte sie in ihren Korb. »Ich freue mich, dass wir uns hier begegnet sind.« Sie ging zum nächsten Stand und befühlte dort ein handbesticktes Set aus Handtuch und Spüllappen. »Du hattest vollkommen recht, was Meredith angeht.«

»Du hast mit ihr gesprochen?«, fragte er mit funkelnden Augen.

»Hm. Und es hat einen großen Unterschied gemacht. Also danke.«

»Ich hab gar nichts gemacht, es nur erwähnt.«

»Aber wenn du das nicht getan hättest, dann hätte ich nicht gewusst, dass ich auf sie zugehen muss.«

Er lächelte, und es erreichte auch seine Augen.

»Ich glaube, wir unternehmen später etwas zu dritt, ich weiß aber nicht, was«, fuhr sie fort, weil sie hoffte, ihn zum Mitkommen animieren zu können. Sie hätte gern den Tag mit ihm verbracht.

Doch bevor sie weitersprechen konnte, drehte er sich zu einer Frau um, die seinen Namen rief.

»Merk dir, was du sagen wolltest, ich bin gleich wieder da«, versprach er und lief hinüber zu der Blondine, die Leigh schon bei Harvey's Marina gesehen hatte.

Die Frau sagte etwas zu Colton und legte ihm eine Hand auf den Arm. Leigh wandte sich ab, weil sie ihr Starren als übergriffig empfand, und widmete sich einem Glas Marmelade. Eigentlich war sie froh über die Störung, weil sie ihr erkennen half, dass sie sich ein wenig zu sehr auf ihre jugendliche Beziehung mit Colton verließ. Wenn sie ganz ehrlich zu sich war, kannte sie ihn gar nicht mehr. Er führte ein Leben ohne sie, genau wie sie ihres ohne ihn führte. Es war ein wenig zu einfach, sich auf die Erinnerungen zu stützen.

In dem Bemühen, nicht zu ihm hinzusehen, wanderte Leigh den nächsten Gang entlang und überflog die Auslagen der Stände. Sie griff nach einem Paar perlenbesetzter Ohrringe.

»Entschuldige bitte«, sagte Colton, als er wieder zu ihr aufschloss.

»Kein Problem«, erwiderte sie mit einem höflichen Lächeln, den Blick weiterhin auf den teuren Schmuck gerichtet, während sie an dem langen Tisch entlangschlenderte.

Er blieb stehen, was sie dazu veranlasste, dasselbe zu tun. »Du hast gesagt, dass eure Mutter, du und Meredith heute gemeinsam etwas unternehmen wollt, richtig?«

Schließlich sah sie ihm doch in die Augen. »Ja.«

»Warum kommt ihr drei nicht heute mit mir zum Angeln? Vielleicht kannst du mich als Rache über Bord werfen oder so.«

Leigh lachte – die lockere Bemerkung war wie Musik für ihre Seele.

»Ich hatte vor, mir das Abendessen zu fangen und dann draußen zu grillen.«

Vermutlich würde es die Spannung zwischen den Familienmitgliedern lindern, wenn Colton dabei war. »Du könntest auch deine Eltern einladen«, schlug sie vor, um möglichst viele Menschen um Colton und sich herum zu haben, damit sie sich nicht in ihre alten Gefühle für ihn verstrickte. Das würde keinem von ihnen guttun.

Er machte große Augen. »Dann sollten wir aber so bald wie möglich los, wenn wir genügend Fische für sechs Personen fangen wollen«, neckte er sie. »Wann kommt deine Mom nach Hause?«

»Mittags, hat sie gesagt. Ich schreibe ihr und Meredith schnell eine Nachricht.«

»Ausgezeichnet.« Sein Handy klingelte. »Das ist mein Designer. Wir haben ein kleines Problem mit dem Hersteller, da muss ich rangehen.«

Er ging zur Seite, während sie wie wild auf ihrem Handy herumtippte. Jemand anders begrüßte ihn, und er zog grüßend die Brauen hoch, das Telefon am Ohr. Ein Tag, an dem sich Leigh weder über das Schicksal des Hauses noch über ihre Jobsuche Gedanken machen musste, konnte ja nur großartig werden.

* * *

Als Leigh am Nachmittag gerade ihre Jeans angezogen hatte, um sich auf die Bootsfahrt mit Colton vorzubereiten, meldete sich ihr Handy mit einer E-Mail-Benachrichtigung. Überrascht erkannte sie, dass sie bereits eine Antwort von Rycroft Enterprises auf ihre Bewerbung hatte. Sie baten sie um einen Terminvorschlag für ein Bewerbungsgespräch.

Ihr Puls beschleunigte sich. Die waren an ihr interessiert. Doch während sie mit dem Handy in der Hand in ihrem Zimmer stand, fielen ihr all die Dinge ein, über die sie in letzter Zeit nachgedacht hatte. Sollte sie antworten? War dieser Job das, was sie wirklich wollte?

Letztendlich musste sie Geld verdienen. Wenn sie diese Stelle bekam, konnte sie ihr Leben weiterführen wie bisher. Buchstäblich nichts würde sich ändern, abgesehen davon, dass sie sich nicht mehr mit Phillip und Rebecca herumschlagen musste. Da sie noch auf Rückmeldungen von zwei potenziellen Kunden für Greystone wartete und sich mit den anderen beiden in der kommenden Woche persönlich traf, musste sie genau überlegen, wann sie für ein Bewerbungsgespräch nach New York fahren konnte. Sie begann eine neue E-Mail und überlegte.

In diesem Moment drang das Brummen eines Bootsmotors durch ihr Fenster, und Elvis' Bellen weckte ihre Aufmerksamkeit. Sie lachte, als sie sah, dass der Hund Meredith unbarmherzig anbellte, als sie sich dem Boot näherte, während Colton ihn zu beruhigen versuchte. Leigh schaltete ihr Handy auf Stand-by. Sie sollte ihm besser helfen, damit ihre Mutter und Schwester ins Boot steigen konnten.

Sie schlüpfte in einen Hoodie und Flipflops und joggte den grasbewachsenen Hügel zum Steg hinunter. Elvis gab seine Position als Bootsverteidiger auf und kam ihr entgegengerannt.

»Hey, mein Junge«, begrüßte sie ihn mit einem liebevollen Klopfen auf den Kopf, während sie den Blick auf Colton richtete. »Freust du dich auf einen Ausflug mit mir?«

Colton lächelte sie an, bevor er ebenfalls vom Boot sprang, um den Frauen hineinzuhelfen.

Der Hund folgte Leigh hechelnd und mit begeistert wedelndem Schwanz auf das Boot. Colton streckte ihr eine Hand entgegen, und sein fester und gleichzeitig sanfter Griff sowie das Lächeln auf seinen Lippen ließen Leighs Magen flattern. Dann half er Mama und Meredith, während Leigh Elvis ablenkte.

Mama setzte sich auf die gepolsterte Bank im Vorderteil. Sie trug einen breitkrempigen Hut, eine Sonnenbrille, und ihre Baumwollbluse flatterte in der sanften Brise. Meredith ließ sich neben Mama nieder, die Haare am Hinterkopf zu einem Knoten zusammengefasst. Elvis lief zwischen ihnen her, als ob er jede ihrer Bewegungen beobachtete, während Colton das Boot losmachte und vom Steg abstieß, bis er weit genug im Wasser war, um Vollgas zu geben.

Normalerweise fuhren sie vom Steg aus immer nach links in Richtung seines Elternhauses, doch heute fuhr er mit ihnen nach rechts, flussaufwärts. »Ich habe dort drüben neulich eine wunderbare Höhle mit wahnsinnig vielen Fischen entdeckt. Hoffentlich haben wir heute genauso viel Glück«, sagte er. Er trug eine abgenutzte Baseballkappe und Jeans, was ihm einen wunderbar lässigen Look verlieh.

Leigh hielt sich die langen blonden Haare mit einer Hand zurück. Das Boot raste auf ihr Ziel zu, schnitt durch das Wasser und hinterließ eine schaumige Spur.

Es hüpfte ein wenig, als es gegen die Wellen kämpfte, die von einem vorbeifahrenden Fahrzeug verursacht wurden. Elvis lag zwischen Coltons Beinen, doch Leigh hatte sich nicht festgehalten. Als sie von einer Woge erfasst wurden, griff Colton nach ihr, um sie zu stabilisieren. Es währte nur eine Sekunde, eine instinktive Reaktion, und seine Hände lagen sofort wieder am Steuer, aber Leigh musste sich zwingen zu atmen. Gedankenvoll schaute sie auf den See. Es ließ sich nicht leugnen, dass sie und Colton problemlos in die alten Muster zurückgefallen waren. Die flirtenden, zuneigungsvollen Momente fielen ihnen so leicht wie das Atmen. Doch inzwischen waren sie erwachsen, und eine Sommeraffäre war nicht mehr das, was sie wollte.

Das Boot glitt aus, und Elvis, der sich zwischen Coltons Beinen hervorgetraut hatte und jetzt in einer Ecke saß, spähte über den Rand, als wolle er seine Umgebung einschätzen. Colton warf den Anker und stellte einen Eimer Köder bereit, bevor er vier Angeln aus den Halterungen in der Mitte des Boots nahm.

»Es gibt hier jede Menge Blaue Sonnenbarsche und Weißbarsche«, erklärte er, als er einen kleinen Fisch als Köder auf den Haken steckte. »Letzte Woche habe ich vier gefangen, also drücken wir mal die Daumen.« Er reichte Leigh die Angel. »Weißt du noch, wie man die auswirft?«

Sie fummelte an der Spule herum. »Es ist schon eine Weile her …«

Colton griff um sie herum, legte seine Hände über ihre und den Hebel um, ließ die Schnur ab und neigte die Angel zurück, bevor er sie in weitem Bogen auswarf. Der Haken mit dem Köder versank im Wasser, bis der Schwimmer auf der Oberfläche schaukelte. »So«, flüsterte er ihr ins Ohr.

Ihr Herz klopfte wie verrückt. Bevor sie sich sammeln konnte, half er schon Mama beim Auswerfen.

Meredith nahm sich ihre Angel selbst und warf die Schnur in einem eleganten Bogen ins Wasser.

Als alle ihre Schwimmer im Wasser hatten, kümmerte sich Colton um seine Angel. Elvis saß zu Leighs Füßen, während sie den Schwimmer im Auge behielt und darauf wartete, dass etwas daran zog.

»Wie es aussieht, hast du einen neuen Freund für die Ewigkeit gefunden.« Mama deutete auf den Hund.

Lächelnd wechselte Leigh die Angel in die andere Hand, um den Hund zu streicheln. Sie fing an, den Hund wirklich zu mögen. »Er ist so lieb.«

Meredith drehte sich um, rümpfte die Nase, winkte Elvis zu und löste damit bei ihm ein Bellen aus.

Leigh warf den Kopf zurück und lachte. »Warum bist du so gemein zu ihr?«, fragte sie Elvis, der den Kopf zur Seite drehte, als versuchte er, sie zu verstehen. Er schien auch tatsächlich zu wissen, worum es ging, denn er blickte misstrauisch zu Meredith hinüber, was Leigh nur noch lauter lachen ließ. Doch als sich ihre Schnur über dem Wasser spannte, wurde Leighs Aufmerksamkeit schnell darauf gezogen. »Ich hab was!«, rief sie. »Colton, hilf mir. Ich kann es nicht halten.«

Colton stellte seine Angel in eine der Halterungen an der Seite des Boots und rannte zu ihr herüber, wo er wieder die Arme um sie legte und ihr half, den Fisch einzuholen. Coltons würziger Duft umfing sie.

»Wow, Leigh hat einen Fisch, von dem wir alle satt werden«, witzelte Meredith. »Jetzt können wir nach Hause fahren.«

Mit wachsender Begeisterung zog Leigh mit aller Kraft, um die Angel gerade zu halten, während Colton den Fang einholte. Als er schließlich über dem Wasser auftauchte, war es ein Streifenbarsch, der gut und gerne sieben Kilo wog.

Colton löste ihn vom Haken und hielt ihn hoch. »Fast, Meredith. Der hier reicht für drei oder vier von uns.« Er ließ ihn in den Kescher fallen, der seitlich am Boot angebracht war. »Gut gemacht.« Er steckte einen weiteren Köder auf Leighs Angel, und sie warf sie erneut aus.

Der blaue Himmel und das sanfte Schaukeln des Bootes waren so beruhigend, dass sich ihre Schultern entspannten und die Falte zwischen ihren Brauen verschwand. Hier, Meilen entfernt von der Hektik der Großstadt, dem Verkehrslärm und dem Geruch nach Abgasen verstand sie, was Colton vor Jahren gemeint hatte – dass er lieber einfach nur angeln wollte, statt sich mit all dem abzugeben.

Das Geräusch eines klingelnden Handys überraschte sie alle.

»Das ist meins«, erklärte Colton, ging zum Steuerrad und blickte auf das Display. »Oh, da muss ich drangehen. Einen Augenblick. Falls ihr wieder einen Großen erwischt, ruft mich einfach.« Dann hielt er sich das Telefon ans Ohr und ging zum Bug.

»Sag ihm, dass ich ihn sofort sprechen will, sobald er zurück ist. Ich werde nicht zulassen, dass er das tut.« Colton marschierte im vorderen Bereich des Bootes auf und ab. »Ist mir egal, was er sagt. Ich will dabei sein. Okay. Wir reden später.«

Er beendete das Gespräch und legte das Telefon zurück an seinen Platz. »Tut mir leid.«

»Alles in Ordnung?«, wollte Meredith wissen.

»Ja, bestens.« Aber die Art, wie er tief Luft holte, ließ Leigh glauben, dass das womöglich nicht stimmte. Doch worum auch immer es da ging, er wollte offenbar nicht darüber reden.

* * *

Sie hatten fünf Fische gefangen – zwei Streifenbarsche und drei Blaue Sonnenbarsche. Colton hatte sie mit nach Hause genommen, um sie fürs Abendessen auszunehmen. Also hatte sich Leigh mit Mama auf die Veranda zurückgezogen, wo sie die wunderbare Frühlingsbrise genossen. In den Bäumen zirpten Zikaden – das Geräusch eine entfernte Symphonie des bevorstehenden Sommers, genau wie die Wellen, die sanft ans Ufer schlugen.

Meredith kam mit drei Gläsern Limonade heraus und reichte je eins davon Mama und Leigh, bevor sie sich auf das Sofa fallen ließ. »Ich habe darüber nachgedacht, was ich mit dem Cottage anfangen will.«

»Oh«, machte Mama und beugte sich vor, die Limonade mit beiden Händen fest umklammert.

»Ich denke, ich werde es renovieren und in ein Airbnb umwandeln.«

Leigh wartete auf die Pointe, auf den Hinweis, dass ihre Schwester einen Witz machte. Meredith würde doch so was niemals ernsthaft in Erwägung ziehen. Doch als sie ihre Schwester mit ernstem Blick ansah, fuhr eine eisige Welle durch ihre Adern.

»Du willst es vermieten?«

Meredith schlug die Beine über wie ein Kind und trank einen Schluck von ihrer Limonade. »Ja. Ich habe darüber nachgedacht, warum Nan mir das Cottage hinterlassen hat, und mir ist eingefallen, dass ich reisen muss, um kreativ zu sein. Ich könnte es zu einer Künstlerunterkunft machen, bei Airbnb einstellen und es an Leute vermieten, die einen neuen Ort brauchen, um künstlerisch tätig zu sein.« Sie deutete auf den Garten. »Das hier würde ich alles abtragen, die Feuerstelle entfernen und vielleicht betonieren, damit wir unsere Staffeleien einfacher aufbauen können. Vielleicht könnte man ein cooles Zitat über Kunst in den Beton eingravieren. Und drinnen«, fuhr sie fort, »würde ich gern alles komplett renovieren: hohe Decken, größere Fenster, Gipskarton über die Holzwände, damit es hell ist. Ich würde die Wände rausnehmen und einen offenen Raum schaffen.«

Je mehr Meredith redete, desto schlechter wurde Leigh. »Du willst alles entfernen, was Nan geschaffen hat«, sagte sie. »Die Blumenbeete und den kleinen Gemüsegarten neben der Feuerstelle. Sie hat all das selbst angepflanzt, sie hat das Cottage entworfen …« Sie hielt inne und kämpfte gegen den Kloß in ihrem Hals. Das hier war *ihr* Ort, der ihrer Familie und nicht der von anderen.

»Aber sie ist nicht mehr da«, erwiderte Meredith und schien automatisch eine Konfrontation zu erwarten, sobald sie sich äußerte. »Sie hat es mir geschenkt. Sollte ich es da nicht jetzt für meine Zwecke nutzen? Wäre es nicht das, was sie gewollt hat?«

»Warum machst du nicht deine eigene Kunststätte daraus?«, schlug Mama vor. Sie konnte die Furcht in ihrem Blick nur schwer verbergen, während sie sich vorsichtig der Idee näherte.

»Ich weiß, dass ihr beide das nicht versteht, aber es würde mich in den Wahnsinn treiben, wenn ich für längere Zeit hier wohnen würde. Es würde das Leben aus mir heraussaugen. Ich brauche immer wieder neue Blickwinkel, Bewegung, die Energie neuer Orte und Menschen.«

»Dann überlass das Cottage uns«, schlug Leigh vor. Auch wenn es nicht das war, was Nan gewollt hatte, war es trotzdem deutlich besser als die Alternative.

»Wenn Nan das gewollt hätte, hätte sie es dir hinterlassen«, gab Meredith zurück. »Hat sie aber nicht.«

Merediths Worte taten weh und legten den Finger wieder in die Wunde, die Leigh am meisten quälte.

»Wir können kostenlos in dem Airbnb wohnen, wann immer wir wollen«, bot Meredith an, aber das war nicht genug.

Warum sollte Leigh an einem Ort wohnen wollen, den sie nach Merediths Renovierung gar nicht wiedererkennen würde? »Du verstehst nicht, worum es geht.«

Meredith stellte ihre Limonade ab und drehte sich zu ihrer Schwester um. »Worum geht es dann?«

»Wir waren keine gute Familie, geben wir es einfach zu«, begann Leigh. »Wir haben nie gelernt, uns zu vertragen oder einander zu verstehen. Aber dieser Ort war der eine Platz, wo unsere Schwierigkeiten für eine Weile verschwunden sind. Du konntest losziehen und dein Ding machen, während ich hiergeblieben bin und mich neu ausrichten konnte. Wir haben abends am selben Tisch gegessen, ohne uns zu streiten. Das hier war der einzige Ort, der das geschafft hat. Jetzt haben wir ihn gerade wiedergefunden. Ihn zu verändern, würde uns das nehmen, und wir verteilen uns wieder wie zuvor, aber diesmal ohne einen Platz, an den wir als Familie zurückkehren können. So schlecht wir als Familie auch funktionieren, Meredith, das hier ist alles. Ich und Mama sind alles, was du hast, und du bist alles, was wir haben.«

»Wir könnten uns bei Mom treffen«, hielt Meredith dagegen.

»Das ist eine Einzimmerwohnung«, antwortete Leigh.

Mama blickte auf ihren Schoß, als hätte sie versagt, aber es gab nichts, was Leigh hätte tun können, um sie davor zu bewahren.

Meredith blickte schweigend auf das Limonadenglas, das inzwischen einen winzigen Ring auf dem Tisch hinterlassen hatte.

»Ich muss Leigh zustimmen«, mischte Mama sich schließlich ein. »Das hier ist nicht nur das Zuhause eurer Nan. Es war auch unser Zuhause. Ein Ort, an den wir zurückkehren wollen.«

»Ihr wart acht Jahre lang nicht hier«, beharrte Meredith und verschränkte mit einem frustrierten Ausatmen die Arme.

Mama fing ihren Blick auf. »Weil es so ein emotional beladener Ort ist. Hier liegen so viele Erinnerungen für mich, für uns alle. Familie *ist* wichtig, Meredith. So wichtig, dass ich zulasse, dass meine Mutter mich übergeht und dir das Cottage schenkt, weil ihre Absichten hier am wichtigsten sind.«

»Sind wir überhaupt eine Familie?«, fragte Meredith provozierend.

Das war ein Tiefschlag, und Mama reagierte sofort, indem sie in sich zusammensank. Sie blickte mit zitternder Unterlippe hinaus auf den See, bevor sie sich an ihre Tochter wandte.

»Ich denke, dass du die Einzige bist, die uns nicht für eine Familie hält. Sogar Elvis merkt das.«

Das kam sowohl für Meredith als auch für Leigh unerwartet.

»Er war ein Streuner, richtig? Und jedes Mal, wenn er dich sieht, bellt er dich an. Ich denke, das liegt daran, dass er Familienanschluss wertschätzt, und dass er es spüren kann.«

»Was spüren?«, fragte Meredith, aber offensichtlich genervt, dass sie sich überhaupt auf dieses alberne Gespräch einließ.

»Elvis hatte keine Familie, und ich denke, er spürt, dass du niemanden von uns an dich heranlässt«, erklärte Mama. »Er spürt deine Feindseligkeit.«

»Das ist doch lächerlich.« Meredith lachte ungläubig.

»Wirklich? Mir erscheint es logisch«, erwiderte Mama.

»Mir auch«, sprang Leigh ihrer Mutter bei. »Es ist schon komisch, wie er dich anbellt. Bei Mama ist es nicht so heftig. Hunde haben sehr gute Instinkte.«

Meredith schüttelte den Kopf. »Ich werde ganz sicher Ratschläge über die Zukunft des Hauses von zwei Menschen annehmen, die glauben, dass ein Hund unsere Familiendynamik versteht.« Sie verdrehte die Augen.

»Eins ist sicher«, warf Leigh ein. »Wenn du es vermietest, werden wir womöglich nie eine Familie. Wir fangen ja gerade erst damit an.«

Mama stand auf und nahm ihr Glas mit zum Rand der Veranda, wo sie aufs Wasser hinausblickte. Leigh folgte ihr und betrachtete den Ort, an dem sie als Familie mit dem Boot gefahren fahren. Meredith und sie hatten sich an die Schwimmreifen geklammert, die hinter dem Boot hergezogen wurden. Sie sah auf den Steg, wo sie nach der Fahrt hierher ihre Kleidung ausgezogen hatten und ins Wasser gesprungen waren, um den Beginn des Sommers einzuläuten.

»Wir wissen alle, dass es nicht mehr dasselbe sein wird, wenn das hier fort ist. Nichts wird mehr genauso sein«, sagte Mama.

»Nun, letztendlich liegt die Entscheidung bei mir. Nan hat mir das Cottage hinterlassen, und ich möchte es für etwas nutzen, das mich repräsentiert und gleichzeitig anderen dient. Wie kann das etwas Schlechtes sein? Außerdem habe ich schon angefangen, Bauarbeiter zu kontaktieren.« Ohne ein weiteres Wort glitt die Wand, an deren Einriss sie diese Woche so hart gearbeitet hatten, wieder an Ort und Stelle. Meredith stand auf und ging ins Haus.

In diesem Moment wusste Leigh, dass ihre Mutter recht gehabt hatte: Nichts würde mehr so sein wie früher.

Kapitel 17

Mit dem Schicksal der Hütte in Merediths Händen und ohne jegliche Ahnung, in welcher Verfassung der Ort in den kommenden Wochen und Monaten sein würde, wollte Leigh die Interessenten für Greystone Properties so schnell wie möglich unter Dach und Fach bringen. Sie musste diese Arbeit abschließen, damit sie all ihre Energie darauf konzentrieren konnte, ihre Schwester umzustimmen. Leigh schrieb eine E-Mail an Top Mountain Supply Co., um herauszufinden, ob es Fragen an sie gab. Dann antwortete sie auf das Bewerbungsgesprächsangebot von Rycroft Enterprises und nannte einige Terminvorschläge.

Nachdem alles erledigt war, konnte sie jedoch an nichts anderes denken als den Verlust des Hauses. Sie lag auf dem Bett, den Kopf ins Kissen gekuschelt, und atmete tief aus. »Warum, Nan?«, flüsterte sie in Richtung Decke.

In dem Moment meldete sich ihr Handy mit einer Nachricht von Colton:

Lust auf eine Spazierfahrt?

Gedankenverloren starrte sie darauf. Sie wollte sich auf ihre Familie konzentrieren und versuchen, die Beziehung, die sie hatten, zu reparieren. Außerdem musste sie sich vergewissern, dass es Mama gut ging. Nachdem Meredith die Bombe bezüglich des Hauses hatte platzen lassen, hatte sie sehr angeschlagen gewirkt. Aber insgeheim wollte sie selbst auch einfach vor ihren Problemen fliehen. Schließlich würden die auch noch da sein, wenn sie zurückkam, oder?

Sie antwortete: Eine Spazierfahrt klingt gut.

Colton: Gut, ich stehe nämlich schon in eurer Einfahrt.
Grinsend stand sie auf, fuhr sich mit den Fingern durch die Haare und ging nach draußen, erleichtert über die Ablenkung.

Doch was draußen auf sie wartete, war nicht Coltons üblicher Ford.

»Was ist das denn?«, fragte sie ihn durch das offene Fenster des glänzenden schwarzen Silverados.

»Mein anderer Pick-up. Du glaubst doch nicht wirklich, dass ich meine Verabredungen mit meinem Farmauto abhole, oder?«

Sie kniff die Augen zusammen. »Das hier ist also eine Verabredung?« Sofort bereute sie ihre Worte, als ihr bewusst wurde, dass er das eher allgemein gemeint hatte.

»Nur, wenn du vorhast, mit zwei Männern gleichzeitig auszugehen.« Er lehnte sich zurück, und Elvis streckte den Kopf vor, was sie amüsierte.

Sie stieg ein. Das sanfte Schnurren des Motors unterschied sich deutlich von dem seines Farmautos. Der Silverado glitt über den Kies, als wäre er eine Eisbahn.

»Meine Mom und mein Dad haben das Kochen für heute Abend übernommen«, erklärte er. »Mom hat mindestens drei Aufläufe im Ofen. Sie freut sich so, endlich mal Zeit mit uns allen zu verbringen.«

Leigh grinste. »Ich habe deine Energie gebraucht. Du bist genau da aufgetaucht, als ich dich brauchte. Woher wusstest du das?«

Er zog die Brauen hoch und wirkte zufrieden. »Das ist meine Superkraft.«

Dagegen ließ sich nichts einwenden.

»Warum, was ist denn los?«, wollte er wissen, während er zwischen ihr und der Straße hin und her blickte.

Stöhnend rieb sie sich über die angespannten Schultern, die seit Merediths Ankündigung schmerzten. »Meine Schwester.«

»Was ist denn jetzt schon wieder? Ich dachte, es läuft gut.«

»Nan hat *ihr* das Cottage vermacht. Es ihr einfach hinterlassen, ohne sich mit uns vorher zu besprechen. Und jetzt will Meredith es komplett umbauen und dann an Urlauber vermieten.« Elvis hatte den Kopf in Leighs Schoß gelegt, als wollte er sie trösten. Sie streichelte ihm den Kopf.

»Hat sie gesagt, warum?« Er fuhr in Richtung der Baumwollfarm.

»Sie meint, das wird anderen Künstlern helfen. Aber was ist mit uns? Wir sind ihre Familie, wir sind alles, was sie hat.«

Er schürzte die Lippen, so wie er es schon immer getan hatte, wenn er nachdachte. »Ich glaube nicht, dass Vermietung die beste Idee wäre. Wir haben nicht viele Touristen an diesem Teil des Sees. Das gehört zu den Gründen dafür, warum es hier so schön ist.«

»Sag *ihr* das.«

»Vielleicht mache ich das.« Er fuhr auf die Farm, und vor ihnen erstreckten sich die Felder bis zum Ufer. »Ich meine es ernst. Das wäre das Letzte, was ich möchte.«

»Vielleicht hört sie auf dich«, meinte Leigh. »Auf Mama und mich jedenfalls nicht.«

»Okay, ich spreche beim Abendessen mit ihr.«

Er hielt mitten auf dem Feldweg an.

»Was machen wir denn hier?«

»Ich habe dir eine Fahrt versprochen«, erklärte er und stieg aus. Elvis folgte ihm und sprang auf den Pfad. Colton umrundete den Pick-up und öffnete Leigh die Tür, dann nahm er ihre Hand und half ihr heraus.

»Wie fahren wir denn ohne Pick-up?«

Er deutete auf einen riesigen Traktor mit einem großen Pflug, der über das halbe Feld reichte. »Wir fahren mit dem Grubber. Ich muss die Felder jäten, damit sie nicht überwuchern.« Er blickte auf ihre Flipflops. »Soll ich dich tragen?«

»Du willst mich übers Feld tragen?«

»Es sei denn, du würdest lieber von Elvis getragen werden.«

Elvis hörte auf, am Boden herumzuschnüffeln, und blickte sie an.

Colton beugte sich vor und winkte sie zu sich heran. »Wir müssen schließlich deine pinkfarbenen Zehennägel schützen.«

»Du willst wirklich, dass ich da mitfahre?« Sie schüttelte den Kopf. »Brauchen deine Eltern keine Hilfe im Haus bei den Aufläufen?«

»Definitiv nicht.« Er winkte noch einmal. Als sie sich nicht rührte, richtete er sich auf. »Wir müssen pünktlich beim Abendessen sein«, erklärte er und tippte auf seine Uhr. »Ich muss das hier heute erledigen. Morgen habe ich zwei Teambesprechungen, und dieses Feld pflügt sich nicht von allein.«

Wider besseres Wissen sprang sie auf Coltons Rücken, und er packte ihre Oberschenkel, sodass ihre Füße zu beiden Seiten herunterhingen. Elvis folgte ihnen, als Colton vorsichtig über die ausgelegten Baumwollsamen stieg. Leigh hielt sich an seinen breiten Schultern fest, und die Stoppeln an seinem Kinn streiften ihre Haut, während sie über das riesige Feld marschierten. Noch vor einer Woche hätte sie niemals geglaubt, dass sie das tun würde.

Als sie das riesige Fahrzeug erreicht hatten, ließ er sie herunter und kletterte die Leiter hoch zur Tür. Elvis, der offensichtlich ein alter Profi war, sprang ebenfalls in die Kabine.

Colton bedeutete Leigh hochzuklettern. Sie setzte sich auf die kühle Vinylbank.

Colton ließ den Motor an, die große Maschine fuhr ruckelnd los und rollte dann sanft vorwärts über das Feld.

Es fühlte sich an, als würden sie durch die Lüfte über der Farm fliegen. Sie hatten einen unverstellten Blick bis zum See. »Das ist wunderschön!«, rief sie über das Brummen der Maschine hinweg.

»Deshalb dachte ich, dass es dir gefallen könnte«, gab Colton zurück. »So weit das Auge reicht nichts als unberührtes Land. Das mag ich so am Leben hier.«

»Ich hatte es vergessen«, gab sie zu. »Ich war so lange weg, dass die Erinnerungen an dieses Leben beinahe zu einem alten Traum geworden sind. Danke, dass du mich wieder an sie erinnert hast.«

Er grinste sie an. »Dafür bin ich da.«

Eine Weile lang fuhren sie schweigend, hin und zurück über die Baumwollfelder. Weit und breit nur Wasser, Erde und blauer Himmel.

»Ich bin froh, dass du hier bist«, sagte Colton, als er sie in Richtung See fuhr. »Ich habe dich falsch eingeschätzt. Ich hätte nicht gedacht, dass du jemals zurückkommst.«

»Warum?« Leigh betrachtete die Fältchen um seine Augen, die sich immer bildeten, wenn er lächelte und seine ernste Miene auflockerten.

»Ich dachte, sobald du einmal das Großstadtleben gespürt hast, würdest du nicht mehr zurückkommen wollen.«

»Mir gefällt es in New York«, gab sie zu. »Aber ich würde gerne eine Möglichkeit finden, meine beiden Leben miteinander zu verknüpfen.«

»Das ist eine große Aufgabe«, meinte er. »Ich bin mir nicht sicher, ob du die Großstadt hierherbringen kannst.«

Das war ein gutes Argument. Es war, als bestünde sie aus zwei unterschiedlichen Teilen, und sie zusammenzufügen würde nicht leicht werden.

* * *

Als Colton und Leigh das Haus betraten, wusch sich Ruby gerade die Hände am Spülbecken. Die Luft war erfüllt vom würzigen Geruch nach Salbei und Butter. Nachdem sich Coltons Mutter die Hände abgetrocknet hatte, kam sie um die große Kücheninsel herum, um sie zu begrüßen.

Paul winkte ihnen vom Sofa aus zu. Auf dem großen Flachbildfernseher über dem Kamin lief das Baseballspiel zwischen den Braves und den Cardinals. »Hey, ihr.«

»Möchtet ihr Eistee?«, fragte Ruby. »Ich habe gerade einen Krug voll gemacht.« Leigh hatte noch nicht geantwortet, aber Ruby stand bereits vor Coltons Küchenschränken und holte zwei Gläser heraus.

Colton folgte seiner Mutter auf die andere Seite der Kücheninsel, gab ihr einen Kuss auf die Wange und holte dann die Platte mit den gesäuberten Fischen aus dem Kühlschrank.

»Schauen wir uns mal den neuen Grill an«, sagte Paul zu seinem Sohn und stand auf. »Nimm die Butter, das Salz und den Pfeffer mit, ja?«

Ruby schüttelte den Kopf, nachdem Colton und sein Vater nach draußen gegangen waren. »Colton ist so ein guter Junge«, sagte sie, als wäre er zwölf. »Er hört auf seinen Dad, obwohl er ganz genau weiß, dass er selbst viel besser kochen kann als wir alle zusammen.« Sie schob Leigh ein Glas Eistee zu.

Leigh zog sich einen Barhocker heran und setzte sich Ruby gegenüber. »Ich wusste gar nicht, dass er kochen kann. Wo hat er das gelernt?«

»Nun, es hat mit den Kochkursen begonnen, als er damals vor einigen Jahren mit einer jungen Dame zusammen war.«

Leigh hätte bei der Erwähnung einer anderen Frau nicht so schockiert sein dürfen. Colton war unglaublich attraktiv, obendrein Single und hatte ein gutes Einkommen. Er war ein guter Fang, daher war es nur natürlich, dass er auch ein gesundes Liebesleben führte. Sie ignorierte das ungute Gefühl, das der Gedanke bei ihr hervorrief, und dachte über ihr eigenes nach.

»Er wusste erst gar nicht, dass ihm Kochen Spaß macht«, fuhr Ruby fort und wischte die Arbeitsplatte ab. »Aber es passt zu ihm. Er ist so künstlerisch veranlagt, weißt du?«

»Früher war mir das gar nicht bewusst«, gab Leigh zu. »Er hat es nie durchblicken lassen.« Sie fragte sich, ob er deshalb immer Meredith so gut verstanden hatte, eine weitere unsichtbare Verbindung zwischen Leigh und Colton.

Ruby legte den Lappen neben die Spüle. »Ich glaube, er hat es erst später gemerkt.«

Alle schienen sich weiterzuentwickeln, neue Erkenntnisse über sich selbst zu gewinnen, und sie hing immer noch am selben Ort fest, unfähig, sich vorwärtszubewegen.

»Was ist denn los, meine Liebe?«, fragte Ruby.

Hatten sich ihre Gedanken auf ihrem Gesicht gespiegelt? »Ach, nichts«, behauptete sie. »Ich habe nur nachgedacht.«

»Nun, ich sage ja immer, dass Gedanken eigentlich nur die eigene Stimme sind, die sich Gehör verschaffen will.«

Sorgfältig darauf bedacht, nichts über ihre persönlichen Sorgen zu erzählen, berichtete Leigh Ruby von dem Cottage, wie sie und ihre Mutter auf Merediths Pläne für die Veränderung reagiert hatten und dass ihre Mutter das alles sehr bekümmerte. »Indem sie es Meredith vermacht hat, hat sie sowohl Mama als auch mich ausgeschlossen. Das muss ihr bewusst gewesen sein, als sie beschlossen hat, es Meredith zu vererben.«

»Du armes Ding«, antwortete Ruby. »Und ich kann mir gar nicht vorstellen, was deine Mama durchmacht. Sie hat schon so viel verloren, erst deinen Dad, dann ihre Mutter … Und jetzt diese Aufregung.« Sie schüttelte den Kopf. »Sie tut mir sehr leid.« Dann nahm Ruby Leighs Hände in ihre. »Das Leben ist merkwürdig. Irgendwann blickst du vielleicht auf diesen Moment zurück und verstehst die Gründe dafür.«

»Ich kann mir nicht vorstellen, dass das jemals passieren wird«, gab Leigh zurück.

Coltons Stimme unterbrach ihr Gespräch. »Der Fisch ist fertig.« Er hielt eine Platte hoch und der buttrige, würzige Duft wehte zu ihr herüber.

* * *

Ruby bestand darauf, das Essen zu Mama zu bringen, damit sie mehr Zeit in dem Cottage verbringen konnte. Aufgeregt platzte sie hinter Leigh in Nans Küche. Paul schob die Tür mit dem Fuß ein wenig weiter auf, bevor Colton sie ihm aufhielt, sodass sein Vater mit drei von Rubys Aufläufen und einer mit Alufolie bedeckten Platte mit Fisch hindurchmarschieren konnte. Er hatte sich alles auf die Arme gepackt und setzte jetzt eins nach dem anderen auf der Arbeitsplatte ab. Dann richtete er sich auf – mit seiner Größe überragte er sie alle.

»Ich habe eine offene Flasche Chardonnay«, bot Mama an und löste bei Ruby damit eine hektische Betriebsamkeit aus, als sie Gläser holte und allen einschenkte.

»Wer möchte eins?«, fragte Coltons Mutter, die sich offensichtlich wie zu Hause fühlte und das erste Glas hochhielt.

Leigh nahm es dankbar entgegen. Der Abend bescherte ihr ein berauschendes Gefühl, noch bevor der Alkohol überhaupt in ihre Blutbahn gelangt war. Als Leigh noch klein gewesen war, hatten sich die beiden Familien oft getroffen, und es war jetzt wie früher, als wäre überhaupt keine Zeit vergangen. Doch so waren die Menschen an der Old Hickory Lane eben – sie gehörten alle zur Familie, ganz egal, wie lange man sich nicht gesehen hatte.

Meredith hakte sich bei Colton unter. »Möchtest du sehen, was ich gerade male?« Sie nahm zwei Gläser mit und führte ihn aus der Küche zu Nans Studio.

Leigh ging hinüber zu dem Schrank, in dem Nan ihre Tischdecken aufbewahrte, und holte eine blau-weiß karierte heraus, zusammen mit einer Schere. Dann nahm sie beides mit hinaus auf die Veranda. Sie breitete die Tischdecke auf dem Tisch aus und stellte drei Kerzen in silbernen Leuchtern in die Mitte. Dann ging sie mit der Schere hinunter in den Garten, um einige Magnolienzweige zu schneiden und um die Kerzen zu arrangieren, wie Nan es immer getan hatte. Ihr zarter Duft hing immer um die Wärme der Kerzen in der Luft.

Als sie gerade fertig war, meldete sich das Handy in ihrer Tasche. Nachdem sie die letzten Zweige angeordnet hatte, holte sie es heraus und betrachtete die neue E-Mail: Top Mountain Supply Co. Leigh ging durch die Fliegengittertür hinunter, setzte sich in die Hängematte und rief die Mail auf.

Die Leute waren interessiert und wollten in der Folgewoche ein Gespräch.

Sie schrieb eine Antwort, um sie wissen zu lassen, dass sie sich in der kommenden Woche auch mit anderen Interessenten traf, aber sicher Zeit finden werde, ihre Fragen zu beantworten. Sie sollten wissen, dass sie Konkurrenz hatten – eine Taktik, die sie bei McGregor täglich angewandt hatte.

»Hallo!« Meredith wedelte mit der Hand vor dem Gesicht ihrer Schwester herum. »Möchtest du vielleicht wieder ins Land der Lebenden zurückkehren und dein Handy wegpacken?«

»Tut mir leid.« Sie blickte auf zu Meredith und Colton und versteckte den Gästen zuliebe, die sich inzwischen auf der

Veranda niedergelassen hatten, ihre Genervtheit. »Ich musste schnell was für die Arbeit erledigen. Der Tisch ist gedeckt.« Sie schob das Handy zurück in die Tasche.

»Mama bringt gerade das Essen raus«, verkündete Meredith. »Lasst uns essen.«

Leigh stand auf und ließ Meredith vorgehen. Als sie zu Colton trat, fragte sie ihn leise, ob er mit ihr über die Vermietung gesprochen hatte, doch er antwortete nicht. Colton war ihr einziger Hoffnungsschimmer bei dieser ganzen Sache. Vielleicht brachte er Meredith zum Umdenken.

* * *

Die leeren Teller standen noch auf dem Tisch, und die Kerzen flackerten im Mondlicht. Leigh, Meredith und Colton saßen auf dem Steg wie damals als Kinder. Ihre Eltern unterhielten sich auf der Veranda.

Leigh stützte sich auf den Ellbogen ab und blickte hinauf zu den Sternen am nachtschwarzen Himmel. Der Mond strahlte als helle Sichel über ihnen. Sie hatten einige Gläser Wein getrunken, und der Alkohol hatte eine beruhigende Wirkung auf sie ausgeübt.

»Ich kann mich noch an den ersten Sommer erinnern, in dem ihr nicht gekommen seid«, sagte Colton. »Damals wurde mir klar, dass ich meine besten Freunde verloren hatte.«

Sein Geständnis machte Leigh das Herz schwer.

»Eine Weile lang war ich wütend, weil ich wollte, dass alles so war wie immer, aber dann wurde mir klar, dass es für euch beide Dinge gab, die ihr mit eurem Leben anfangen wolltet. Damit hab ich mich ein bisschen besser gefühlt – zu wissen, dass ihr beide euch das Leben aufgebaut habt, das ihr euch immer gewünscht hattet.«

»Es tut mir leid, dass ich nicht zurückgekommen bin«, sagte Meredith.

Colton nickte und akzeptierte damit ihre Entschuldigung. »Versprich mir, dass du nicht wieder fortgehst, ohne zurückzukommen.«

»Versprochen.« Meredith schenkte ihm ein entspanntes Lächeln. »Wir machen es wieder gut.« Ihre Augen glänzten vom Wein.

»Ich möchte mindestens zweimal pro Jahr eine Henderson-Party im Cottage«, verlangte er.

»Abgemacht«, erwiderte Meredith.

»Und wie willst du das bewerkstelligen, wenn Mieter darin sind?«, fragte er vorsichtig nach.

Meredith kniff die Augen zusammen, als würde sie nachdenken. Dann funkelte sie Leigh böse an. »Sie hat es dir erzählt.«

Colton wandte sich zu ihr um. »Mm.«

Meredith verdrehte die Augen. »Typisch für sie, heulend zu dir zu rennen, wenn es nicht nach ihrem Willen geht.«

»Das habe ich nicht gemacht«, widersprach Leigh. »Ich habe lediglich erwähnt, dass wir uns uneins sind. Aber du hast recht. Ich hätte Colton da nicht mit reinziehen sollen. Es tut mir leid.«

»Ich kenne deine Masche«, blaffte Meredith und ignorierte Leighs Entschuldigung. »Nan hat mir das Cottage hinterlassen, und ich kann entscheiden, was damit passiert.«

»Darf ich etwas dazu sagen?«, fragte Colton.

Meredith stieß laut den Atem aus und nickte ihm dann zu. Sie hatte die Arme vor der Brust verschränkt und ließ die Füße über dem Wasser baumeln.

»Was würde deine Nan wollen, dass du damit machst, wenn sie immer noch hier wäre?«, fragte er.

Meredith holte Luft, so als wollte sie antworten, tat es aber nicht. Dann zog sie die Füße hoch und stand auf. »Wenn Nan eine bestimmte Vorstellung gehabt hätte, hätte sie das dann nicht in dem Brief für mich geschrieben?«

Colton stand ebenfalls auf, blickte Meredith an und schüttelte den Kopf. »Vielleicht nicht. Möglicherweise ist sie davon ausgegangen, dass du es weißt.«

Sichtlich aufgebracht stürmte Meredith den Steg entlang und hoch ins Haus, wo die Fliegengittertür lautstark hinter ihr zufiel.

Colton setzte sich wieder hin. »Gib ihr Zeit. Sie wird die richtige Entscheidung für euch alle treffen.«

Das Problem dabei war, dass Meredith ein ganzes Leben lang Zeit gehabt hätte, sich mit ihrer Familie zu arrangieren, und erst in den letzten Tagen war sie ein wenig umgänglicher geworden. Was würde ein wenig mehr Zeit da nützen?

»Du wirkst angespannt«, sagte er und richtete damit Leighs Aufmerksamkeit wieder auf sich.

Sie zuckte mit den Schultern und versuchte, so auszusehen, als wäre das alles nicht zu viel für sie. Der Gedanke, in dem Haus jede Erinnerung an Nan auszulöschen, setzte ihr zu.

»Willst du hier verschwinden?« Er nahm ihre Hände und zog sie hoch.

»Wo gehen wir hin?«, fragte sie, während er sie an der Hand über den Steg und den Garten führte.

»Das wirst du schon sehen.«

Sie kamen an Coltons Eltern und an Mama vorbei, die ihnen zuwinkte.

»Wie in alten Zeiten«, neckte sie sie.

In der Küche nahm Colton eine Flasche Wein und eine Decke von Nans Sofa mit in den Silverado. Leigh stieg ein, und dann waren sie fort.

* * *

Die Grillen zirpten durch die offenen Fenster in der kühlen Frühlingsluft, als sie unter dem Sternenhimmel in Richtung Stadt fuhren. Leigh schlang sich Nans Decke um die Schultern.

»Du willst mir nicht verraten, wohin wir fahren?«, hakte sie nach.

»Es ist ein Ort, an den ich dich immer mitnehmen wollte, es aber nie getan habe«, erwiderte er.

Das helle Mondlicht fiel auf seine kantigen Wangenknochen, während der Rest seines Gesichts im Schatten lag. »Ich war jeden Sommer hier«, sagte sie. »Wie kommt es, dass du mich nie mitgenommen hast?«

»Vielleicht verrate ich dir das später.« Er warf ihr einen liebevollen Blick zu, der Purzelbäume in ihrem Magen auslöste. Seine Hände hielten das Lenkrad locker fest, und unter den Ärmeln seines T-Shirts lugten seine festen Muskeln hervor. Die Jeans spannte sich um seine muskulösen Oberschenkel. In der Zeit, in der sie sich nicht gesehen hatten, war er zu einem Mann geworden, und plötzlich kamen ihr die Jahre der Trennung wie eine Tragödie vor.

Er hielt am Rand einer ungepflasterten Straße, nahm den Wein und ging herum zu Leighs Tür.

Leigh hielt die Decke mit einer Hand zusammen, während sie mit der anderen Coltons ergriff. Sie hatten an einem Park mit einem Spielplatz angehalten, an dem sie früher einige Male mit Nan gewesen war. Er führte sie einen grasbewachsenen Hügel hinauf. Mit ihren Flipflops schaffte sie es kaum nach oben, doch Colton hielt ihre Hand fest umklammert. Ihre Atmung beschleunigte sich auf dem langen Weg nach oben. Auf halbem Weg nahm sie die Decke ab und legte sie über ihren Arm, bevor sie Colton am Bizeps packte, um das Gleichgewicht nicht zu verlieren.

»Dreh dich um«, sagte er, nachdem sie den Gipfel erreicht hatten.

Sie schnappte nach Luft. »Von hier aus kann man die ganze Welt sehen.« Der See erstreckte sich weit vor ihr, die Wipfel der Bäume ragten in den Himmel, und über ihnen war der funkelnde Sternenhimmel. In der Ferne konnte sie sogar die hellen Lichter von Nashville ausmachen. »Das ist unglaublich schön.«

Colton hatte ihr die Decke abgenommen und sie im Gras ausgebreitet. Dann entkorkte er den Wein. Sie setzte sich, und er bot ihr die Flasche an.

Leigh nahm einen Schluck von dem süßen, blumigen Wein, und reichte ihm das Getränk zurück.

»Es ist wunderbar hier oben, stimmt's?«, fragte er, bevor er selbst einen Schluck trank.

»Ich kann nicht fassen, dass du es mir nie gezeigt hast.« Sie blickte hinaus auf den See, und sie schwiegen. Für den Augenblick war der Ausblick das Wichtigste. Dann legte sie sich zurück auf die Decke und betrachtete die Sterne. Colton tat es ihr gleich, den Kopf dicht neben ihrem. Leigh drehte sich ihm zu auf die Seite – der Wein verlieh ihr Mut.

Auch er wandte sich ihr zu, und er wirkte, als hätte er ihr Hunderte Dinge zu sagen, doch er schwieg. Dann stützte er den Kopf in die Hand.

Er rückte näher an sie heran, legte eine Hand auf ihre Taille, die andere hinter ihren Kopf. »Du hast gefragt, warum ich nie mit dir hier war«, sagte er, sein Gesicht so nah, dass sie beinahe den Wein auf seinen Lippen schmecken konnte. »Der Grund ist einfach. Ohne Ablenkung wäre ich nicht in der Lage gewesen, mich davon abzuhalten, dich zu küssen.«

Leigh blickte ihm in die Augen, die Gedanken voller Unsicherheit. Wenn sie ihn jetzt küsste, würde es alles ändern. Konnte sie ihm zuliebe hierbleiben? Unentschlossenheit überkam sie und schob jeden anderen Gedanken beiseite. Sie fuhr mit dem Finger das Motiv auf seinem T-Shirt nach. Das Bild symbolisierte, wie weit sie beide gekommen waren, und wie sehr er sich verändert hatte. Dann schob sie sich von ihm weg und drehte sich auf den Rücken. Er protestierte nicht, und sie fragte sich, ob ihm wohl dieselben Gedanken durch den Kopf gingen. Während sie so dalag, wusste sie nur eins mit absoluter Gewissheit: Was auch immer es bedeutete, es würde nie mehr so zwischen ihnen sein wie früher.

Kapitel 18

Als Leigh nach einer wunderbar durchschlafenen Nacht aufstand, fand sie auf ihrem Handy eine E-Mail von Top Mountain Supply Co. Jemand wollte herkommen und sich den Laden anschauen. Jetzt hatte sie alle vier am Haken. Sie machte sich für den Tag bereit, frühstückte, und weil Jimbo wieder zurück war, fuhr sie zum Büro von Greystone Properties. Dort klopfte sie fröhlich an die Tür des kleinen Containers.

»Ja«, drang Jimbos gedämpfte Stimme nach außen.

Leigh betrat den Raum. Jimbo telefonierte. Obwohl seine Manieren einiges zu wünschen übrig ließen, lächelte sie.

Über seine Lesebrille hinweg starrte er sie an. »Sie müssen sich deswegen nicht mit mir anlegen«, blaffte er ins Telefon. »Der Umsatz allein wird Ihren Grundstückswert in die Höhe treiben.« Er verdrehte die Augen, lauschte und legte schließlich auf. »Ja?«, fragte er in frustriertem Ton.

»Alle Unternehmen haben einem Treffen zugestimmt«, verkündete sie. »Ich habe Termine für nächste Woche ausgemacht.«

Bei diesen Worten schien sich seine Stimmung ein wenig zu verbessern – jedenfalls, sofern man das bei Jimbo sagen konnte. »Das ist großartig. Ich muss diese Läden so schnell wie möglich füllen. Es gibt hier einen Anwohner, der sich deswegen dauernd mit mir anlegt, und vielleicht wird er endlich Ruhe geben, wenn die Firmen eröffnen. Er muss verstehen, dass ich das auf die sanfte oder auf die harte Tour erledigen kann.«

»Ich möchte nicht neugierig sein, aber wer stellt sich denn gegen Sie?« Vielleicht konnte sie denjenigen mit ihrem Verhandlungsgeschick umstimmen.

»Nur so ein unbedeutender Farmer namens Colton Harris. Der lässt mich einfach nicht Ruhe.«

Sie spürte, wie ihr alles Blut aus dem Gesicht wich. »Colton Harris?«

»Ja.« Er riss seine Brille herunter und warf sie auf den mit Kaffee beschmierten Kalender. »Er war von Anfang an gegen mich.«

»Warum?«

»Er behauptet, dass die Läden die Grundstückswerte ruinieren.« Mit angewidertem Blick schüttelte er den Kopf.

Sie konnte gut verstehen, dass jemand wie Jimbo keinen guten Eindruck auf Colton machte, und was er davon hielt, dass so jemand dafür verantwortlich war, welche Läden hierherkamen. Aber das Einkaufszentrum würde gut werden, dafür sorgte sie. Es befand sich weit genug von den Wohnhäusern weg und die Firmen, die sie ausgesucht hatte, würden den Einwohnern nützen. »Ich kenne ihn. Lassen Sie mich mit ihm sprechen.«

Jimbo lachte skeptisch. »Viel Glück!«

»Wo wir schon dabei sind«, schob sie die Sache mit Colton beiseite, »lassen Sie uns über die Auslagen sprechen, die wir begleichen müssen, um die vier Unternehmen hierherzuholen.«

»Was meinen Sie damit?« Er starrte sie an.

»Nun ja, zum einen die Reisekosten«, erklärte sie. »Die Flüge buchen und die Unterkunft nach ihrem Eintreffen in Nashville. Und wir wollen ihnen vermutlich einen E-Gutschein schicken, den sie während ihres Aufenthalts hier zu ihrem Vergnügen einsetzen können. Außerdem brauchen wir ein Auto, das sie am Flughafen abholt.«

»Dafür hab ich kein Geld«, blaffte er. »Ich dachte, Sie arbeiten pro bono.«

»Ich schon. Sie bezahlen zwar nicht meine Arbeit, aber Sie müssen trotzdem für die Kosten aufkommen, damit die Leute hierherkommen können.«

Jimbo rieb sich über die Bartstoppeln. »Ich schreibe rote Zahlen. Hab also nicht genug Geld dafür.«

Obwohl sie nicht begeistert war, dass sie ihre Ersparnisse würde einsetzen müssen, um für alles zu bezahlen, war es ihr das wert, um ihren Ruf bei den beteiligten Firmen zu wahren, indem sie zu ihrem Wort stand. Greystone in der Branche einen guten Namen zu verschaffen würde ebenfalls gut für ihre Karriere sein. Erst recht, da sie die Firma bereits in ihren Lebenslauf aufgenommen hatte und das Bewerbungsgespräch mit Rycroft bevorstand. »Okay, ich strecke das Geld vor, aber sobald die Verträge unterschrieben sind, schicke ich Ihnen eine Rechnung.«

Beim Blick in Jimbos knurrige Miene stieg Unsicherheit in ihr auf, aber sie musste dafür sorgen, dass alles klappte.

* * *

Zurück von Greystone, schrieb sie Colton eine Nachricht, dass sie mit ihm reden wollte. Während sie auf seine Antwort wartete, wanderte sie durchs Haus, um nachzusehen, ob sonst noch jemand da war. Schließlich sah sie Meredith draußen am Steg, wo sie sich sonnte. Seufzend kehrte sie in die Küche zurück.

Am Küchentisch verbrachte sie eine Stunde damit, die Besuche der potenziellen Mieter zu organisieren. Sie setzte sich mit allen vier Kontaktpersonen in Verbindung, ließ sich die Daten geben und bereitete alles vor. Mit jeder Onlinereservierung wurde ihr Bankkonto schmaler, und sie hoffte inständig, dass sie das Richtige tat. Bei McGregor hatte sie mit riesigen Budgets gearbeitet und niemals diese Unsicherheit verspürt wie jetzt. Diesmal hatte sie nicht die gigantische Maschinerie von McGregor und seiner Reputation hinter sich. Dieses Projekt lastete allein auf ihren Schultern, und der Druck, alles richtig zu machen, wuchs.

Als es an der Tür klopfte, stand sie auf. Draußen sah sie einen Arm mit einem Strauß roter Rosen. Der Besitzer des Arms lugte hinter dem Rahmen mit einem breiten Grinsen hervor.

»Ich konnte nicht anders«, gab Colton zu und reichte ihr die Blumen. »Ich habe sie an einem Straßenstand gesehen und gedacht, dass sie dir und deiner Familie bestimmt gefallen würden.«

Sie konnte nicht leugnen, dass sie wie elektrisiert war, als sie ihm die Blumen abnahm und deren aromatischen Duft einatmete. »Sie sind wunderschön.« Sie schloss die Tür hinter ihm.

»Ich freue mich, dass sie dir gefallen.« Er setzte sich an den Küchentisch, legte die Hände auf die Knie und schenkte ihr seine gesamte Aufmerksamkeit. Leigh holte eine Vase aus dem Schrank, füllte sie mit Wasser und arrangierte dann die Blumen darin. »Also, was wolltest du mir erzählen?«

Leigh stellte die Vase auf den Tisch und setzte sich ihm gegenüber. »Ich wollte über Jimbo sprechen.«

Plötzlich wirkte sein Blick schärfer. »Was ist mit ihm?«, fragte er vorsichtig.

»Ich verstehe, dass es nicht besonders einfach ist, ihn zu mögen.«

Er starrte sie weiterhin einfach nur an, doch jetzt wirkte er angespannt.

»Aber wenn ich etwas kann, dann Kunden finden, und ich habe mit ihm zusammengearbeitet …«

Coltons Gesicht wurde kalkweiß.

»Ich weiß schon, was du sagen willst, aber das wird nicht unbedingt mehr Touristen in die Gegend holen. Es ist eine gute Sache. Es ist sogar geradezu genial, Geschäfte an den See zu holen. Wenn man es richtig anstellt, wird das Zentrum Geld für den Bezirk einbringen, und es wird – wie Jimbo dir ja schon gesagt hat – deinen Grundstückswert erhöhen.«

Ihm klappte die Kinnlade herunter. »Du warst dabei, als er mit mir telefoniert hat?«, fragte er ungläubig. »Du weißt, was er vorhat, und du arbeitest mit ihm zusammen?« Seine Worte wurden zu einem Flüstern, und absolute Überraschung stand ihm ins Gesicht geschrieben.

»Ja«, bestätigte sie, doch das Wort erstarb auf ihren Lippen, als sie ihn anschaute. Er sah aus wie ein Vulkan kurz vor dem Ausbruch. »Es ist das, was ich am besten kann«, ergänzte sie in einem schwachen Versuch, ihn zu überzeugen. Doch er wurde von Sekunde zu Sekunde zorniger.

»Wie konntest du so viel Zeit mit mir verbringen und es nie erwähnen?« Doch dann lehnte er sich zurück und musterte ihr Gesicht, als ob er nach etwas suchte. »Du hast gehofft, mich überreden zu können, nicht wahr? Ist das der wahre Grund, warum du hier aufgetaucht bist?«

Sie hatte noch nie zuvor gesehen, dass er sich aufregte, doch jetzt war er sichtlich fuchsteufelswild.

»Nun, ja, ich würde dich gerne überzeugen, aber das ist nicht der Grund …«

Er stand so schnell auf, dass der Stuhl bedrohlich knarrte. »Du bist ganz genau der Mensch, für den ich dich gehalten habe, wenn du ihm hilfst«, spie er aus und ging zur Tür.

»Warte«, bat sie, eilte ihm nach und packte ihn am Arm. »Was meinst du damit?«

Er hielt den Blick auf die Tür gerichtet. »Du interessierst dich für nichts anderes als das Machtgefühl, das dir dein Job verschafft. Dir ist es sogar egal, wem du wehtust …« Er sprach nicht weiter, blickte sie nicht an, und hatte ganz offensichtlich nicht vor, auch nur noch eine Sekunde länger zu bleiben.

»Das stimmt nicht«, widersprach sie verzweifelt.

Er öffnete die Tür und ging ohne ein weiteres Wort hinaus.

»Hast du nicht selbst gesagt, dass die besten Dinge im Leben manchmal aus den Sachen entstehen, die uns unangenehm sind? Das hier ist etwas Gutes.« Sie war ihm auf die Veranda gefolgt. Tränen stiegen ihr in die Augen. Es fühlte sich alles so falsch an, als ob sie die eine Sache verlor, nach der sie ihr ganzes Leben lang gesucht hatte. »Rede mit mir!«, bat sie ihn.

»Daran ist überhaupt nichts gut«, widersprach er. »Und du solltest das am ehesten wissen.« Er drehte sich um, und die Erleichterung darüber, dass er sie anblickte, verschwand, als sie seine rasende Wut erkannte.

»Wenn du darüber nachdenkst, was ich mir für mein Leben wünsche, dann weißt du ganz genau, dass das hier dem komplett widerspricht. Und du hast es trotzdem getan«, presste er zwischen den Zähnen hervor.

»Kannst du es mich nicht erklären lassen? Ich habe ein paar tolle Interessenten gefunden! Es wird wunderbar werden.« War es wirklich eine so große Sache, wenn es ein Einkaufszentrum am See gab? Unsicherheit erfasste sie, genau wie damals, als Phillip sie gefeuert hatte, und als ihre beste Freundin Julie sich von ihr abgewendet hatte. Gab es da etwas an ihr, das alle anderen außer ihr sahen?

»Ich kann dich momentan nicht mal anschauen.« Er stieg in seinen Pick-up, schlug laut die Tür hinter sich zu und ließ Leigh völlig verwirrt zurück.

* * *

»Er ist einfach gegangen?«, fragte Mama und zog ihre Arbeitsschuhe aus, nachdem Leigh ihr von dem bizarren Gespräch mit Colton berichtet hatte.

»Ja.« Sie stand neben dem Tisch und ihr Blick ruhte auf den Rosen. Dieser liebevolle Moment erschien ihr inzwischen wie ein entfernter Traum. »Er war so wütend auf mich, weil ich Jimbo geholfen habe. Es ist eine schöne Ladenmeile, ich verstehe nicht, was daran so ein Problem sein soll.«

Mama legte sich die Hände auf den unteren Rücken und streckte sich. »Er hat gern alles so, wie es schon immer war.«

Frust machte sich in Leigh breit. »Ich verstehe ja, dass er die Dinge gern einfach und unberührt hat, aber es geht hier doch um einen Bereich am See, der mit zusätzlichem Bootsverkehr klarkäme. Er wird davon überhaupt nicht betroffen sein.«

»Er scheint das aber anders zu sehen.«

»Wer denkt was?«, fragte Meredith, die gerade in die Küche kam.

Leigh berichtete, was vorgefallen war. »Und er hat gesagt, dass ich genau der Mensch bin, für den er mich gehalten hat. Was soll das denn bedeuten?«

»Das ist leicht«, erwiderte ihre Schwester. »Er meint, dass du deine Arbeit über ihn stellst, weil du das schon immer so gemacht hast.«

Bei dem Gedanken drehte sich Leigh der Magen um.

Meredith wühlte in der Speisekammer herum, holte eine Familienpackung Chips heraus und öffnete sie. »Du wusstest, dass er nicht glücklich darüber war, wie sich diese Gegend entwickelt, und du hast es trotzdem getan.«

»Das stimmt nicht«, widersprach Leigh. »Ich kannte seine Gedanken zu diesem Thema überhaupt nicht, bis er mir davon erzählt hat, aber zu dem Zeitpunkt hatte ich schon damit begonnen, Kunden zu akquirieren.«

Mama ließ sich auf einen Stuhl fallen und rieb sich über den Fuß. »Vielleicht solltest du ihm das sagen.«

»Er hat behauptet, dass er mich momentan nicht mal anschauen kann. Wie soll ich ihm etwas erklären, wenn er nicht zuhören will?«

»Stell dich vor sein Haus und brüll es durch ein Fenster, wenn es sein muss«, schlug Meredith vor. »Na los, sei kreativ und zeig ihm, dass dir seine Meinung wichtig ist.«

»Aber was, wenn ich mit seiner Meinung nicht konform gehe?«, hielt Leigh dagegen.

»Dann musst du hoffen, dass er irgendwann darüber hinwegkommt«, antwortete Mama. »Aber du kannst es nicht einfach ignorieren.«

»So, wie er ausgesehen hat, glaube ich nicht, dass er darüber hinwegkommt.« Das Herz rutschte ihr in die Hose. Hatte sie alles ruiniert?

* * *

»Ich mache Glühwein«, erklärte Mama und bot Leigh mit nachdenklicher Miene eine Decke an, damit sie sich gegen die kühle Abendluft wappnen konnte, die über die Veranda wehte. »Möchtest du welchen?«

Leigh verstand die Geste nur allzu gut, und ihre Wangen brannten bei dem Gedanken, dass sie nun auch zu Mamas Kummer beigetragen hatte und die das mit Glühwein zu überspielen versuchte. Sie hob ihren Laptop an, legte sich die Decke über die Beine. Sie fürchtete, dass ihre Mutter sich mit ihren Sorgen in sich zurückziehen werde, wenn sie nicht zuließ, dass sie sich beschäftigte. »Das klingt sehr gut.«

Mama ging zurück in die Küche, und Leigh widmete sich wieder ihren E-Mails. Sie öffnete eine neue für Rycroft Enterprises, um ein erstes Bewerbungsgespräch per Telefon zu erbitten. Den Leuten dort gefiel ihre Erfahrung mit Greystone und sie wollten in der Folgewoche mit ihr sprechen, um Genaueres über das Projekt zu erfahren, und welche Kunden sie gewonnen hatte.

Sie hätte begeistert sein müssen, doch sie konnte an nichts anderes denken, als daran, dass Colton sie nicht zurückgerufen hatte. Sie hatte es zwei Mal bei ihm versucht, ihm eine Nachricht hinterlassen und ihm auch geschrieben.

»Gib mir mal was von der Decke ab«, sagte Meredith, als sie sich mit zwei Tassen Glühwein aufs Sofa fallen ließ – vermutlich ihre Art der Versöhnung nach ihrem Ausbruch wegen der Airbnb-Idee. Sie reichte Leigh eine Tasse und zog sich die Decke über die Beine.

Leigh machte es sich unter der Decke bequem, klappte den Laptop zu und legte ihn neben sich.

»Du siehst aus, als hättest du deinen besten Freund verloren«, stellte Meredith fest.

»Das stimmt ja auch irgendwie.« Coltons Wut lastete ihr immer noch schwer auf der Seele und überschattete ihre anderen Probleme. Sie nahm einen Schluck von ihrem warmen Getränk, doch das würzige Aroma von Zimt und Nelken konnte sie nicht trösten.

»Was ist los, Leigh?«

So viel war los, dass Leigh nicht wusste, worauf ihre Schwester anspielte. »Was meinst du?«

»Du bist anders. Früher warst du dir sicherer. Du hast dich irgendwie in dich zurückgezogen.« Meredith wirkte ehrlich neugierig, hatte den Kopf zur Seite gelegt und machte eine besorgte Miene.

»Ich habe meinen Job verloren«, platzte Leigh heraus, bevor sie lange darüber nachdenken konnte, ob sie überhaupt wollte, dass Meredith das wusste.

»Oh, ist das alles? Such dir einen neuen.« Meredith sagte das, als wäre es das Leichteste auf der Welt, sich eine neue Stelle zu suchen.

»Es geht ja nicht nur um den Verlust der Stelle«, erklärte Leigh. »Ich dachte, ich mache meine Arbeit großartig, und wurde durch jemanden ersetzt, den sie für noch besser gehalten haben. Ich war noch nie zuvor bei irgendwas nur Zweitbeste.«

Meredith schien darüber nachzudenken. »Ich glaube daran, dass wir an bestimmten Orten sein sollen, um andere zu beeinflussen, und wenn wir das nicht länger tun, ist es an der Zeit zu gehen. Das ist die Art des Universums, dich zu etwas Besserem zu führen. Du musst einfach nur zuhören, um herauszufinden, was als Nächstes für dich vorgesehen ist. Wenn sie also eine andere Richtung einschlagen, ist das dein Stichwort, um weiterhin in *deine* Richtung zu gehen. Jemand anders braucht dich jetzt.«

»Das ergibt Sinn«. Sie umfasste die Tasse mit beiden Händen, um sich zu wärmen, da die Brise vom See jetzt stärker herüberwehte. »Ich dachte, ich gehe mit Greystone Properties in die richtige Richtung. Aber Colton ist deswegen echt sauer, was mich glauben lässt, dass ich nicht auf dem richtigen Weg bin, wie ich dachte. Ich zweifle an mir. Das kenne ich normalerweise gar nicht.«

»Ich hab ja nicht behauptet, dass dein Weg leicht ist«, erwiderte Meredith. »Ich weiß aus erster Hand, wie schwierig das sein kann.« Sie lachte. »Aber du kannst nur deinem Bauchgefühl folgen, denn dein Pfad liegt in dir, nicht in jemand anderem.«

»Du sagst also, dass ich mich möglicherweise zwischen Colton und meiner Karriere entscheiden muss?«

Mama kam heraus und setzte sich mit ihrer dampfenden Tasse ihnen gegenüber.

»Dein ganzes Leben lang hast du daran gearbeitet, dich an diesen Punkt in deiner Karriere zu bringen«, fuhr Meredith fort. »Was du dich jetzt fragen musst: Wer bist du und was willst du?«

Leigh dachte darüber nach. »Falls mehr aus mir und Colton wird, sollte ich da überhaupt wählen müssen?«

Meredith beugte sich vor. »Würde es dich erfüllen, für jemanden deine Arbeit aufzugeben?«

Diese Frage war noch schwerer zu beantworten. Leigh zog die Decke ein Stück höher und dachte intensiv darüber nach. Sie würde vielleicht verrückt werden, wenn sie nicht mehr tun konnte, wofür sie ihr ganzes Leben lang gearbeitet hatte, aber gleichzeitig wollte sie auch jeden Morgen neben dem Menschen aufwachen, den sie liebte, Kaffee auf der Veranda trinken und sich dabei über nichts Besonderes unterhalten. »Ich denke, dass ich ohne den Reiz meiner Arbeit den Verstand verlieren würde«, gab sie zu. »Ich habe das Gefühl, dass ich Colton klarmachen muss, dass es wirklich was Gutes ist.«

»Dann hast du gerade deine Frage beantwortet«, erwiderte Meredith.

Leigh sollte nicht wirklich die Arbeit statt Colton wählen müssen. Das ergab gar keinen Sinn.

»Schau, mein ganzes Leben lang wollte ich, dass meine Familie mit dem glücklich ist, was ich mit meinem Leben anfange, weil das ich bin«, erklärte Meredith. »Wenn ihr nicht glücklich damit seid, wer ich bin, dann könnt ihr mich auch nicht wirklich lieben. Also musste ich fortgehen, auch wenn ich die Liebe meiner Familie wollte. Es ist ungefähr vergleichbar mit dem, was du gerade erlebst.«

»Aber du hast uns dabei geholfen, es zu verstehen«, meldete sich Mama zu Wort. »Und wenn du uns lässt, würden wir sehr gern wieder deine Familie sein.«

Meredith blickte sie an, war jedoch in Gedanken versunken. Dann fiel ihr Blick auf die Decke, die Augen unstet, so als lese sie einen unsichtbaren Text.

»Der Unterschied zwischen deiner Situation und der hier liegt in der Kommunikation«, meinte Leigh. »Du hast es uns nie auf eine Art und Weise erklärt, die wir verstehen konnten. Aber jetzt hast du es getan, und wir haben es kapiert.« Sie hakte sich bei Meredith unter. »Wir haben unsere Meinungsverschiedenheiten, ja. Einige davon sind ziemlich groß, so wie das, was du mit dem Cottage vorhast. Aber letztendlich sind wir Schwestern.«

Mama stellte ihre Tasse auf den Tisch und griff nach den Händen ihrer Töchter. »Es gibt keine Gebrauchsanleitung, wie man eine Mutter ist, und ich habe nicht immer das Richtige getan. Selbst jetzt lerne ich noch jeden Tag dazu. Aber eins weiß ich, nachdem ich diese Woche mit euch beiden hier verbracht habe: Die Liebe steht über allem. Wir müssen unseren Herzen folgen und die Dinge akzeptieren, die wir nicht ändern können.«

Meredith stellte ihren Glühwein neben den von Mama und zog sie in eine Umarmung. Leigh folgte ihrem Beispiel und schlang die Arme um ihre Mutter. In diesem Moment weinte ihre Mutter andere Tränen, welche, die sehr nach Erleichterung aussahen.

Die Liebe steht über allem. Mamas Worte wirbelten in Leighs Kopf herum. Sie musste Colton finden und ihn zwingen, mit ihr zu sprechen. Und sie musste ihm zuhören. Darum ging es bei der Liebe.

Kapitel 19

Elvis jaulte hinter Coltons Haustür, als Leigh zum zweiten Mal klopfte. Das Verandalicht war an und das schon eine ganze Weile, wie sie anhand der Mücken erkennen konnte, die darum herumflatterten. Durchs Fenster konnte sie erkennen, dass im Wohnzimmer Licht brannte. Also musste er zu Hause sein, oder? Sie klopfte erneut und läutete, was bei Elvis zu einem erneuten Bellanfall führte.

»Colton, ich bin's, Leigh. Bitte lass mich rein!«, rief sie und hoffte, dass er sie hörte. »Bitte. Ich möchte mit dir reden.«

Als er nicht antwortete, ging sie ums Haus herum, wo sie seine beiden Pick-ups in der offenen Garage stehen sah. »Colton?«, rief sie auf die Terrasse hoch, doch es folgte nur Stille. Zielstrebig marschierte sie zurück und klingelte erneut. Elvis rannte drinnen bellend hin und her. Warum antwortete Colton nicht? Falls er ihr aus dem Weg gehen wollte, war das lächerlich. Sie konnten sich doch sicher wenigstens unterhalten wie zwei Erwachsene.

Sie ging die Stufen hinunter und spähte zum Haus hoch. Oben war ebenfalls ein Licht an, und sie hätte schwören können, einen Schatten gesehen zu haben. Als die Tür immer noch geschlossen blieb, rannte sie wieder hinauf und hämmerte mit der Faust dagegen. »Colton! Du benimmst dich absolut kindisch!«

Nichts.

Leigh verschränkte die Arme und lief seufzend auf der langen Veranda auf und ab. Sie würde nicht schlafen können, solange sie wusste, wie wütend er auf sie war. Es fraß sie von innen her auf. Leigh horchte in sich hinein, was sie wirklich fühlte, und ihre Emotionen verrieten ihr, dass er wie ein Familienmitglied für sie war. Sie musste ihm etwas sagen, das sie schon immer hatte sagen wollen. Also stampfte sie wieder zurück zur Tür und klingelte dreimal schnell hintereinander. »Colton! Ich habe es dir nie gesagt, als wir jünger waren, aber ich liebe dich! Du bist mir wichtig, und ich muss unbedingt mit dir über diese Sache reden.«

Es klickte, dann wurde die Haustür geöffnet und ein tropfnasser Colton stand mit einem Handtuch um die Hüfte vor ihr. Seine muskulösen Bauch- und Brustmuskeln verschlugen ihr den Atem.

»Ich war in der Dusche.«

»Oh«, machte sie und trat zurück. »Sorry.«

Elvis kam heraus und begrüßte sie, während Colton die Tür weiter öffnete und ihr bedeutete einzutreten. Sie machte einen großen Schritt über die kleine Pfütze, die er auf dem Parkett hinterlassen hatte, und versuchte, nicht auf die feuchten Fußabdrücke zu schauen, die durch den Raum und die Treppe hoch führten, aus Angst, sie würde sich ihn dann in der Dusche vorstellen. Aber sie musste sich auf das Problem konzentrieren.

»Das war ziemlich dramatisch, findest du nicht?«, fragte er. In diesem Moment schien seine Zuneigung zu ihr die Oberhand über seinen Ärger zu haben.

»Manchmal muss man dramatisch sein, um sich verständlich zu machen«, erwiderte sie.

Er bot ihr einen Platz an der Küchentheke an und schenkte ihr dann ein Glas Wein ein, immer noch mit nacktem Oberkörper. *Mamma mia!*

»Ich ziehe mich an, und dann kannst du mir deine Liebe noch mal persönlich gestehen«, sagte er über die Schulter hinweg, während er die Treppe hochging. Seinem Pokerface war nichts anzumerken.

Sie schluckte und versuchte, ruhig weiterzuatmen, bis er nicht mehr in Sichtweite war, dann nippte sie an ihrem Wein. Das frische Zitrusaroma war wie ein Bad im Pool an einem heißen Sommertag. Sie hoffte, der Alkohol werde ihre zitternden Finger beruhigen.

Während sie auf Colton wartete, überlegte sie, wie sie das Thema angehen sollte. Ihre Worte draußen waren nicht geplant gewesen, die waren ihr aus Verzweiflung herausgerutscht, weil er sie anhören sollte. Aber es stimmte, das konnte sie nicht leugnen.

Elvis ließ sich stöhnend neben ihrem Barhocker nieder.

Einige Minuten später kam Colton die Treppe in Jeans und einem T-Shirt heruntergejoggt, das feuchte Haar gekämmt. Elvis hievte sich hoch, um sein Herrchen zu begrüßen, während Leigh mit dem Stiel ihres halb leeren Weinglases spielte.

»Was wolltest du mir sagen?«, fragte er und setzte sich mit wachsamer Miene neben sie.

Sie richtete sich ein wenig auf. »Ich bin hier, um dich davon zu überzeugen, dass Jimbos Läden eine wichtige Erschließungsmaßnahme für diese Gegend sind. Aber erst wollte ich dich anhören. Was daran macht dich so wütend?«

Seine Miene wurde hart. »Verzeih mir, Leigh, aber was weißt du schon über diese Gegend? Du warst fast zehn Jahre lang nicht mehr hier.«

»Ich kenne den Markt und ich kenne die Zahlen«, hielt sie dagegen. »Es ist eine gute Sache. Der Ort ist toll, und ich habe wunderbare, landesweit tätige Unternehmen gewonnen.«

Er sog scharf den Atem ein. »Du hast die Läden vermietet?«

»Beinahe. Ich treffe mich nächste Woche mit allen Interessenten.«

»Jimbo bezahlt dich dafür?« Er schüttelte den Kopf und verließ die Küchentheke, noch bevor sie ihm antworten konnte. »Ich fasse es nicht.«

»Er bezahlt mich nicht. Ich mache das gratis.«

Colton wirbelte herum, was Elvis auf die Füße brachte. »Gratis? Du ruinierst gratis unsere Landschaft? Leigh, weißt du überhaupt, was du da tust?«

»Ja«, antwortete sie sachlich. »Das tue ich. Ich ruiniere überhaupt nicht die Landschaft. Ich erhöhe die Einnahmen in Sumner County und schaffe Arbeitsplätze für die Bewohner dieser Gegend. Was soll daran schlecht sein?«

Er nahm sie sanft am Handgelenk und führte sie hinaus auf die hintere Veranda. Der im Mondlicht funkelnde See sah aus wie ein Motiv auf einer Postkarte.

»Das hier willst du zerstören?« Er deutete auf die Felder. »Deine Arbeit ist so wichtig, dass du das hier dafür aufgeben würdest?«

»Ich denke, wir können beides haben«, widersprach sie.

»Und genau deshalb bin ich gestern Abend gegangen.« Er drehte ihr den Rücken zu und stützte die Arme auf die Brüstung. Sein Blick lag auf dem Wasser, aber seine Gedanken waren ganz offensichtlich woanders.

»Ich verstehe es nicht«, sagte sie und stellte sich hinter ihn. »Es sind doch nur ein paar Läden.«

Er wirbelte herum. »Jimbo konnte keine Mieter finden, weil alle örtlichen Unternehmer ihn boykottiert haben.«

»Warum?«, hakte sie völlig verwundert nach.

»Weil sein nächstes Bauobjekt hier sein wird, sollte er erfolgreich sein.« Colton deutete auf den See vor ihnen.

»Was?«

»Mir gehört das Land nur bis zum Ende der Felder. Jimbo hat es irgendwie geschafft, das Land auf der anderen Seite davon als Mischbebauung genehmigen zu lassen, sowohl als Wohn-, als auch als Gewerbegebiet. Er plant ein riesiges Einkaufszentrum, für das das alte Haus dort abgerissen und das zusammen mit dem Parkplatz zwischen mir und dem See stehen würde.«

Leigh gefror das Blut in den Adern. »O mein Gott!«, hauchte sie. »Ich hatte ja keine Ahnung.«

»Deshalb ist es immer am besten, wenn man sich nicht in Dinge einmischt, von denen man keine Ahnung hat«, gab er zurück. »Überlass die Gewerbeentwicklung den Leuten, die hier leben.«

»Ich könnte versuchen, seine Meinung zu ändern«, schlug sie in dem Versuch vor, die Sache irgendwie geradezubiegen.

Ein lautes Lachen von Colton ließ sie zusammenzucken. »Glaubst du wirklich, dass Jimbo irgendwas anderes tut, als das, was *er* will?« Er lachte erneut, es klang frustriert und sarkastisch. Dann wurde er wieder ernst. »Wenn du nicht dauernd so um deine Arbeit besorgt wärst und ein bisschen Zeit mit den Menschen in deinem Leben verbringen würdest, hätte das hier vermieden werden können.«

»Das ist nicht fair«, erwiderte sie kopfschüttelnd. Tränen brannten ihr in den Augen.

»Ach ja? Inwiefern?«

»Ich habe meinen Job verloren«, gab sie zu. »Greystone Properties erschien mir eine gute Gelegenheit, und ich habe sie ergriffen, um damit in meinem Lebenslauf punkten zu können. Ja, das ist Arbeit, aber ich muss schließlich meinen Lebensunterhalt verdienen, Colton.« Frustriert und bekümmert verschränkte sie die Arme. »Ich hätte niemals wissen können, was er plant.«

»Aber der Unterschied zwischen dir und mir liegt darin, dass es dein erster Gedanke war, dass du eine neue Arbeit brauchst, nachdem du die alte verloren hattest. Das war dir wichtiger als das, was euch eure Mom zu sagen hatte oder das Wiedersehen mit deiner Schwester nach all den Jahren oder die Rückkehr in das Cottage …« Er beendete den Satz nicht, doch Leigh sah ihm an, was er dachte.

Sie erinnerte sich an seine Worte aus ihrer Kindheit: *Ich will aus meinem Boot angeln und abends auf meiner Veranda Football schauen. Ich will jeden persönlich kennen, wenn ich in die Stadt gehe.* Das waren seine Prioritäten. Und sie konnte nichts Falsches daran finden.

»Es tut mir leid«, sagte sie. Sie hatte das Gefühl, buchstäblich mit allem gescheitert zu sein. »Es stimmt. Ich liebe meine Arbeit. Und es ist unglaublich traurig, dass ich mich entscheiden muss, ob ich dich glücklich mache oder eine Karriere haben will, wo doch beides möglich sein sollte.«

»Aber es scheint, als wäre das nicht möglich, also befinden wir uns in einer Sackgasse.«

»Sieht so aus«, bestätigte sie mit brüchiger Stimme. Ihre Karriere oder Colton – beides war ihr zu wichtig, um es zu verlieren.

* * *

Immer noch aufgewühlt von dem Gespräch mit Colton ging Leigh am Ufer beim Cottage entlang. Ihre nackten Zehen gruben sich in den kalten Sand.

Die Dinge liegen nicht so gut, Nan, dachte sie und versuchte, die eine Person heraufzubeschwören, die sie gerade am meisten brauchte. *Mama und ich versuchen, freundlich mit Meredith umzugehen, obwohl wir überhaupt nicht damit einverstanden sind, wie sie das Cottage umbauen will. Ich bin mir beinahe sicher, dass mich die ganze Stadt hassen wird, weil ich Jimbo helfe, und ich habe Coltons Glück zerstört. Ich weiß nicht, was ich tun soll.*

Sie hob das Gesicht, damit die nächtliche Brise ihr durch die Haare wehen konnte. Sie umschmeichelte sie sanft, als ob sie versuche, ihre aufgewühlten Gedanken zu beruhigen.

Was hätte Nan in dieser Situation von ihr erwartet?

»Schau mal«, erklang da die Stimme ihrer Mutter hinter ihr. »Ein Schmetterling.«

Leigh drehte sich um. Ihre Mutter hatte eine Hand ausgestreckt und ein leuchtend grüner Schmetterling hatte sich darauf niedergelassen.

»Das ist eine Luna-Motte, die zeigen sich nur nachts«, erklärte Leigh. »Nan hat mir von ihnen erzählt.« Sie blickte auf das wunderschöne Tier. »Sie meinte, sie repräsentieren Entschlossenheit.«

Die Motte flatterte in die Luft und blieb noch einen Moment über ihnen, bevor sie in den Wald verschwand. Hatte Nan ihr eine Botschaft geschickt, als sie sie am dringendsten gebraucht hatte?

»Ich sehe ständig Schmetterlinge«, gestand sie ihrer Mutter.

Mama blickte hinauf zum Himmel, als erwarte sie noch mehr. »Man sagt, das ist ein Zeichen, dass geliebte Menschen in der Nähe sind.«

Ein Glücksgefühl erfasste Leigh. »Ich habe gerade in Gedanken mit Nan gesprochen. Ob sie das war?«

»Mm.« Lächelnd genoss Mama eine Brise der erdigen Luft.

»Ich habe wirklich Mist gebaut.« Sie erzählte ihrer Mutter von Jimbos Bauplänen in der Nähe von Coltons Land.

Mama schob sich eine Strähne ihres grauen Haars hinters Ohr. »Das konntest du nicht wissen.«

»Aber was, wenn ich die Dinge anders hätte regeln können? Colton findet, dass ich meine Arbeit über alles stelle.«

»Wir sind, wer wir sind, Leigh.«

Leigh blieb stehen. »Das stimmt, aber obwohl ich nicht ändern kann, was passiert ist, muss ich mir vielleicht mal meine

Prioritäten genauer ansehen. Ich habe mich gefragt, was Nan wohl von mir erwartet hätte …«

Eine Welle spülte ihr über die Füße.

»Was an dir schon immer besonders stark war, war deine Energie. Das Einzige, was du herausfinden kannst: Welches Ergebnis wünschst du dir? Das wird dir zeigen, wie du dein Leben leben musst. Selbst Nan hätte das nicht für dich tun können. Das musst du selbst entscheiden.« Mama blickte hinauf zum Haus, wo sie Merediths Silhouette erkennen konnten. Sie malte in Nans Studio. »Meredith hat das vor uns verstanden.«

Leigh dachte darüber nach, insbesondere über ihre Gefühle für ihre Schwester.

»Woran denkst du?«, wollte Mama wissen.

»An Meredith. Und welches Ergebnis ich mir in Bezug auf sie am Ende wünsche.«

»Und?«

»Ich möchte sie besser kennenlernen. Sie soll das Gefühl haben, dass sie mich anrufen und mir erzählen kann, wenn es toll läuft. Und auch, wenn es nicht so toll läuft.«

Mama lächelte, wirkte aber abgelenkt.

»Woran denkst du denn?«, hakte Leigh nach.

»Da ist etwas, das ich dir noch nicht gesagt habe, aber ich glaube, ich bin noch nicht so weit.«

»Mom, du musst mit diesen kryptischen Aussagen aufhören oder ich verliere noch den Verstand. Leg die Karten auf den Tisch. Worum geht es?«

Mama schüttelte den Kopf. »Nan hat mich gebeten, es nicht zu sagen.«

Leigh stieß unzufrieden den Atem aus. »Das ist doch lächerlich. Ich habe genug um die Ohren. Bitte tu mir das nicht an. Erzähl es mir.«

Mama ging ein Stückchen weiter ins Wasser, den Blick auf die Hügel auf der anderen Seite des Sees gerichtet und offensichtlich im Zwiespalt. Schließlich drehte sie sich um. »Es gibt noch einen weiteren Brief von Nan. Für dich.«

Leigh war fassungslos. Sie marschierte spritzend einige Schritte in das eisige Wasser und verlangte: »Lass ihn mich lesen.«

Mama schüttelte den Kopf. »Noch nicht.«

»Warum um alles in der Welt denn nicht?«

»Ich hätte dir beinahe schon früher erzählt, dass ich den Brief habe, aber dann habe ich es mir anders überlegt …«

»Mom«, sagte Leigh. »Was ist hier los?«

Mama drehte sich um und hatte jetzt das Mondlicht im Rücken. »Nan hat gesagt, ich darf ihn dir erst geben, wenn du dich mit Meredith geeinigt hast, was mit dem Cottage passiert.«

»Was?« Das Wort kam als ein Flüstern, als ihr bewusst wurde, was das bedeutete. »Sie wusste also, dass wir uns deswegen streiten würden.« Ihre Gedanken wirbelten angesichts dieser neuen Information. »Du meinst, ich muss Meredith dazu bringen, mir zuzustimmen, was aus dem Cottage werden soll, und ihre einzige Motivation dafür ist, dass *ich* einen weiteren Brief von Nan bekomme? Das wird sie niemals tun.«

»Um Nans Brief zu bekommen, musst du einen Weg finden, sie dazu zu bringen. Nan hat darauf bestanden, und ich liebe sie zu sehr, um mich ihren Wünschen entgegenzustellen.«

Leigh blickte hinaus auf den See und hatte nicht die geringste Ahnung, wie sie das anstellen sollte.

Kapitel 20

Am nächsten Tag schaukelte Leigh unter einem warmen Quilt in der Hängematte und lauschte dem Rauschen der Bäume. Am Ufer glitzerte noch der Morgentau, und ihre Gedanken waren beim Gespräch mit Mama am Vorabend. Was war ihr letztendlich wichtig? Früher hätte sie sofort mit ihrer Karriere geantwortet, aber sie wollte nicht auf Kosten von geliebten Menschen Karriere machen. Sie war sich sogar nicht mal mehr sicher, ob ihre Karriere wirklich das Wichtigste war. Sie hatte Colton verletzt, und hätte sie die Zeit zurückdrehen können, dann hätte sie ohne darüber nachzudenken den Greystone-Job aufgegeben, um ihm die Aussicht von seinem Haus aus zu bewahren und ihn glücklich zu machen. Aber gleichzeitig wusste sie auch, dass sie ohne eine Karriere den Verstand verlieren würde.

Außerdem musste sie an Meredith und ihre Mutter denken. Die beiden sollten die Ersten sein, die sie anrief, wenn sie über ihr Leben sprechen wollte. Sie drei hatten ihr Leben in verschiedenen Teilen des Landes verbracht, obwohl sie zusammen hätten sein sollen. Leigh hatte viel Zeit verloren, aber es war noch nicht zu spät für einen Neustart.

Was befand sich derzeit im Zentrum ihres Lebens? Wenn sie alles andere aufgeben musste, was hätte sie am meisten gewollt? Wenn sie ehrlich zu sich war, war es nicht ihre Arbeit. Sie wollte von Menschen umgeben sein, denen sie etwas bedeutete. Sie wollte eine Familie. Selbst das Cottage oder das, was Nan in ihrem geheimnisvollen Brief mitzuteilen hatte, konnte da nicht mithalten.

Sie stand auf, wickelte sich die Decke um die Schultern und ging ins Haus.

»Meredith?«, flüsterte sie und kletterte ins Bett ihrer Schwester, wie sie es als kleines Mädchen getan hatte. »Hey.«

Meredith holte tief Luft und drehte sich um. Sie wirkte halbwegs wach. »Hm?«, krächzte sie.

»Ich möchte dir etwas sagen.« Leigh schüttelte sie sanft am Arm.

Meredith schlug ein Auge auf. »Wie spät ist es?« Sie gähnte.

»Kurz nach sieben.«

»Was ist denn los, dass du nicht schlafen kannst?« Meredith zog die Decke hoch und rollte sich von Leigh weg.

Leigh beugte sich über ihre Schwester und flüsterte ihr ins Ohr: »Ich hätte dort sein müssen, um die Galerieeröffnung mit dir zu feiern. Und ich hätte das erste Essen in dem Restaurant bestellen sollen, in dem du deine erste Stelle hattest.«

Meredith rieb sich übers Gesicht und drehte sich um. »Was?«

»Ich hatte keine Ahnung, als wir Kinder waren. Das tut mir leid.«

»Du wirst mich nicht dazu bringen, dir das Cottage zu überlassen, falls du darauf aus bist«, murmelte sie und rollte sich wieder auf die andere Seite. »Erst recht nicht um sieben Uhr morgens.«

»Ich bin nicht hinter ihm her. Es gehört dir. Ich versuche, dir zu sagen, dass es mir leidtut. Wirklich.«

Meredith setzte sich auf. »Worum geht es hier?« Sie gähnte erneut und streckte dann die Arme über den Kopf.

»Gestern Abend hat Mama mich gefragt, was ich haben möchte, wenn ich das letzte Kapitel in meinem Leben aufschlage. Was soll dann darin stehen? Ich möchte eine Schwester.«

Meredith starrte sie an, blinzelte und versuchte offensichtlich, sich zu konzentrieren.

»Aber nicht irgendeine Schwester. Ich möchte eine Künstlerin als Schwester, die lieber Bootsfahrten macht, als auf der Veranda zu sitzen. Eine Schwester, die Dosenbier trinkt und in einem Zelt im Wald schläft, einfach nur, weil ihr das gefällt.«

Meredith musterte sie, als sei sie ein Exemplar einer seltenen Spezies, das gerade auf ihrem Bett gelandet war. »Warum solltest du so eine Schwester wollen?«

»Weil sie mir Teile unserer Welt – und von mir – zeigen kann, die ich sonst nie sehen würde.«

Meredith zog die Brauen zusammen. »Machst du dir keine Sorgen, dass wir uns umbringen könnten, wenn wir zu viel Zeit miteinander verbringen?«

»Überhaupt nicht.«

»Bist du dir da sicher?«

»Ich war mir noch nie sicherer.«

Meredith kniff skeptisch die Augen zusammen. »Du würdest dir also von mir zeigen lassen, wie man in einem Zelt im Wald schläft?«

Leigh biss sich nachdenklich auf die Unterlippe.

Meredith lachte. »Du bist diejenige, die es aufgebracht hat.«

»Für dich würde ich es tun«, sagte Leigh schließlich.

»Abgemacht. Morgen Abend.« Meredith hatte Leighs Bluff erkannt und stieg jetzt aus dem Bett.

»Warte.« Leigh eilte ihr nach. »Nachts ist es immer noch kalt. Lass uns bis zum Sommer warten.«

»Na gut. Wir warten bis zum Sommer. Warum beginnen wir dieses neue Gemeinschaftsgefühl nicht stattdessen mit einer

Tasse Kaffee?« Meredith hakte sich bei Leigh unter. »Du kannst dich langsam bis zum Camping hocharbeiten.«

Zusammen gingen sie in die Küche, wo Mama gerade ihre Sachen für die Arbeit zusammenpackte. Neugierig sah sie zu, wie Meredith Leighs Arm losließ und hinüber zur Kaffeemaschine ging.

»Morgen«, sagte Mama und betrachtete sie beide.

»Morgen«, gab Meredith zurück.

»Wenn ich mit dir campen gehe«, sagte Leigh zu Meredith, »dann musst du etwas in meiner Welt tun.«

»Camping?« Mama schloss ihre Brotdose und stellte sie neben ihre Handtasche an die Tür.

»Ja«, antwortete Meredith über die Schulter hinweg. »Wir planen gemeinsame Aktivitäten.«

Mama starrte sie ungläubig an, doch ein Lächeln umspielte ihre Lippen.

»Also, geht das in Ordnung, wenn wir etwas machen, was ich aussuche?«, hakte Leigh nach.

»Wie was?« Meredith holte zwei Tassen aus dem Schrank und goss Kaffee ein.

»Wie Shopping.«

Meredith riss in gespieltem Entsetzen die Augen auf, was Mama ein amüsiertes Schnauben entlockte, als sie sich hinsetzte, um ihre Schuhe anzuziehen.

»Mani- und Pediküre«, fuhr Leigh fort und setzte sich neben Mama.

Ihre Schwester zog ein Wag-es-ja-nicht-Gesicht.

»Schminken. Mit verschiedenen Lidschattenfarben.«

Meredith stellte eine Tasse Kaffee vor ihre Schwester hin. »Jetzt bist du einfach nur noch gemein.«

Leigh lachte, und es fühlte sich gut an. Besser als alles, was sie seit Langem gefühlt hatte.

* * *

Jimbo ans Telefon zu kriegen war keine leichte Aufgabe. Leigh hatte zweimal angerufen – nichts. Es war Freitagnachmittag, beinahe siebzehn Uhr, und er war vermutlich kurz davor, sich auf den Heimweg zu machen, also versuchte sie, ihn dort zu erwischen. Er schloss gerade den Bürocontainer ab, als sie mit ihrem Mietwagen vorfuhr.

»Hey«, sagte sie und marschierte über den staubigen Kiesweg auf ihn zu. »Ich habe versucht, Sie zu erreichen.«

»Sorry«, erwiderte er ungerührt. »Hatte viel zu tun.«

»Ich muss mit Ihnen reden.« Sie stellte sich ihm in den Weg.

Er verzog den Mund und musterte sie unter seiner alten Basecap hervor.

»Sie dürfen nicht auf dem Land vor dem Grundstück von Colton Harris bauen.«

Er ging zur Seite, um ihr auszuweichen, doch sie machte die Bewegung mit.

»Ich meine es ernst.«

»Ich wusste, dass Sie ihn nicht würden überzeugen können, aber dass er Sie auf seine Seite ziehen konnte, überrascht mich. Das Land gehört ihm nicht.«

»Ich weiß«, erwiderte sie und lief wieder um ihn herum, da er weiterging. »Aber da spielen andere Faktoren mit hinein, die dem Namen Greystone Properties entweder nutzen oder schaden können. Sie müssen auch an die Menschen um Sie herum denken. Das gehört zu einem guten Unternehmen.«

»Machen Sie nur einfach das weiter, was Sie bisher gemacht haben, und lassen Sie die Erweiterung meine Sorge sein, okay?«

Sie lehnte sich an die Tür seines Pick-ups und stellte sich ihm in den Weg. Jetzt war es an der Zeit für die schweren Geschütze. »Wenn Sie dieses Land bebauen, sorge ich dafür, dass alle Unternehmen, die ich besorgt habe, sich zurückziehen.«

»Und wie wollen Sie das anstellen? Ich kann ab hier problemlos übernehmen.«

»Nicht, wenn ich all das Geld abziehe, das ich hineinstecke – mein Geld. Sie haben keins, ich habe die Artikel gelesen. Ich versorge diese Leute. Wollen Sie ihre Flüge bezahlen, die Mietautos und die Mahlzeiten?«

»Sobald ich Mieter in meiner Ladenzeile habe, habe ich das nötige Kapital. Und wenn es sein muss, verkaufe ich dafür mein Haus«, erklärte er. »Endlich geht es vorwärts, dank Ihnen, und ich lasse mir diese Gelegenheit ganz sicher nicht entgehen.«

»An dem neuen Ort werden Sie dieselben Probleme mit dem örtlichen Boykott haben«, sagte sie. Ihr Herz raste angesichts der Tatsache, dass er nicht klein beigab.

»Waren Sie nicht diejenige, die mir gesagt hat, dass ich in größeren Dimensionen denken muss? Ich brauche die örtlichen Unternehmen nicht. Ich orientiere mich landesweit. Erst recht, wenn ich vier große Firmen in der ersten Ladenzeile habe.«

Leigh ließ die Schultern sinken. »Sie dürfen dort nicht bauen. Es würde die Landschaft ruinieren, und egal was Sie glauben, es würde die Grundstückswerte der Nachbarn tatsächlich senken. Sie müssen auch an die anderen denken.«

»Ich muss daran denken, wie ich Essen auf den Tisch kriege«, gab er zurück. »Darum kümmert sich niemand außer mir. Ein einzelner Farmer wird sich mir nicht in den Weg stellen. Wenn Sie jetzt bitte zur Seite gehen wollen, ich möchte zum Abendessen.« Er schob sich an ihr vorbei, stieg in den Pick-up und ließ Leigh allein in der Einfahrt zurück.

* * *

Als Leigh nach Hause kam, setzte sie sich an den Küchentisch und betrachtete die Rosen, die Colton ihnen geschenkt hatte. Sie wünschte, sie hätte in der Zeit zurückreisen und das rückgängig machen können, was sie für Greystone Properties getan hatte. Sie holte ihr Handy heraus und wählte Coltons Nummer, obwohl sie keine Ahnung hatte, was sie ihm sagen sollte. Es klingelte, und schließlich sprang die Mailbox an. Entmutigt legte sie auf, ohne eine Nachricht zu hinterlassen. Vermutlich war es sogar besser, dass sie ihn nicht erreicht hatte.

»Du siehst schrecklich aus«, stellte Meredith fest, als sie hereinkam und sich auf einen Stuhl fallen ließ. Ihre Hand steckte in einer Tüte Chips. »Was ist denn los?«

Leigh erzählte Meredith vom Gespräch mit Jimbo, und wie er reagiert hatte – alles.

Meredith stieß geräuschvoll den Atem aus. »Deshalb male ich für meinen Lebensunterhalt. Da kann so etwas nicht passieren.« Sie bot Leigh ihre Chips an, doch die lehnte ab. Sie hatte einen Stein im Magen. »Was hat Colton dazu gesagt?«

»Ich konnte ihm noch nicht berichten, wie das letzte Gespräch mit Jimbo gelaufen ist, aber wie du dir vorstellen kannst, ist er sauer.« Leigh stützte den Kopf in die Hände. »Ich weiß nicht, was ich tun soll.« Mutlos blickte sie ihre Schwester an. »Mit Jimbo zu reden ist sinnlos. Er ist ein Mistkerl.« Schließlich griff sie doch in die Tüte und nahm sich gedankenverloren einen Chip. Der salzige Geschmack brachte jedoch keine Abhilfe aus ihrer Misere.

»Und eventuell habe ich Colton gestern auch noch gesagt, dass ich ihn liebe.«

Meredith schlug sich vor die Stirn. »Du bist die verwirrendste Person auf der Welt. Erst ruinierst du das Leben des Mannes, indem du dafür sorgst, dass in seinem Garten ein Einkaufszentrum gebaut wird, und beim selben Besuch erzählst du ihm, dass du ihn liebst? Das kann man sich nicht ausdenken. Hast du geglaubt, dann würde er die Nachricht besser aufnehmen, oder was?«

»Es ist mir einfach rausgerutscht.« Leigh spielte mit einer der Rosen, und ein Blütenblatt löste sich. Sie rieb über die weiche Oberfläche. »Ich hab keine Ahnung, warum ich das gesagt habe. Nächste Woche habe ich ein Bewerbungsgespräch in New York.« Schon allein, es laut auszusprechen, brachte sie in einen Gewissenskonflikt. »Es gibt absolut keinen Grund, ihm das jetzt zu sagen.«

»Es ergibt Sinn, dass du nach New York zurückgehst«, fand Meredith. »Ich bin sicher, er weiß das. Ihr beiden habt eine lange gemeinsame Vergangenheit, das ist alles.«

Unentschlossenheit tobte durch Leigh wie ein Hurrikan. »Soll ich zurückgehen?«

»Natürlich.«

»Warum?«, hakte Leigh nach, überrascht davon, wie sicher sich ihre Schwester war.

»Was willst du denn sonst machen? Du würdest hier vor Langeweile eingehen, wenn es hier nichts für dich zu tun gibt. Ich werde entweder in San Diego oder auf Reisen sein. Mama wohnt wieder in ihrem Apartment und arbeitet. Und das Cottage wird vermietet sein. Es ist also völlig logisch, dass du nach New York zurückgehst. Das bist du.«

»Ja? Denn ich weiß es nicht mehr.«

»Ich glaube, du hast eine Art Zusammenbruch oder so.« Meredith legte Leigh eine Hand an die Stirn. »Bist du krank?«

»Hör auf.« Sie schob Merediths Hand weg. »Ich meine es ernst.«

»Ich auch.« Meredith faltete die Chipstüte zusammen und beugte sich vor. »Bevor du hierhergekommen bist, hattest du alles im Griff, da bin ich mir sicher. Ich bin mir genauso sicher, dass dein Job dir alles bedeutet hat.«

»Das stimmt.« Sie ließ diese Tatsache auf sich wirken.

»Und dann hast du ihn verloren. Du weißt nicht, wer du ohne deine Arbeit bist, also hängst du dich an das alte Leben, das du hier geführt hast, um es rauszufinden. Aber du bist Leigh Henderson, Beraterin der Extraklasse. Du warst die erste Wahl unter allen Bewerbern – Mama hat mir erzählt, dass dein Chef das gesagt hat. Du bist großartig bei dem, was du tust. Du hast es nur einen Moment lang vergessen.«

»Da könntest du recht haben …«, antwortete Leigh, immer noch unsicher. Sie legte das Blütenblatt hin und betrachtete den Blumenstrauß. Vielleicht war all dieses Gerede von Familie nur Wunschdenken. Sie hatte schließlich Miete zu zahlen und eine Stelle zu finden. Aber irgendwas daran fühlte sich nicht richtig an. Es war, als ob sie eine Bluse anprobierte, die sie unbedingt kaufen wollte, obwohl sie ein bisschen zu eng war. Sie zupfte an ihren Lebenserfahrungen, versuchte, sie sich überzustülpen, aber sie passten einfach nicht mehr.

Sie musste eine Weile hierbleiben und das alles herausfinden, denn sie hatte das starke Gefühl, sich an einem Wendepunkt zu befinden. Ein Zeitpunkt, an dem die falsche Entscheidung ihre Zukunft dauerhaft schädigen konnte. Das Cottage war dabei neutral, ein Ort ohne Frage, wo sie sich wohlfühlte.

»Willst du wirklich dieses Haus renovieren und es dann vermieten?«, fragte sie Meredith.

Meredith stieß hörbar den Atem aus und stützte ihr Kinn in die Hände, als hätte sie nach dieser Frage nicht mehr die Energie, den Kopf aus eigener Kraft aufrecht zu halten. »Du tust so, als wäre Veränderung etwas Schlechtes.«

»Manchmal ist das so.«

»Die Welt lebt von Veränderung. Nichts bleibt gleich. Unsere Leben sind im Fluss, so wie der See draußen. Hier einen Schrein für Nan zu errichten, wird sie nicht zurückbringen. Stattdessen möchte ich ihrem Zuhause neues Leben einhauchen. Hier ist neue Energie nötig, damit wir Leben spüren, wenn wir herkommen, nicht Tod.«

»Aber was ist damit, Nan zu feiern? Sollten wir sie nicht in Ehren halten?«, hielt Leigh dagegen.

»Das tun wir, indem wir dem Cottage ein neues Leben schenken.«

Leigh gab es auf. Sie beide hatten völlig verschiedene Standpunkte, und sie glaubte nicht, dass sie die Meinung ihrer Schwester jemals ändern konnte. Sie dachte an den Brief von Nan, den Mama für sie hatte. So wie es aussah, würde er für immer ungeöffnet bleiben.

Kapitel 21

Leigh hatte sich die ganze Nacht hin- und hergewälzt und nicht gut geschlafen. Ihre Gedanken hatten sie einfach nicht losgelassen. Ihre Augen brannten von der schlaflosen Nacht, daher sehnte sie sich nach der frischen Frühlingsluft, um vollständig aufzuwachen. Also holte sie den Schlüssel für ihren Mietwagen, um bei heruntergelassenen Fenstern eine morgendliche Spazierfahrt durch die Gegend zu unternehmen.

»Wo willst du denn so früh hin?«, fragte Meredith, die gerade ihre Haare zu einem Pferdeschwanz zusammenfasste und gemeinsam mit Mama in die Küche kam.

»Ich fahre nur ein bisschen herum«, erwiderte Leigh »Wollt ihr mitkommen?«

»Für mich ist es noch zu früh«, antwortete Mama gähnend. »Ich setze mich mit einem Kaffee auf die hintere Veranda. Wenn ich dann wach genug bin, mache ich meinen berühmten Blaubeer-Streusel-Pie.«

Leigh und Meredith blickten sich aus großen Augen an. Mamas Blaubeer-Streusel-Pie war das einzige verbindende Element während ihrer Teenagerjahre gewesen. Versuchte Mama, sie zu einer Einigung zu bewegen?

Es schien zu funktionieren, denn Meredith sagte: »Ich komme mit dir. Besser, als im Haus rumzusitzen.«

»Ich habe gehofft, ihr helft mir beim Backen«, sagte Mama, während Meredith sich einen Kaffee für unterwegs machte und in ihre Flipflops schlüpfte.

»Das machen wir«, versprach Leigh.

Innerhalb von Minuten fuhren Leigh und Meredith die Straße entlang. Die sanften Hügel erstreckten sich vor ihnen in einem leuchtenden Grün, die Sonne schien am blauen Himmel, und Leigh genoss die beruhigende Wirkung des Windes. Meredith hatte sie nicht gebeten, das Radio einzuschalten, anders als in der Vergangenheit, und die beiden hatten bisher geschwiegen. Leigh war dankbar für die Stille. Sie gab ihr Zeit, ihre Gedanken zu ordnen.

Meredith hielt den Arm zum Fenster hinaus und ihre Hand bewegte sich im Wind auf und ab. Leigh fuhr über die kurvigen Straßen, unter Bäumen entlang, und dann durch ein Labyrinth von Landstraßen, bis sie in einer Sackgasse landeten. Erst da bemerkte sie, dass ihre Fahrt sie zu dem alten Bungalow am See vor Coltons Haus geführt hatte. Das Gebäude wirkte unbewohnt, also stiegen sie und Meredith aus und spähten durch die dunklen Fenster. Sie sahen nackte, staubige Holzböden.

»32 Emerald Lane«, las Leigh die Adresse am Haus vor.

»Da drin ist es wunderschön«, fand Meredith und blickte weiterhin durch die gewellten Scheiben. »Ein bisschen heruntergekommen, aber unglaublich schön gebaut.«

Das Haus hatte runde Türen, breite Zierleisten und hohe Decken.

»Schau dir doch nur diesen kleinen Kronleuchter an«, sagte Leigh und tippte auf das Fenster, wo die wunderschöne Antiquität mit Kristallelementen hing.

»Zauberhaft«, antwortete Meredith, bevor sie sich umdrehte und mit der Hand über den breiten Verandapfosten fuhr.

Das Haus verfügte über eine riesige Veranda, und Leigh konnte sich beinahe Schaukelstühle und Töpfe mit bunten Blumen neben der Haustür vorstellen. Sie ging bis zur Seite des Hauses, sich mit einer Hand über den Augen vor der Sonne schützend, und betrachtete Coltons riesiges Haus mit der großen Terrasse und den holzumrahmten Gauben. Meredith folgte ihr.

Schwermut befiel Leigh, und sie wandte sich wieder dem Bungalow zu. »Ich kann nicht fassen, dass Jimbo das hier abreißen und stattdessen ein weiteres Einkaufszentrum bauen will.«

Meredith hob den Kopf. »Es könnte so schön sein, wenn jemand den Mut hätte, es herzurichten.«

Gemeinsam gingen sie hinunter zum Sandstrand. Das Wasser schwappte träge ans Ufer.

»Ich wusste gar nicht, dass dieses Haus hier steht«, gab Meredith zu.

»Ich auch nicht, aber wir sind ja auch nie bis zu diesem Ende von Jax Wrigleys Baumwollfarm gegangen.«

»Stimmt.« Plötzlich machte sich ein breites Lächeln auf Merediths Gesicht breit. »Bis auf das eine Mal, als ich mich vor Officer Minton verstecken musste.«

»Du musstest dich vor der Polizei verstecken?«

»Ja«, bestätigte sie lachend. »Er war hinter mir her, weil ich jemandem eine Wassermelone aus einem Feld auf der anderen Seite der Stadt weggenommen hatte. Er hat mich, Theo und Sheila bis zur Wrigley-Farm verfolgt, wo wir uns hinter dem einen Feld Mais versteckt haben, den er in diesem Jahr angebaut hatte.«

»Ich frage mich, was Theo und Sheila inzwischen machen«, sagte Leigh.

»Keine Ahnung. Colton weiß es vielleicht.«

»Ich habe die Sache mit ihm wirklich in den Sand gesetzt«, gab Leigh zu. »Ich habe versucht, mit ihm zu reden, aber ich kann ihm nicht verübeln, dass er sauer ist. Ich wünschte, ich wüsste Abhilfe.«

»Ich wette, dieses Land ist ein hübsches Sümmchen wert.« Meredith blickte sich um. Gedankenverloren kaute sie an einem Fingernagel und warf einen weiteren Blick auf das Haus.

Leigh konnte angesichts der schwierigen Situation kaum atmen. »Wir sollten vermutlich zurückfahren und Mama mit dem Pie helfen.«

»Ja.«

Zusammen gingen sie zum Auto, und Leigh warf über die Schulter hinweg einen letzten Blick auf das zauberhafte kleine Haus, bevor sie davonfuhren.

* * *

Als Leigh und Meredith beim Cottage ankamen, blieb Leigh wie angewurzelt stehen, als sie Mama in Nans Jeansschürze erblickte. Bis zu diesem Moment war ihr nicht klar gewesen, wie sehr ihre Mutter inzwischen Nan ähnelte. Dass ihre Mutter nicht die Tradition in Nans Haus weiterführen würde, erschien ihr plötzlich als ein riesiger Verlust.

Meredith ging in ihr Zimmer, um etwas zu holen, und Leigh wusch sich die Hände.

»Gerade rechtzeitig«, verkündete Mama.

Leigh sah zu, wie Mama den Pie-Teig in die Form drückte und ihn dann mit einer Gabel einstach, damit er während des Backens flach blieb. Ihre Bewegungen ähnelten denen von Nan so sehr, dass sich Leigh sofort an die vergangenen Tage erinnert fühlte.

Mama schob den Pie-Boden in den Ofen. »Du und Meredith könnt mir bei der Füllung helfen. Lass doch schon mal ein wenig Butter zergehen.«

»Klar.« Leigh holte ein Stück Butter aus dem Kühlschrank. Sie hatten diesen Pie schon so oft gemacht, dass sie ihn mit geschlossenen Augen backen konnten, aber dieses Mal war es anders. Es war womöglich das letzte Mal, dass sie hier etwas backten.

Das Klickgeräusch einer Kamera zog Leighs Aufmerksamkeit auf sich. Meredith hatte sie und sich fotografiert. Dann richtete sie das Handy auf Mama und schoss ein weiteres Foto.

»Die können wir vergrößern und nach der Renovierung gerahmt aufhängen«, erklärte sie und betrachtete ihr Display, wo sie mit zwei Fingern das Foto größer zog. »Ich habe Mama in dieser Schürze gesehen und wusste sofort, dass ich das festhalten muss. Du siehst aus wie Nan, Mom.«

Mama drehte sich um und lächelte gezwungen. »Wasch dir die Hände, wenn du fertig bist, dann kannst du uns helfen.« Sie holte eine große Schüssel aus dem Schrank und füllte sie mit Zucker, Mehl und saurer Sahne, verrührte die Zutaten mit einem Holzlöffel. Dabei hielt sie die Schüssel gegen die Brust gedrückt, so wie Nan es getan hatte. Meredith machte noch einige Fotos und betrachtete lächelnd ihr Display.

Nachdem die Butter geschmolzen war, fügte Leigh sie einer Schüssel mit trockenen Zutaten auf der Arbeitsplatte hinzu und mischte sie zu Streuseln, während Mama die frischen Blaubeeren vom Markt unterhob. Je länger Leigh an den Streuseln arbeitete, desto ruhiger wurde sie.

Als der Küchenwecker klingelte, hatte Meredith die Hände gewaschen und zog den Pie-Boden aus dem Ofen. Sein warmer, buttriger Duft erfüllte den Raum. Meredith stellte ihn mit ihren in Küchenhandschuhen steckenden Händen auf einen Untersetzer, und Mama schüttete die Füllung hinein. Vanillearoma stieg Leigh in die Nase, als sie die Streusel aus Butter, braunem Zucker, Mehl und Haferflocken obendrauf streute.

»Es sieht himmlisch aus«, stellte Mama fest.

Leigh beugte sich vor und atmete den zuckrigen Duft ein. »O ja.«

»Schieben wir es in den Ofen.« Mama wischte sich die Hände an einem Küchenhandtuch ab, und Leigh musste an all die Feiertage und Sommerurlaube denken, die sie nicht mehr hier verbringen würden, sobald Meredith das Cottage renoviert hatte. Gerade jetzt, da Leigh das Gefühl hatte, ohne das Haus nicht mehr leben zu können.

* * *

Die Wellen schlugen an den Strand, die Vögel zwitscherten in den Bäumen. Während Mama ein Stück Pie nach nebenan zu Luella Wilson brachte, saß Leigh draußen auf dem Sofa und fragte sich, ob sie je herausfinden würde, was in Nans Brief stand. Seit sie ihre Mutter den Pie hatte backen sehen, musste sie an Nan denken. Sie hatte erkannt, dass ein bisschen von Nan in ihnen allen steckte. Ihr Brief war so kurz gewesen, dass sie sich betrogen gefühlt hatte, bis sie von dem zweiten erfahren hatte. Doch jetzt hatte sie keine Ahnung, wie sie sich mit Meredith einigen sollte, daher sah es so aus, als ob sie nie herausfinden würde, was Nan ihr zu sagen hatte.

»Was machst du?«, fragte Meredith, die zwei von Nans blaugemusterten Porzellantellern mit dampfenden Pie-Stücken und zwei silberne Gabeln in der Hand hielt. Einen davon reichte sie Leigh.

»Ich denke nach«, antwortete Leigh.

»Worüber?« Meredith setzte sich neben sie und stach die Gabel in ihr Pie-Stück.

»Nan hat mir einen zweiten Brief hinterlassen, den ich aber erst haben darf, wenn du und ich uns geeinigt haben, was mit dem Cottage passieren soll.«

»Ja … Mama hat es mir erzählt.« Ihre Schwester schob sich einen Bissen in den Mund.

»Das bedeutet, dass Nan nicht nur gewollt hat, dass wir uns einigen, sondern auch, dass sie geglaubt hat, dass wir es können.«

»Wenn sie gewollt hätte, dass wir uns einig werden, hätte sie das nicht in ihrem Brief an *mich* erwähnt?«

»Meredith, sie hat gewusst, dass wir darüber reden würden.«

»Dann hätte sie schreiben können: Meredith, frag deine Schwester, was aus dem Cottage werden soll. Aber das hat sie nicht. Und weil ich etwas damit tun will, das dir nicht gefällt, muss ich mir das jede Sekunde anhören, bis du mich so mürbe gemacht hast, dass ich etwas anderes damit tue. Aber ich führe das nicht endlos fort. Ich beende das hier und jetzt.«

»Aber willst du denn nicht wissen, was in Nans Brief steht?« Leigh stellte ihren unberührten Pie auf den Tisch. »Ich schon. Und ich habe nicht die geringste Kontrolle darüber, ob ich ihn lesen kann oder nicht.«

»Doch, hast du«, erwiderte Meredith und aß einen weiteren Bissen.

»Wie denn?«

»Weil du lediglich mit mir übereinstimmen musst, dass wir ein Airbnb daraus machen sollten, und dann kannst du deinen Brief lesen.«

Leigh starrte ihre Schwester an. Hatte sie recht? Lag es wirklich an ihr, ob sie den Brief zu lesen bekam oder nicht? Sie musste lediglich damit einverstanden sein, dass Fremde in dem Cottage wohnen würden.

»Aber deshalb bin ich nicht hier rausgekommen. Ich wollte dir sagen, dass ich morgen nach Hause fliege.«

Das riss Leigh aus ihren Gedanken. »Was?«

»Nun, ich war schon länger hier, als ich erwartet hatte, und die ganze Zeit über hab ich in der Galerie gefehlt. Joss, die

Frau, die mich vertritt, arbeitet erst seit drei Wochen dort, und sie hat einen Stapel von Sachen, um die ich mich nach meiner Rückkehr kümmern muss. Außerdem habe ich diese Reise nach Paris in einigen Wochen, auf die ich mich noch nicht vollständig vorbereitet habe.«

Unwillkürlich machte sich ein Lächeln auf Leighs Gesicht breit.

»Was soll dieser Blick bedeuten?«, wollte Meredith wissen.

»Du klingst wie ich.« Leigh zog die Nase kraus. »Vielleicht ist Tatendrang gar nicht so was Schlechtes.«

»Vielleicht«, gab Meredith grinsend zu.

»Musst du weg?«

»Ja. Es ist verrückt. Wir haben gerade erst eröffnet, und ich muss mich noch um so viele Dinge kümmern.«

»Okay.« Leigh hatte das Gefühl, als hätte sie beim Verhältnis zu ihrer Schwester gerade erst an der Oberfläche gekratzt. Sie entschied, die Sache mit dem Cottage ad acta zu legen und sich auf das Familiäre zu konzentrieren. Das war das Wichtigste. »Hey, warum campen wir nicht heute Abend schon draußen? Du, ich und Mama? Wir müssen ja nicht bis zum Sommer warten.«

»Ist das dein Ernst?«, fragte Meredith lachend.

»Ja. Ich will mich schnell im Ort nach den Eigentumsverhältnissen für das Land bei Coltons Haus erkundigen, aber dann können wir campen. Es ist unser letzter gemeinsamer Abend.«

»In Ordnung.« Meredith balancierte ihren Teller auf dem Schoß und kratzte einen letzten Bissen Pie zusammen. »Ich kann dich in den Ort begleiten.«

Der Vorschlag war ein kleines Friedensangebot für ihre Beziehung, und dass sie es gemacht hatte, bedeutete Leigh mehr als alles andere auf der Welt. Sie lächelte ihre Schwester an. »Das wäre schön.«

Kapitel 22

Leigh und Meredith verließen das Rathaus und gingen an der baumgesäumten Hauptstraße entlang zu Leighs Mietauto, das vor einer weißen Kirche mit einem riesigen Kirchturm stand, der die gesamte Stadt Gallatin überragte. Für den Moment konnte sie erleichtert aufatmen. Der Uferbereich hinter Coltons Farm stand immer noch zum Verkauf.

»Jetzt müssen wir nur noch jemanden finden, der es kaufen *und* das Haus mit dem Charme und dem Aussehen eines kleinen Cottage erhalten will, zusammen mit der Landschaft herum«, stellte Meredith fest. »Das ist dein Spezialgebiet, richtig?«

»Nicht direkt, aber nah dran. Lass uns mal nachdenken.« Leigh stieg ein und zermarterte sich das Gehirn. »Es ist ein bisschen, wie Interessenten für Greystone zu finden. Ich muss denjenigen lediglich davon überzeugen, dass er ein altes Haus instand setzen will, und meiner Einschätzung nach muss es jemand sein, der etwas verkaufen will.«

Meredith ging auf ihre Seite des Autos. »Welche Art von Verkäufern würde das tun?«

Leigh ließ den Motor an. »Spontan fallen mir da ein: Antiquitätenläden, Bekleidungsläden, Friseure … Das einzige Problem dabei ist, dass nichts davon besonders genug ist, dass die Leute dafür in ihre Boote steigen und nur für diesen Laden hier anlegen würden. Und wenn es so was wie ein Friseur wäre, wäre es so weit weg von allem, dass niemand ihn finden würde.« Gedankenversunken biss sie sich auf die Unterlippe. »Vielleicht Innenarchitekten?«

»In unserer Gegend? Die ist extrem ländlich …« Meredith ließ das Fenster herunter und hielt ihr Gesicht in die Sonne.

»Wir brauchen einen Grundstücksmakler«, dachte Leigh laut, während sie von der Hauptstraße abbog. »Den richtigen Agenten zu finden *und* das Land privat zu verkaufen wird Zeit brauchen. Äußerlichkeiten sind mit Unternehmen etwas einfacher zu verhandeln. Ein Privatbesitzer kann es abreißen und ein Schloss bauen, wenn er das möchte.«

»Ich weiß nicht, ob wir es retten können«, erwiderte Meredith. »Und das ist eine Tragödie.«

»Ja, das ist es.«

* * *

Leigh klappte ihren Laptop zu und fuhr mit der Hand über den Quilt auf ihrem Bett. Sie hatte mindestens eine Stunde lang recherchiert und niemanden gefunden, der eventuell den Bungalow hinter Coltons Haus gebrauchen konnte. Sie benötigte ein kleines Unternehmen, zu dem die intime Struktur passte, aber kleine Firmen waren nicht so daran interessiert, neue Grundstücke zu kaufen. Sie hatte auf ihrer Liste mit möglichen Kandidaten alles durchgestrichen bis auf Tierarztpraxen, allerdings hatte sie drei angerufen und niemanden gefunden, der umziehen wollte.

Sie wollte Colton anrufen. Er hatte eine heruntergewirtschaftete Farm mit seinem Talent zu einem Imperium gemacht. Sie schloss die Augen, dachte an das wunderschöne Haus, das er gebaut hatte, und wie viel er beruflich erreicht hatte. Es war unglaublich. Er hatte so hart gearbeitet, und sie hatte das alles ruiniert. So konnte sie nicht nach New York zurückgehen. Sie wollte ihm versichern, dass sie alles tat, um die Situation zu verbessern, aber sein Schweigen hielt sie auf Abstand.

»Rate mal«, sagte Meredith, die mit Mama in Leighs Türrahmen stand.

»Was?«

»Ich hab unseren Campingplatz fertig.«

»Ja?« Leigh stellte ihren Laptop auf die Kommode und ging zu ihnen hinüber. »Ich hätte euch doch helfen können.«

»Kein Problem«, antwortete Mama, während sie gemeinsam auf die hintere Veranda gingen. »Du hast beschäftigt gewirkt, und ich hatte Zeit.«

Meredith öffnete die Tür. »Beim Aufbau musste ich an die Filmnächte denken, die wir als Kinder immer veranstaltet haben. Erinnerst du dich noch daran?«

»Ja.« Leigh erinnerte sich gern an die Wochenenden, an denen sie alle Kissen auf den Boden im Wohnzimmer gelegt und sich Kinderfilme angeschaut hatten, bis sie die Augen nicht länger hatten offen halten können.

Sie folgte Meredith und Mama hinaus, wo sie im Gras neben der brennenden Feuerstelle ein großes Zelt aufgebaut hatten. Als sie näher kam, erkannte sie zwei dicke Luftmatratzen mit Kissen und Decken, und auf einem kleinen Tablett mit Stützen standen eine Pizza und einige Dosen Bier.

»Keine Panik«, verkündete Meredith. »Für dich habe ich das hier.« Sie griff ins Zelt und holte ein funkelnd pinkfarbenes Weinglas, das mit Strass besetzt war, heraus.

»Wo hast du denn das gefunden?«, erkundigte sich Leigh lachend.

»Ganz hinten in Nans Schrank!« Mama lächelte breiter, als sie es seit Langem getan hatte.

Meredith kniff amüsiert die Augen zusammen und reichte Leigh das Glas. Dann öffnete sie ein Bier. Sie schüttete den Inhalt in Leighs Glas; das Feuer knackte zwischen ihnen.

»Habt ihr Hunger?«, fragte Mama und schnitt die Pizza.

»Ja, tatsächlich.« Leigh setzte sich in den Liegestuhl neben dem Zelt, während Mama Pizzastücke verteilte und Meredith die beiden anderen Bierdosen öffnete.

Zu dritt saßen sie um das Feuer – die Hitze tanzte in die kühle Luft hinauf und das orangefarbene Licht warf Schatten auf die Terrasse unter ihren Füßen.

»Ich habe dieses Zelt seit fünf Jahren«, erzählte Meredith und deutete über ihre Schulter. »Das ist das erste Mal, dass jemand anders darin schläft.«

»Dann ist es ja höchste Zeit«, neckte Mama.

»Und hättest du gedacht, dass deine ersten Zeltmitbewohnerinnen deine Mutter und deine Schwester sein würden?«

Meredith lachte. »Nicht in einer Million Jahren.«

Leigh hielt ihr Glas hoch. »Auf die Familie.«

»Auf die Familie«, wiederholte Mama, und sie stießen zu dritt an. Plötzlich erlosch Mamas Lächeln. »Ich habe immer noch Schuldgefühle wegen der Art, wie euer Dad und ich euch erzogen haben. Wir haben unser Bestes getan …«

Leigh legte schützend eine Hand über die ihrer Mutter, wartete darauf, dass sie aufstand und aufzuräumen begann, aber diesmal tat sie es nicht. »Das weiß ich«, sagte sie.

»Es ist doch jetzt alles in Ordnung«, meinte Meredith.

»Aber ganz egal, was wir falsch oder richtig gemacht haben«, fuhr Mama fort, »aus euch beiden sind zwei wunderbare Frauen geworden. Eure Nan wäre so glücklich, wenn sie das sehen könnte. Sie hat ihre Familie geliebt.«

Meredith blickte hinter sich zum Haus. »Ihr glaubt vielleicht, es hätte mich nicht schwer getroffen, als wir sie verloren haben, aber das hat es. Auch wenn ich es nicht gezeigt habe, ich war genauso am Boden zerstört.« Sie drehte sich wieder um. »Sie fehlt mir jeden Tag. Aber es zieht mich nicht runter, weil ich es anders sehe. Sie ist immer bei uns. Jetzt gerade sitzt sie hier mit uns.«

»Glaubst du?«, fragte Mama, und Tränen schimmerten in ihren Augen.

»Ich spüre sie, wenn ich male«, gab Meredith zu.

»Wie spürst du sie?«, wollte Leigh wissen. Diese Information traf sie wie ein Stein. Sie hatte Nan spüren wollen, seit sie hergekommen war.

»Das Glück, das mich erfüllt hat, wenn sie so herzlich gelacht hat – dasselbe Gefühl umhüllt mich, wenn mein Pinsel die Leinwand berührt.«

Leigh versuchte, sich an die Gefühle zu erinnern, die sie seit ihrer Ankunft verspürt hatte. Waren ihr die Anzeichen entgangen? Ihre Gedanken kehrten zum Tisch und zu den Stühlen in der Küche zurück, den für sie versteckten Briefen, und dem Gefühl der Bettdecke unter ihren Fingern. »Ich glaube, ihre Gegenwart steckt für mich in den Dingen, weil ich keine Verbindung über einen Pinsel zu ihr habe. Meine Verbindung liegt in den Erinnerungen.«

Meredith nickte und trank einen Schluck Bier, einen nachdenklichen Ausdruck im Blick.

»Ich würde alles dafür geben, sie lachen zu hören«, gab Mama zu.

Meredith deutete auf eine weitere Luna-Motte, die sich auf der Lehne eines leeren Liegestuhls niedergelassen hatte. Sie flatterte mit ihren großen Flügeln, als wollte sie sich ihnen präsentieren. »Schaut mal. Ist das ein Schmetterling?«

Mama wischte sich eine Träne weg, die ihr über die Wange gelaufen war. »Jetzt haben wir sie alle gesehen.«

Meredith hielt den Blick auf die grüne Motte gerichtet. »Was gesehen?«

»Die Schmetterlinge. Vielleicht ist Nan ja wirklich hier.«

Die Motte schlug ein letztes Mal mit ihren limettengrünen Flügeln und erhob sich in die Luft. Im Schein des Feuers spürte Leigh, dass sie alle drei gerade eine Veränderung erlebten, direkt hier unter den Sternen, die inzwischen am Himmel standen. Sie waren nicht länger wie Fremde. Sie wurden zu einer Familie.

* * *

»Hat jemand was von Colton gehört?«, erkundigte sich Meredith, nachdem sie Mama auf den aktuellen Stand bezüglich der Situation mit seinem Land gebracht hatten. Sie hatten sich in das warme Zelt zurückgezogen, der leere Pizzateller stand auf dem Tablett draußen, neben der Glut in der Feuerstelle.

»Ich habe mehrmals versucht, ihn zu erreichen, aber er ruft mich nicht zurück und antwortet auch nicht auf meine Nachrichten.« Leigh ließ sich auf die Matratze sinken, als wäre sie ein himmlisches Kissen. Sie zog sich die Decke über und genoss die Wärme ihres kleinen Kokons. »Ich wünschte, er wüsste, wie leid es mir tut.«

»Vielleicht solltest du bei ihm vorbeischauen«, schlug Mama vor.

»Ich habe mich bereits entschuldigt. Ich wüsste nicht, was ich sagen soll, um die Situation zu verbessern«, gab Leigh zurück.

Mama legte sich neben ihre Töchter auf die Matratze. »Mir gefällt der Gedanke nicht, dass er ganz allein auf der großen Farm vor sich hin brütet. Es kommt mir einfach nicht richtig vor, dass er allein ist.«

Meredith schob die Arme unter die Decke. »Es ist komisch, dass er ganz allein dort lebt. Das ist ein sehr großes Haus für eine Person. Es ist riesig, Mama. Hast du es gesehen?«

Mama schüttelte den Kopf.

Leigh drehte sich auf die Seite. »Ich weiß. Es ist auch komisch, dass er bisher keine Familie gegründet hat. Ich habe ihn immer für einen Familienmenschen gehalten.«

»Früher hat er mir immer gesagt, dass er mal dich heiratet«, erzählte Meredith.

Eine Welle der Reue erfasste Leigh und ließ ihre Haut eiskalt werden.

Mama stützte sich auf einen Ellbogen auf und fragte Meredith: »Das hat er dir gesagt?«

Meredith nickte. »Ja. Wir haben immer darüber gelacht, weil wir noch so jung waren, aber ich habe gemerkt, dass es ihm auch irgendwie ernst damit war.«

»Ein solches Haus ist nicht für eine Person gedacht. Deshalb habe ich das Haus in Spring Hill verkauft. Es war zu groß für mich allein. Die Leere hat mir zugesetzt.«

Leigh wäre am liebsten in der Zeit zurückgereist, hätte ihre Mutter häufiger besucht, in ihrem alten Zimmer geschlafen und lange Tage auf der Veranda verbracht, wo sie sich über nichts Besonderes unterhalten hätten.

Meredith lag auf der Seite und lauschte schweigend dem Gespräch. Als Leigh und Mama sich gerade mit einer angenehmen Stille arrangiert hatten, meldete sie sich zu Wort.

»Als Jugendliche habe ich nie jemanden gebraucht«, verkündete sie. »Und ich bin anders als ihr beide. Aber ich *möchte* euch beide in meinem Leben haben. Ich will nicht wieder so lange warten, bis wir uns treffen.« Zum ersten Mal in ihrem Erwachsenenleben zog Meredith sie beide in die Arme.

Kapitel 23

Am nächsten Morgen wurde Leigh vom sanften Zwitschern der Vögel geweckt. Vorsichtig kletterte sie über ihre Mutter und Schwester und kroch aus dem Zelt. Sie streckte sich in der kühlen Luft. Die Sonne ging gerade auf und schickte ihre rosa- und orangefarbenen Strahlen auf den See. Barfuß ging Leigh auf Zehenspitzen die Stufen zur Veranda hinauf. Als sie das Cottage betrat, schlug ihr sofort die Wärme entgegen und ließ sie erzittern nach der kalten Luft draußen.

Sie schaltete die Lampe an der Küchenarbeitsplatte an und griff nach ihrem Handy, um nach der Zeit zu sehen. Auf dem Display war der Eingang einer Nachricht angezeigt. Aufregung erfüllte sie – hoffentlich war es Colton. Als sie den Bildschirm entsperrte, erwartete sie jedoch etwas völlig anderes.

> Hi, Ms Henderson. Mein Name ist Pamela Lyons. James Peterson hat mir Ihre Nummer gegeben, ich hoffe, das war okay. Ich würde gerne mit Ihnen über eine mögliche Stelle sprechen. Sie können mich unter dieser Nummer erreichen.

Wieso gab Jimbo ihre Nummer weiter? Und wollte sie sich überhaupt mit jemandem treffen, der sich mit ihm abgab? Sie wischte die Nachricht zur Seite und rieb sich gähnend die Augen. Damit würde sie sich später befassen.

Sie legte das Handy auf den Tisch mit den roten Rosen, die allmählich zu welken begannen. Im Wohnzimmer schaltete sie ebenfalls das Licht ein und ließ sich auf das Sofa fallen.

Das bläuliche Morgenlicht fiel durch die Fenster, und über dem Fußboden hing kühle Luft wie ein Frühlingsnebel, der sich im Laufe des Tages verflüchtigen würde. Leigh breitete die Decke von der Armlehne des Sofas über sich und zog die Beine darunter.

Von der Veranda her ertönte das Knarren der Fliegengittertür.

»Hey.« Merediths Stimme klang schläfrig, und ihre Haare standen zerzaust ab. »Brauche Kaffee. Du auch?« Sie marschierte an Leigh vorbei in die Küche. Ihre nackten Füße machten kaum ein Geräusch.

»Wann geht dein Flug?«, fragte Leigh leise, doch durch die Stille war ihre Stimme auch gut im Nebenraum hörbar.

»Um elf.« Merediths Antwort kam über das Klappern der Tasse hinweg, die sie aus dem Schrank holte. »Möchtest du eine Tasse?«

»Klar, danke.«

Die Kaffeemaschine zischte, und nach einem kurzen Moment der Stille kam Meredith mit zwei Tassen in der Hand ins Zimmer zurück. »Ich schaue mal, ob ich den Flug auf später verschieben kann.« Sie setzte sich neben ihre Schwester, reichte ihr einen Kaffee und zog ein Stück der Decke über ihre Füße.

»Wirklich?«, fragte Leigh. »Warum?«

»Ich habe nachgedacht.« Sie machte es sich bequem und blickte dann Leigh an. »Gestern Abend habe ich zum ersten Mal in meinem Leben Mama und dich verstanden. Also, wirklich kapiert, was ihr meint. Meine Reise nach Paris erscheint mir im Vergleich dazu schrecklich unwichtig. Ich möchte hierbleiben.«

Eine Welle des Glücks erfasste Leigh. »Das ist das Beste, was ich seit Langem gehört habe.«

»Hältst du es noch ein paar Tage mit mir aus?«

»Diese Frage sollte eigentlich ich stellen. Ich war ein bisschen schwierig.«

Meredith grinste. »Ich weiß. Aber irgendjemand muss dir ja schließlich dabei helfen, dich wieder in die Spur zu bringen und deinen Weg zu finden«, neckte sie und drehte damit den Spieß zu ihrem Verhältnis in der Kindheit um.

Leigh legte einen Arm um ihre Schwester, und in der Stille des Wohnzimmers verspürte sie echte Hoffnung für sie beide.

* * *

Leigh saß auf der Veranda, wo das Licht durch die Bäume schien, und rief Coltons Nummer auf ihrem Handy auf. Ihre Finger schwebten über der Anruftaste. Sie schrieb das Bedürfnis, mit ihm zu sprechen, und ihren Optimismus, ihn dazu zu bringen, sie zu verstehen, der Inspiration aus der neuen Nähe zu Meredith zu. Aber wenn sie ehrlich war, lag es einfach daran, dass sie ihn vermisste. Sie wählte seine Nummer und lauschte auf den Klingelton.

Mailbox.

Sie beendete den Anruf. Es schmerzte sie.

»Hey, Sonnenschein«, sagte Mama, als sie auf die Veranda herauskam und sich neben Leigh setzte.

»Hey«, gab Leigh zurück.

Mama kniff die Augen zusammen. »Du genießt nicht den Ausblick, oder?«

Leigh schaute vom Handy auf und dann ihre Mutter an. »Hm?«

»Dich belastet doch was. Was ist es?«

Leigh seufzte schwer und zog sich die Decke bis zur Taille. »Colton. Er nimmt einfach nicht ab. Ich kann es nicht ertragen, dass er so über mich denkt. Es zerreißt mich innerlich.«

»Willst du noch mal zu ihm fahren und versuchen, persönlich mit ihm zu reden?«

»Ich weiß nicht … Falls er glaubt, dass ich etwas tun kann, um die Sache in Ordnung zu bringen, werde ich es tun. Ich habe versucht, andere Firmen zu finden, die dort übernehmen könnten, ohne zu viel am Äußeren zu verändern, aber bisher erfolglos.«

Ihr Handy meldete eine Nachricht, und der Ton ließ sie aufschrecken.

Mama zog erwartungsvoll die Brauen hoch. »Vielleicht ist er das, weil er Gedanken lesen kann.«

»Nein«, erwiderte Leigh, die enttäuscht den Text las.

Hier ist noch mal Pamela Lyons. Bitte entschuldigen Sie die vielen Nachrichten, aber ich habe vergessen zu erwähnen, dass ich nur noch zwei Tage in Nashville sein werde, daher wäre es am effektivsten, wenn wir miteinander reden, während ich hier bin. Ich habe heute Nachmittag Zeit und freue mich darauf, von Ihnen zu hören.

»Worum geht es?«, wollte Mama wissen.

»Diese Frau hat meine Nummer von Jimbo und möchte sich mit mir treffen. Sie sagt, sie hat vielleicht eine Stelle für mich.«

»Das klingt doch vielversprechend«, sagte Mama fröhlich.

»Ja? Sollte ich wirklich einen Termin wahrnehmen, für den Jimbo verantwortlich ist? Bisher hat er alles ruiniert, was er angepackt hat.«

»Das stimmt, aber die Sache ist es wert, dass du sie dir anhörst, um herauszufinden, worum es geht. Du kannst doch jederzeit ablehnen.«

Leigh blickte nachdenklich hinüber zu den schönen alten Bäumen. »In Ordnung. Ich antworte ihr.«

»Wer weiß, vielleicht ist es ja etwas Tolles.«

»Wenn Jimbo seine Hände im Spiel hat, bezweifle ich das doch sehr«, erwiderte sie lachend. Sie schrieb eine Antwort.

* * *

»Kann ich mehr Brennholz bei Ihnen kaufen?«, fragte Leigh Leon. »Wir haben fast keins mehr.« Sie stellte eine Flasche Eistee auf die Theke, um dadurch die üblichen kostenlosen zwei Scheite zu erhalten.

Leon kassierte den Tee ab. »Sie können einfach so viel nehmen, wie Sie brauchen.«

Sie beäugte den kleinen Korb mit Holz. »Haben Sie noch mehr? Ich möchte nicht, dass dann alles weg ist.«

»Hinter dem Haus habe ich noch einen zwei Meter hohen Stapel. Holzhacken ist meine Art der Entspannung nach einem langen Arbeitstag, und ich habe keine wirkliche Verwendung dafür, außer es hierher mitzubringen.«

Sie lächelte. »Und dass die Leute etwas kaufen, um zwei Scheite zu kriegen, ist ihre Möglichkeit, noch etwas dazuzuverdienen.«

Er nickte, und ein Grinsen zeigte sich auf seinem schmalen Gesicht. »Die Leute glauben, dass sie ein Schnäppchen machen, aber tatsächlich mache ich einen Verkauf und werde mein Holz los.« Er tippte sich an die Schläfe. »Genie bei der Arbeit.« Er reichte ihr den Tee, riss den Bon aus der Kasse und schob ihn ihr über die Theke hinweg zu.

»Könnten Sie einfach auch Brennholz verkaufen?«, fragte sie.

»Nein.«

Sie lachte. »Warum denn nicht?«

»Weil Rudy Brennholz für fünf Dollar das Bündel verkauft, warum sollte es also jemand bei mir holen? Aber Sie haben eben …« Er blickte auf den Bon. »Zwei Dollar neunundneunzig für diesen Tee bezahlt, um zwei Scheite zu kriegen.«

Gerade, als sie sich in dem Gespräch wohlzufühlen begann und sich über Leon amüsierte, läutete die Glocke über der Tür und Colton kam mit Smash herein.

»Hey, Leigh«, sagte Smash und kam zu ihr herüber, während Colton an ihnen vorbei und in den hinteren Bereich des Ladens ging. »Lange nicht gesehen.«

»Hi, Smash«, erwiderte sie den Gruß und versuchte, ihre Aufmerksamkeit nicht zu Colton wandern zu lassen. »Wie geht es dir?«

»Kann mich nicht beschweren. Ich habe einen Zweijährigen zu Hause, also haben wir alle Hände voll zu tun. Er heißt Hunter. Und in einem Monat erwartet Sheila unser Zweites.«

Ein freudiges Lächeln erschien auf ihrem Gesicht. Sie hätte niemals vermutet, dass die beiden zusammenfinden würden – Smash war ein sportlicher, entspannter Typ, wohingegen Sheila voller Energie und immer zu Streichen aufgelegt war. »Du hast Sheila Leevy geheiratet?«

»O ja!«, erwiderte er stolz.

Leigh nahm sich vor, Meredith davon zu erzählen. Colton rauschte an ihr vorbei und warf dann einige in Zellophan eingewickelte Plastikköder auf die Theke. »Bezahlst du die für uns und ich warte im Pick-up?«, fragte er Smash und ging zur Tür, ohne ein einziges Wort an Leigh gerichtet zu haben.

»Warte mal einen Moment«, hielt Leon ihn da auf.

Mit einem genervten Seufzen drehte sich Colton langsam zu Leon um.

»Leigh nimmt Feuerholz mit, und ihrem teuren Outfit nach zu schließen, wird sie es nicht selbst ins Auto tragen. Bleibt hier, und ich bringe es vors Haus, damit wir ihr helfen können.«

»Leon, wir sind ziemlich beschäftigt«, behauptete Colton kopfschüttelnd und hielt den Blick auf die Wand gerichtet.

Das war doch lächerlich. Er konnte zumindest ihre Anwesenheit zur Kenntnis nehmen.

»Du bist nicht beschäftigt, bis ich deine Köder abkassiert habe, und ich kassiere die nicht ab, bevor du mir nicht mit dem Holz geholfen hast.«

»Kein Problem, Colton.« Smash warf einen Zehndollarschein auf die Theke, nahm die Köder und steckte sie in seine Tasche.

Leon gab den Betrag ein und steckte das Wechselgeld in seine Trinkgeldkasse. »Ich bin gleich wieder da.«

Nachdem Leon weg war, beugte sich Leigh so vor, dass sie in Coltons Sichtfeld war. »Möchtest du vielleicht Hallo sagen?«

»Hey«, antwortete er, als ob ihn das Wort schmerzte.

»Wollen wir uns vielleicht wie Erwachsene benehmen?«

»Ich sage dir, was ich will. Ich will das holen, weswegen ich hergekommen bin, ohne dass jemand noch mehr ruiniert, als sie es bereits getan hat.«

»Du hast was ruiniert?«, erkundigte sich Smash mit einem Funkeln in den Augen. Sein Blick flog zwischen ihr und Colton hin und her.

»Sie hat einfach keine Ahnung vom *echten* Leben«, erwiderte Colton.

»Das stimmt nicht«, protestierte Leigh, doch in diesem Moment kam Leon wieder herein und übergab einen Armvoll Scheite an Smash, dann ging er wieder hinaus, um mehr zu holen.

»Zeigst du mir, wo ich die hinbringen soll, Leigh?«, fragte Smash und ging zur Tür.

Colton hielt ihnen die Tür auf. Leigh folgte Smash, ging an Colton vorbei und atmete seinen würzigen Duft ein.

»Es muss doch nicht so sein zwischen uns«, sagte sie und blieb vor ihm stehen. »Können wir nicht einfach reden?«

Leon kam mit mehr Feuerholz und übergab es an Colton. Ohne ein Wort nickte Colton ihr zu, dass sie hinausgehen sollte, und folgte ihr dann bis zum Mietwagen, wo Smash stand. Sie öffnete den Kofferraum, und beide Männer ließen das Holz hineinfallen. Colton wandte sich ab und marschierte auf Smashs Pick-up zu.

»Du hast meine Frage nicht beantwortet!«, rief Leigh ihm nach. »Können wir das besprechen wie zwei vernünftige Menschen?«

»Das denke ich nicht«, antwortete er, während er auf der Beifahrerseite einstieg und sich vorbeugte, um sie durch das offene Fenster anzusehen. »Dafür würde man *zwei* vernünftige Menschen brauchen.«

Smash klappte ihren Kofferraum zu. »Mach's gut, Leigh.«

»Mach's gut«, sagte sie und betrachtete Colton, der stur nach vorn blickte.

Smash stieg in seinen Pick-up und ließ den Motor an, dann fuhr er los. Leigh hätte schwören können, dass Colton sie im Seitenspiegel letztendlich ansah, doch womöglich war das reines Wunschdenken.

* * *

Leigh rückte den Liegestuhl zurecht, sodass der See im Hintergrund und die Feuerstelle vor ihr war, um sich auf den Videoanruf von Pamela Lyons vorzubereiten. Die Sonne schien, und einige Boote fuhren vorbei und schickten Wellen ans Ufer. Die Luft war immer noch kühl genug, dass sie Hitze des Feuers brauchte, um sich warmzuhalten. Leigh zupfte an ihrer Baumwollbluse und presste die Lippen aufeinander, um ihren Lippenstift gleichmäßig zu verteilen. Sie fühlte sich ganz wie sie selbst. Auch wenn die Umgebung anders war als sonst, war sie vorbereitet und mental auf das bevorstehende Gespräch eingestellt, wie sie es immer gewesen war.

Ihr Handy klingelte, und sie nahm den Anruf an. Das Display zeigte eine brünette Frau, ungefähr in ihrem Alter, die allein an einem Tisch saß. Es sah nach einem Coffeeshop aus.

Sie lächelte. »Leigh?«

»Ja«, erwiderte Leigh. »Wie geht es Ihnen?«

»Gut«, antwortete die Frau. »Ich bin Pamela. Schön, Sie kennenzulernen.« Das Bild wackelte ein wenig, als sie ihren Stuhl verrückte.

»Sie kennen also Jimbo?«, kam Leigh geradewegs auf den Punkt.

»Nun, nicht wirklich. Ich habe einen Bekannten von ihm getroffen, der uns einander vorgestellt hat.«

Leigh spürte Erleichterung, und jetzt war auch ihr Interesse geweckt.

»Ich bin die leitende Projektmanagerin für das Bauunternehmen meiner Familie, und wir bauen Läden für Einzelhändler. Im Gespräch hat Jimbo erwähnt, was Sie für ihn getan haben, und obwohl es nicht ganz einfach war, konnte ich ihn überreden, mir Ihre Nummer zu geben.«

»Ach ja?«

»Ich habe mich gefragt, ob Sie vielleicht dasselbe für eins unserer Gewerbegebiete in South Carolina tun könnten.«

Da in New York ihr Bewerbungsgespräch wartete und ihre Rückkehr dorthin kurz bevorstand, hatte Leigh keine Ahnung, wie sie der Frau weiterhelfen konnte. Sie wollte ihr das gerade sagen, als Pamela hinzufügte: »Ich brauche jemanden, der den Markt recherchiert und für uns Mieter findet, und dann brauche ich einen Superstar, der ihnen die Läden verkauft, denn aus irgendeinem Grund bekommen wir die hier nicht los.«

Leigh dachte darüber nach. »Ich weiß nicht genau, ob ich reisen könnte …« Sie brach ab. Bisher hatte sie überhaupt noch nicht darüber nachgedacht, irgendwo anders als in New York zu wohnen.

»Sie könnten das aus dem Homeoffice erledigen. Wir haben in unserem Budget ein wenig Geld, um Ihnen ein kleines Gehalt anbieten zu können, und falls Sie erfolgreich sind, nehmen wir Ihre Dienste vielleicht auch bei anderen Projekten in Anspruch.« Pamela trank einen Schluck von ihrem Kaffee, während Leigh nachdachte. »Ich hatte gehofft, online schon mal Ihre Preise zu finden. Meine Suche nach Ihrer Website war aber erfolglos. Haben Sie keine?«

»Die ist derzeit im Aufbau«, erwiderte Leigh, obwohl sie nicht die geringste Ahnung hatte, wo diese Antwort hergekommen war. »In Kürze wird sie online sein.« Hoffentlich konnte Meredith ihre künstlerische Veranlagung auch für Webdesign einsetzen …

»Wunderbar.« Pamela legte die Hände zusammen wie zum Gebet und stützte lächelnd das Kinn darauf. »Also, was denken Sie?«

»Ich werde auf jeden Fall darüber nachdenken.« War so etwas Leighs Zeit wert?

»Ich kann Ihnen die Einzelheiten des Projekts per E-Mail schicken, und wir würden Sie auch gern vor Ort begrüßen, falls Sie glauben, dass das hilfreich sein könnte. Geben Sie mir einfach Bescheid.«

»Ja, vielen Dank.« In Leighs Kopf wirbelten die Gedanken herum.

»Ich hoffe, bald von Ihnen zu hören.«

Plötzlich lag eine völlig neue Karriereoption vor Leigh. Aber konnte sie damit auch etwas anfangen?

* * *

»Meredith, ich brauche deine Hilfe!« Leigh eilte in Nans Studio und zog Meredith am Arm in Richtung Tür. Ihre Schwester legte den Pinsel beiseite und wandte sich von dem Schmetterlingsbild ab, das sie gerade fertigstellte. »Ich brauche die Meinung von dir und Mama zu etwas.«

Leigh führte Meredith in die Küche, wo sie sich gemeinsam mit ihrer Mutter an den Tisch setzten, und berichtete ihnen dann von dem Gespräch mit Pamela und ihrer Idee.

»Ich könnte dir definitiv mit einer Website helfen«, sagte Meredith. »Ich habe gerade erst eine für mein Studio gemacht. Das ist supereinfach.«

Leigh atmete erleichtert auf. »Das ist so toll, Meredith. Ich weiß nicht, was in mich gefahren ist, als ich behauptet habe, bald wäre eine online.«

»Vielleicht kam das aus deinem Herzen«, meinte Mama. »Hast du schon mal überlegt, deine Arbeit auf Projektbasis auszuüben?«

Leigh legte sich verblüfft die Hände an die Wangen. »Ich kann mich nicht selbstständig machen«, widersprach sie. »Das ergibt doch überhaupt keinen Sinn. Und ich habe dieses Vorstellungsgespräch in New York.«

»Oder es ergibt sehr wohl Sinn«, hielt Meredith dagegen. »Wenn ich es kann, kannst du es auch.«

Leigh dachte darüber nach und ging in Gedanken eine Checkliste durch. Sobald Jimbo ihr das Geld zurückerstattet hatte, hatte sie genügend Ersparnisse, um sich eine Weile über Wasser zu halten, während sie sich einen Kundenstamm aufbaute. »Ich würde Geld für Werbung, Versicherungen und Rentenbeiträge brauchen …«, überlegte sie laut, als ihr bewusst wurde, was für ein enormes Unterfangen das war.

Meredith legte eine Hand auf Leighs Arm und holte sie damit aus ihren Überlegungen. »Es ist weniger Arbeit, als du glaubst. Ich helfe dir.«

»Wir beide helfen dir«, versprach Mama.

»Ich weiß nicht.« Leigh schüttelte den Kopf. Der Gedanke, sich selbstständig zu machen, war so plötzlich gekommen, und ihr Herz raste. Allerdings fragte sie sich, ob das eher aus Vorfreude als aus Angst war. Vielleicht war es genau das, worauf sie sich ihr ganzes Leben lang vorbereitet hatte.

Kapitel 24

Am Morgen nach ihrem Gespräch mit Pamela saß Leigh in der Hängematte. Sie konnte sich kaum gegen die Flut der Ideen wehren, die seit den frühen Morgenstunden über sie hereinbrachen. Je länger sie darüber nachdachte, desto besser gefiel ihr die Vorstellung, für sich selbst zu arbeiten und eine Firma für Unternehmenskundenmanagement zu gründen. Wenn sie für Pamela im Homeoffice arbeiten konnte, war das auch für andere Firmen möglich. Und dafür brauchte sie ein Büro. Vielleicht einen hübschen kleinen Bungalow am Rand des Sees, wo sie sich inspirieren lassen konnte, während sie ihre Kundenlisten erstellte … Aber würden ihre Ersparnisse dafür reichen?

Da sie es nicht mehr aushielt, nicht mit Colton zu sprechen, hinterließ Leigh ihm eine Nachricht.

> Es ist noch früh, also bin ich beinahe sicher, dass du zu Hause bist,

sagte sie ins Handy.

> Ich habe es ernst gemeint, als ich dir gesagt habe, dass ich dich liebe. Und dass wir nicht miteinander sprechen,

bringt mich um. Ich habe eine verrückte Idee und würde gern deine Meinung dazu hören. Bitte, Colton. Ruf mich an.

Sie beendete die Nachricht und blickte hinauf zum Himmel. Der kleine Bungalow ging ihr nicht mehr aus dem Sinn. Sie wandte den Kopf dem Sonnenschein zu, der durch die Bäume fiel. Ein flackernder Schatten fiel ihr ins Auge. Überrascht setzte sie sich auf und betrachtete den leuchtend blauen Schmetterling zu ihrer Rechten. Er schlug mit seinen wunderschönen Flügeln, durch die das Licht fiel, wie eine Art engelsgleiche Kreatur, die aus dem Paradies geflüchtet war.

Ohne Vorwarnung füllten sich Leighs Augen mit Tränen, und sie bekam eine Gänsehaut. »Ich sehe dich«, flüsterte sie. Der Schmetterling blieb noch einen Moment und flatterte dann davon. Während sie ihm nachschaute, fragte sie sich, ob sie den Bungalow womöglich nicht aus dem Kopf bekam, weil er dort drin sein sollte. Sie dachte daran, dass Meredith ihr gesagt hatte, dass Schmetterlinge Veränderung symbolisierten.

Vielleicht war es an der Zeit, ihr Leben zu verändern.

Sie schlug die Decke von ihren Beinen zurück und sprang aus der Hängematte, dann rannte sie auf der Suche nach Meredith den Hügel hinauf.

* * *

»Ich kann nicht fassen, dass du das tust«, sagte Meredith aufgeregt, als sie das Büro des Immobilienmaklers verließen.

»Es wird buchstäblich jeden Cent meiner Ersparnisse auffressen, aber es wäre das perfekte Haus, um dort zu wohnen und von dort aus meine Firma zu leiten. Ich musste wenigstens ein Angebot abgeben.«

Meredith hielt mit ihr Schritt. »Du willst New York verlassen und am Old Hickory Lake leben?«

Leigh sog die frische, saubere Luft ein – sie hatte sich entschieden. Wie ein Film liefen die Erinnerungen aus ihrer Jugend vor ihrem geistigen Auge ab: Nan, die sich lachend eine Hand auf die Brust legte, bevor sie in den Korb mit frischem Gemüse vom Markt griff; die schwankenden Bäume im Sommersturm; die sanfte Berührung des Seewassers, während Leigh den ganzen Tag auf einem Schwimmreifen lag … »Definitiv.«

Der Blick ihrer Schwester blieb auf den Weg vor ihnen gerichtet, doch die Falte zwischen ihren Brauen verriet, dass sie diese neue Information verarbeitete. Dann erhellte ein Lächeln ihr Gesicht, und sie fragte aufgeregt: »Wirst du es Colton erzählen?«

Allein die Erwähnung von Coltons Namen schickte eine Welle der Vorfreude durch Leigh. Sie wünschte, sie hätte zu ihm laufen, die Arme um ihn schlingen und ihn erfreut in ihr Ohr wispern hören können. »Ich warte vielleicht erst mal ab, ob mein Angebot akzeptiert wird. Dann werde ich versuchen, es ihm zu erzählen. Falls er jemals zurückruft … Ich hoffe nur, dass das die Sache zwischen uns in Ordnung bringt.«

Meredith blieb stehen. Hinter ihr war die Bäckerei, aus der ein Duft nach warmen Biskuits zu ihnen wehte. »Du tust das aber nicht nur für ihn, oder?«

»Definitiv nicht. Zum ersten Mal in meinem Leben weiß ich nicht genau, was ich will, aber ich weiß, dass sich das hier sehr, sehr richtig anfühlt. Richtiger als alles andere, was ich je getan habe, und das hätte ich mir nie vorstellen können.«

»Dann lass es uns Mama erzählen, und dann müssen wir uns an die Arbeit für deine Website machen!«

»Ja.« Ein nie zuvor gekanntes Gefühl der Sinnhaftigkeit erfüllte Leigh. »Ich muss mich auch bei Pamela melden, um ihr zu sagen, dass ich an dem Angebot interessiert bin.«

»Das wird toll werden«, verkündete Meredith.

»Da stimme ich dir voll und ganz zu.«

* * *

Leigh und Meredith saßen gemeinsam am Küchentisch über Leighs Laptop und arbeiteten an der neuen Website. Nans Schmetterlingsbuch lag zwischen ihnen. Sie hatten die letzten Stunden damit verbracht, über den Host, den Meredith für Leigh ausgesucht hatte, einen Domain-Namen zu kaufen und ein Template auszuwählen. Sie formatierten gerade die Kontaktseite, als Mama hereinkam.

»Das sieht wunderschön aus«, stellte sie fest. »Die Pastellfarben wirken so warm und einladend.« Mama beugte sich vor, um besser sehen zu können. »Wie soll es heißen?« Blinzelnd versuchte sie, etwas auf dem Bildschirm zu erkennen.

Leigh dachte an Nan, an die Schmetterlinge, die sie immer gezeichnet hatte, und daran, wie sehr sie sich in den vergangenen Tagen hier verändert hatte. »Ich möchte es Chrysalis Commercial Management nennen.« Sie schlug das Buch auf und zeigte auf die Handschrift ihrer Großmutter. »Nan schreibt hier, dass das Puppenstadium eines Schmetterlings ›Chrysalis‹ heißt.«

Mama lächelte zufrieden. »Was für eine schöne Idee. Ich kann immer noch nicht glauben, dass du das wirklich tust. Wo willst du denn wohnen?«

Leigh blickte wieder auf ihren Computer. »Falls ich das Grundstück hinter Coltons Haus kaufen kann, werde ich es so renovieren, dass es auf der einen Seite eine kleine Wohnung hat, die später auch komplett zum Büro umgebaut werden kann, falls nötig.«

»Das gefällt mir«, verkündete Mama.

Genau in diesem Moment klingelte Leighs Handy. »Hallo?« Mit wild klopfendem Herzen formte sie die Worte »der Makler«. Dann wandte sie ihre Aufmerksamkeit wieder dem Gespräch zu.

»Der Verkäufer möchte ein Gegenangebot machen«, sagte der Makler. Er nannte ihr den Preis. Obwohl es mehr war, als sie hatte zahlen wollen, wenn man bedachte, dass sie auch noch für die Renovierung aufkommen musste, war es machbar. Zumindest, bis sie auf die Füße gekommen war und ein Einkommen hatte.

In diesem Moment wurde ihr bewusst, dass sie buchstäblich alles auf eine Karte setzte. Es war das Verrückteste, was sie je getan hatte, aber ganz egal, was Phillip bei ihrer Kündigung gesagt hatte, sie wusste durch ihren Erfolg bei Greystone, dass sie das Talent dazu besaß. Ein Blick auf ihre Mutter und ihre Schwester verriet ihr auch, dass sie die nötige Unterstützung haben würde, um es Realität werden zu lassen. »Ich akzeptiere«, antwortete sie.

Mama und Meredith jubelten begeistert, während sie ihnen bedeutete, still zu sein, damit sie das Gespräch beenden konnte. Dabei war sie selbst völlig aus dem Häuschen.

Als sie aufgelegt hatte, drehte sie sich mit großen Augen zu ihrer Familie um. »Ich habe gerade ein Grundstück gekauft!«

Meredith jubelte und schlang die Arme um ihre Schwester; Mama zog sie beide an sich, und zu dritt hüpften sie auf und ab.

Sobald die Endgültigkeit ihrer Entscheidung zu ihr durchgedrungen war, sagte Leigh: »Ich brauche eure Vorschläge zu den Reparaturen am Haus.« Die Tragweite dessen, was sie gerade getan hatte, wurde ihr sehr bewusst. »Ich habe eine Menge Arbeit vor mir und ich bin sicher, der Bauinspektor wird noch mehr finden.«

»Ich kann noch einige Tage bleiben«, erwiderte Meredith, obwohl Leigh wusste, dass ihre Schwester zurückmusste.

Die Geste wärmte sie jedoch bis ins Herz, und sie drückte Meredith noch einmal fest.

»Ich kann auch bleiben und helfen«, bot Mama an. »Ich kann weiterhin von hier aus zur Arbeit fahren. Das ist absolut machbar.«

Aufregung machte sich in jeder Faser von Leighs Körper breit. »Ich muss Colton anrufen«, verkündete sie, weil sie ihre Neuigkeiten mit ihm teilen wollte. Sie wählte seine Nummer und ließ den Blick zwischen ihrer Mutter und ihrer Schwester hin- und herfliegen, während es klingelte. Doch ihre Hoffnung sank, als sie nach einer Weile nur wieder seine Mailbox erreichte. Sie hinterließ eine weitere Nachricht.

> Colton, hier spricht Leigh. Ich muss dir etwas erzählen, aber was noch wichtiger ist, ich kann es nicht ertragen, nicht mit dir zu reden oder dich nicht zu sehen. Bitte lass mich mit dir sprechen. Nichts ist so wichtig für mich wie die Sache für dich in Ordnung zu bringen.

Sie legte auf, und Mama und Meredith lächelten sie beide an.

»Ich wusste schon immer, dass da etwas Besonderes zwischen dir und diesem Jungen ist«, sagte Mama.

Und hier, in Nans Küche, wusste Leigh, dass ihre Mutter recht hatte. Ihr Leben fühlte sich erfüllt an, und sie konnte spüren, dass sie vor einer großen Veränderung stand, etwas Neues wurde, etwas Großartigeres als bisher.

Kapitel 25

»Klopf, klopf.« Meredith stand in Leighs Türrahmen, Nans Schmetterlingsbuch im Arm.

Leigh warf einen letzten Blick in den Spiegel, bevor sie sich Meredith zuwandte. Ihrer Schwester fiel sofort etwas in Leighs Gesicht auf.

»Was ist denn mit dir los?«, fragte sie und musterte sie von oben bis unten.

»Ich bin in meinem Element, das ist alles«, erwiderte Leigh und fuhr sich mit der Hand über ihren besten Hosenanzug, bevor sie sich auf die Kante ihres Betts setzte, um Meredith zuzuhören. »Ich treffe mich heute Morgen mit den Firmen, und ich habe ein gutes Gefühl bei der Sache. Hopp oder top.«

Meredith setzte sich neben sie aufs Bett. »Du wirst dich vielleicht sogar noch besser fühlen, wenn du hörst, was ich dir zu sagen habe. Ich will dir was zeigen.«

Leigh drehte sich zu Meredith hin. Diese hatte sich das Buch auf den Schoß gelegt.

»Seit ich hergekommen bin, hat sich eine Menge verändert«, begann Meredith in einem ernsteren Ton, als Leigh ihn von ihr gewohnt war. »Ich hatte erwartet, herzukommen, mir anzuhören, was auch immer Mama uns zu sagen hatte, und dann so schnell wie möglich wieder zu verschwinden. Aber elf Tage später bin ich immer noch hier.«

Leigh bemerkte eine Art Ruhe in den Augen ihrer Schwester, die sie so dort noch nie gesehen hatte.

»Ich habe nichts gesagt, aber während du mit dieser Frau wegen des Jobs telefoniert hast, habe ich wieder einen Schmetterling gesehen.« Sie sah Leigh an, als ob sie ein Geheimnis teilten.

»Ja?«

Meredith nickte. »Ich hatte eine von Nans Staffeleien mit nach draußen genommen und habe gemalt. Er kam angeflogen und ist direkt auf meinem Handgelenk gelandet. Also bin ich ins Haus gegangen und habe Nans Buch geholt.« Sie hielt es hoch, öffnete es und deutete auf eine Stelle, wo Nan einige Zeilen notiert hatte. »Hier schreibt sie, dass Schmetterlinge nur ungefähr einen Monat lang leben, also erinnern sie uns daran, dass wir in der Gegenwart statt der Zukunft leben sollten.«

»Das ist ein wunderschöner Gedanke.«

»Ich hatte das Gefühl, dass sie mir damit sagen wollte, ich solle mich auf das konzentrieren, was unmittelbar vor mir ist.«

»Und das wäre?«

»Das hier.« Sie deutete mit dem Finger zwischen ihnen hin und her. »Hier in dem Cottage haben du und ich das erste Mal seit zwei Jahren miteinander geredet.«

»Ich weiß. Es ist schön, oder?«

»Ja. Ich hätte nie geglaubt, dass du, ich und Mama unter demselben Dach leben können, ohne den Verstand zu verlieren. Aber es hat eigentlich … Spaß gemacht. Und ich wollte nichts davon verpassen, sodass ich meine Reise nach Paris auf nach dem Sommer verschoben habe.«

Leigh lächelte ihre Schwester liebevoll an.

»Es hat mich zum Nachdenken über dieses Cottage gebracht«, fuhr Meredith fort. »Mama habe ich es zuerst gesagt, und jetzt erzähle ich es dir. Ich werde es nicht vermieten. Es gehört uns. Uns dreien.«

Leigh schnappte nach Luft und schlang die Arme um ihre Schwester. »Ich kann es nicht fassen, dass du das tun willst«, sagte sie.

»Ich tue es für *uns*«, erwiderte Meredith. »Das haben wir uns verdient, nach allem, was wir durchgemacht haben.«

»Ja.« Leigh lachte glücklich. »Wir haben uns das definitiv verdient.«

»Ich habe mir gedacht, dass wir drei selbst ein paar Renovierungsarbeiten vornehmen könnten – gemeinsam. Dinge, die *wir* wollen. Wir würden nur das verändern, was es zu unserem Haus macht, und jede Menge Nan hierlassen.«

»Das klingt wundervoll«, fand Leigh. »Ich bin sicher, dass du mit deinem künstlerischen Auge jede Menge Ideen hast.«

Meredith grinste, glücklich und ihr Körper uncharakteristisch ruhig. »Also, wie wollen wir den Rest unseres Lebens hier verbringen?« Sie machte eine ausladende Armbewegung durch das Zimmer. »Jährliche Besuche?«

»Mehr als einmal pro Jahr!« Leigh zog ihre Schwester für eine zweite Umarmung an sich. »Mama könnte sogar ganz hierherziehen, falls sie das möchte.«

»Ja«, pflichtete Meredith ihr bei. »Und ich brauche einen Platz zum Arbeiten, während ich dir dabei helfe, ein Unternehmen auf die Füße zu stellen.« Sie zwinkerte Leigh zu.

»Es tut mir leid, dass ich dich von der Galerie fernhalte«, antwortete Leigh ernst. »Ich weiß, wie viel du dort sicher zu tun hast.«

»Ich bin es gewohnt, im Laufschritt zu arbeiten, schon vergessen?«, beruhigte Meredith sie. »Ich kriege es hin. Und ich kann die Gelegenheit, mehr Zeit mit dir und Mama zu verbringen, nicht einfach verstreichen lassen.«

Das war Musik in Leighs Ohren.

* * *

»Die anderen drei Firmen erwarten wir heute nach Ihnen«, erklärte Leigh Samantha Perkins, der Besitzerin des Attic-Light-Buchladens, als die Frau über den Fliesenboden bei Greystone Properties ging und ins Schaufenster lugte. »Das Interesse ist hoch.«

»Gute Parksituation«, stellte Samantha fest. »Wie lange fährt man vom Highway hierher?«

»Ungefähr zwanzig Minuten, und Nashville ist nur fünfundzwanzig bis dreißig Minuten entfernt.« Leigh hatte sie bereits davon überzeugt, wie wichtig ein Buchladen in der Gegend war.

Samantha bückte sich und öffnete die Schränke unter der Ladentheke. Dann gingen sie zur Tür. Leigh hielt sie auf und schaltete das Licht aus. »Und der Mietvertrag – sind das drei oder fünf Jahre?«

»Fünf«, antwortete Leigh, die sich für die längste Mietdauer entschieden hatte, um so viel Umsatz wie möglich zu machen.

Samantha öffnete die Tür ihres Mietwagens. »Wenn die drei anderen alle ihre Mietverträge unterschrieben haben, geben Sie mir Bescheid, dann ziehen wir nach.«

»Ich freue mich, das zu hören«, sagte Leigh und streckte die Hand aus.

Samantha schüttelte sie mit festem Griff. »Danke, dass Sie sich heute Zeit für mich genommen haben.«

»Gern geschehen. Ich melde mich in Kürze.«

Samantha Perkins stieg ein, schloss die Tür, winkte und fuhr davon.

Leigh blickte auf ihre Uhr. Eine geschafft, noch drei weitere.

* * *

Mit einer Tüte Green-Hat-Kaffee (mittlere Röstung) in der Hand, die der Vertreter ihr geschenkt hatte, marschierte Leigh zum Container von Greystone Properties und öffnete die Tür. Jimbo saß an seinem Schreibtisch, auf den Leigh die Tüte fallen ließ.

»Was ist das?«, fragte er und hielt die Tüte hoch, um die Beschriftung lesen zu können.

»Ein Geschenk Ihres Mieters. Ich habe drei der vier Mietverträge unterschrieben hier, und die Letzte hat bereits mündlich zugestimmt und versprochen, nach den anderen drei zu unterschreiben.« Dann knallte sie ihm einen Stapel Dokumente auf den Tisch. »Das sind die Quittungen für meine Ausgaben.«

Sie konnte es kaum glauben, aber das entlockte Jimbo ein Lächeln, obwohl er ihr Geld schuldete.

»Wird erledigt«, erklärte er.

»Perfekt. Danke.« Sie drehte sich um. »Oh, und übrigens, Sie können das Geld an die Adresse 32 Emerald Lane schicken.«

Das Lächeln verschwand aus seinem Gesicht, und eine Falte formte sich zwischen seinen Brauen. »Warum?«, fragte er misstrauisch.

»Es gehört mir.«

Er starrte sie überrascht an. »Ich wollte mich sowieso nicht mehr mit diesem Farmer abgeben müssen. Der gehört ganz Ihnen.«

»Das will ich doch hoffen.« Mit diesen Worten marschierte sie wieder hinaus, die Brust vor Stolz geschwellt.

* * *

»Ich kann definitiv behaupten, dass dies die besten zwei Wochen meines Lebens waren«, verkündete Leigh, als sie mit Mama und Meredith draußen an der Feuerstelle saß. Die Sterne waren gerade am Himmel aufgegangen, die Grillen zirpten melodisch und der See hinter ihnen spülte sanft die Wellen ans Ufer. »Ich wünschte, Nan wäre hier, um es mit eigenen Augen zu sehen.«

»Nun, ich habe ihren Brief«, sagte Mama und zog ihn aus der Gesäßtasche ihrer Jeans. »Es ist höchste Zeit, dass ich ihn dir gebe.«

Leigh sog scharf den Atem ein.

»Nachdem Meredith mir erzählt hat, dass sie das Cottage rettet, habe ich ihn bei mir getragen und auf einen guten Zeitpunkt gewartet.« Sie streckte Leigh den gefalteten Umschlag entgegen. »Na los.«

Langsam, um den Moment so lange wie möglich auszudehnen, nahm Leigh ihn entgegen, betrachtete die Botschaft in Nans Handschrift auf der Außenseite:

Für Leigh, nachdem sich die Mädchen geeinigt haben, was mit dem Cottage passiert.

Sie hatte auf diesen Augenblick gewartet, und jetzt, wo er da war, hatte sie Angst, ihn vorbeiziehen zu lassen.

»Öffne ihn«, bat Meredith.

Leigh fuhr mit den Fingern über die Aufschrift. »Das wars dann, richtig?«, fragte sie Mama. »Das ist der letzte Brief?«

Mama nickte. Ihr Blick drängte Leigh, Nans Worte zu lesen.

Leigh fuhr mit dem Finger unter den Falz und sie zog ein Blatt Papier heraus. Sie strich es glatt, und als sie erkannte, wie lang der Brief war, stiegen ihr Tränen in die Augen. Nan hatte eine Menge zu schreiben gehabt. Leigh holte tief Luft und blickte noch einmal zu Mama und Meredith hinüber, bevor sie begann, ihn vorzulesen. Es war nicht einfach, die Worte durch die Tränen zu erkennen, die sich mit jeder weiteren Sekunde, die sie darauf wartete, die finale Botschaft ihrer Großmutter in sich aufzunehmen, in ihren Augen bildeten.

Liebe Leigh,
ich wette, dass du mächtig wütend auf mich warst, oder zumindest total verwirrt über meine Entscheidung, Meredith das Cottage zu hinterlassen. Vielleicht hast du geglaubt, dass ich am Ende doch den Verstand verloren habe und verrückt geworden bin.

Leigh lachte durch ihr Schniefen hindurch.

Meredith hat das Cottage verdient. Und ich vertraue ihr, dass sie die richtige Entscheidung fällt, was damit passiert. Ich konnte dir das auch nicht sofort sagen, weil ich hoffe, dass du es inzwischen selbst gemerkt hast: dir das Cottage zu geben hätte nicht dabei geholfen, dass sich eure Beziehung weiterentwickelt. Du und deine Mutter, ihr musstet erst auf einer tieferen Ebene Zugang zu Meredith finden, und Meredith zu euch. Es ist mir wichtig, dass ihr euch als die Menschen sehen könnt, die ihr seid. Weil ihr alle drei ganz wunderbar seid.

Leigh wischte sich eine Träne ab und schenkte ihrer Mutter und Meredith einen liebevollen Blick. Mama drängte sie weiterzulesen, also tat sie es.

So, indem ich das Cottage nicht deiner Mutter hinterlassen habe und Meredith deinen liebsten Ort auf der ganzen Welt, habe ich gehofft, dass es euch drei zusammenbringen würde. Ich glaube fest daran, dass Gott uns alle hierhergeschickt hat, um die Menschen zu finden, zu denen wir gehören. Wir sind nicht fürs Alleinsein gemacht. Während ich dies schreibe und meine Gesundheit immer weiter nachlässt, kann ich nur daran denken, dass du, Meredith und deine Mutter kaum miteinander redet.

Wie du weißt, bedeuten mir die Menschen, die ich liebe, alles. Und auch wenn du auf deine Karriere konzentriert bist, weiß ich, was du tief im Inneren begehrst: eine Familie. Ich hoffe, dass ich es geschafft habe, dir hiermit eine zu geben. Das ist mein Geschenk an dich. Es ist das größte Geschenk, das ich dir machen konnte.

In Liebe,
Nan

Seufzend legte sich Mama eine Hand aufs Herz. »Sie weiß einfach immer, was am besten ist, oder?«

Und als Leigh ihre kleine Familie betrachtete, war auch sie sicher, dass Nan das immer wusste. Sie hatte einfach recht.

Kapitel 26

»Ich möchte den vorderen Raum mit dem Kronleuchter zu meinem Büro machen, damit ich bei der Arbeit den See sehen kann«, erklärte Leigh, als sie gemeinsam mit Meredith in der Küche vor ihrem Laptop saß.

Die Begutachtung von 32 Emerald Lane hatte als Eilauftrag an diesem Vormittag stattgefunden, und jetzt waren die Reparaturen bei einem Handwerker aus der Straße bestellt. Überraschenderweise waren keine grundlegenden Substanzmängel festgestellt worden. Während Mama auf der Arbeit war, scrollte Leigh durch Möbelanzeigen, und Meredith schaute ihr zu.

»Ich dachte, ich könnte mir so einen Schreibtisch kaufen.« Sie drehte den Bildschirm, um Meredith den Treibholzfarbenen Schreibtisch zu zeigen, den sie für einen annehmbaren Preis gefunden hatte. »Die Wände könnte ich in einem hellen Taupe streichen …«

»Das würde perfekt zu einem großen blauen Schmetterlingsgemälde an der gegenüberliegenden Wand passen«, erwiderte Meredith grinsend. »Falls dir die Vorstellung gefällt, weiß ich eventuell, wo du eins herkriegen könntest.«

»Ich liebe diese Idee.« Leigh legte einen Arm um ihre Schwester und drückte sie. »Wir sollten das Zimmer so bald wie möglich herrichten. Weißt du, warum?«

»Warum?«

Leigh klickte auf ihren Posteingang für Chrysalis Commercial Management und zeigte ihrer Schwester drei E-Mails von potenziellen Kunden. »Und dabei habe ich noch nicht mal Werbung geschaltet. Pamela Lyons hat es weitererzählt, und ich habe eine Anfrage aus Salt Lake City, eine aus Omaha, und eine direkt hier aus Nashville.«

»Das ist ja toll!«, rief Meredith.

»Danke, dass du geblieben bist.«

Meredith legte den Kopf auf Leighs Schulter. »Hab ich gern gemacht.«

* * *

Nachdem sie alle ihre Pläne für 32 Emerald Lane dargelegt hatte, ließ sich Leigh am Abend zurück aufs Bett fallen. Inzwischen spürte sie genau wie Meredith überall Nans Gegenwart, und sie wusste, dass ihre Großmutter bei ihr war. Nachdem sie sich ihren Ängsten vor der Selbstständigkeit gestellt und tatsächlich erste Schritte unternommen hatte, um sie wahr werden zu lassen, hatte sie eine Zufriedenheit erfüllt, die seither anhielt. Sie wusste, das war Nan. Das spürte sie bis ins Mark.

Da hörte sie plötzlich ein Klopfen am Fenster, das sie aus ihren Gedanken riss, und sie setzte sich auf und lauschte einen Moment lang gebannt. Dieses Klopfen hatte sie seit ihrer Teenagerzeit nicht mehr gehört, und sie wusste genau, wer das war. Klopf, klopf – noch zweimal. Leigh ging hinüber zum Fenster und öffnete es. Davor saß Elvis mit einem Schild, auf dem stand: »Ich habe dich vermisst. Komm nach draußen.«

Leighs Herz setzte einen Moment lang aus, und sie konnte ihre Erleichterung beim Anblick des Hundes nicht verstecken. »Du hast mich vermisst?«, fragte sie ihn.

Er neigte den Kopf zur Seite und wedelte mit dem Schwanz.

Sie schloss das Fenster und eilte durch die Hintertür hinaus auf die Veranda. Colton stand im Garten, den Blick aus seinen dunklen Augen im Licht des Sonnenuntergangs auf sie gerichtet. Flach atmend und darauf bedacht, seine Miene zu deuten, ging sie zu ihm.

»Hey«, sagte er. Er wirkte müde, doch der liebevolle Ausdruck in seinen Augen ließ ihr Herz schneller schlagen.

Elvis kam herüber, um sie zu begrüßen, und zerrte das Schild mit sich. Sie strich ihm übers Fell und nahm ihm die Pappe ab.

Coltons Mundwinkel verzogen sich zu einem Grinsen. »Weißt du, warum Elvis dich so mag?«

Sie warf ihm einen bedeutungsvollen Blick zu und schüttelte den Kopf.

»Weil er spüren kann, was ich für dich empfinde.«

Ihr Mund wurde trocken.

»Am ersten Tag, als du hier ankamst und ich dich wiedergesehen habe, wäre mir fast das Herz aus der Brust gesprungen. So viele Tage hatte ich mir gewünscht, du kämst durch die Tür, aber nach all der Zeit war ich zu der Schlussfolgerung gelangt, dass es vermutlich nie passieren würde.«

Sie hielt den Atem an und widerstand der Versuchung, die Arme um ihn zu schlingen. Sie wollte ihn erst ausreden lassen.

»Ich habe zwei Jahre damit verbracht, mich mit Jimbo Peterson über das Land hinter meinem Haus zu streiten, und als du einfach hereingeschneit bist und alles auf den Kopf gestellt hast, wofür ich eingetreten bin, war ich sehr sauer auf dich.« Er machte einen Schritt auf sie zu, und jetzt standen sie im tiefen Schatten der Kiefern. Hinter ihnen glitzerte der See. »Das

Ganze hat bei mir einen Nerv getroffen, denn jahrelang war ich wütend auf deine Arbeit, deinen Ehrgeiz. Ich wollte, dass du diese Art von Leidenschaft für *mich* an den Tag legst.«

Sie schlug sich eine Hand vor den Mund und schüttelte den Kopf. Tränen stiegen ihr in die Augen. »Ich wollte nie irgendwas über dich stellen. In meinen Erinnerungen warst du immer magisch.«

»Ich habe versucht, dir aus dem Weg zu gehen, nachdem ich herausgefunden hatte, dass du Jimbo geholfen hast. Als ich dich neulich bei Leon getroffen habe, musste ich mich wahnsinnig zusammenreißen, um nicht geradewegs auf dich zuzurennen und dich in meine Arme zu ziehen. Ich habe mir eingeredet, ich würde über dich hinwegkommen.« Sanft legte er die Hände auf ihre Taille und zog sie an sich. Ihr stockte der Atem. »Ich habe dich schon mal wegen deiner Karriere gehen lassen – wir waren zu jung, ich war dazu gezwungen, aber noch einmal lasse ich das nicht zu. Ich kann damit leben, dass hinter meinem Haus ein Parkplatz entsteht, wenn ich dich dafür jeden Tag sehen kann. Ich werde dich nicht gehen lassen, ohne vorher alles in meiner Macht Stehende zu tun, um dich zum Hierbleiben zu überreden.«

»Das musst du gar nicht«, erwiderte sie. »Ich *will* bleiben. So sehr, dass ich das See-Cottage hinter deinem Grundstück gekauft habe.«

Er runzelte verwirrt die Stirn. »Was?«

»Ich gründe meine eigene Unternehmensberatungsfirma von 32 Emerald Lane aus. Sieht so aus, als hättest du eine neue Nachbarin.« Sie erklärte ihm, wie sie anderen im ganzen Land auf ähnliche Weise helfen wollte, wie sie es bei Jimbo getan hatte.

Colton zog sie in die Arme, was Elvis dazu veranlasste, bellend um sie herumzuspringen. »Ist das dein Ernst?« Seine Worte wurden von einem euphorischen Lachen begleitet. Er legte ihr die Hände an die Wagen und blickte ihr tief in die Augen, während sich ein wunderschönes Lächeln auf seinem Gesicht ausbreitete.

»Ich meine es absolut ernst. Mit jedem Tag, den ich hier verbracht habe, mit dir, hat es mich mehr nach mir angefühlt als irgendetwas sonst.« Sie blickte zu ihm auf und drängte ihn stumm, sie zu küssen. Noch nie hatte sie sich etwas so sehr gewünscht.

Seine Lippen teilten sich und er betrachtete sie mit einer Intensität, die sie noch nie an ihm bemerkt hatte. Dieser Blick hatte nichts mehr mit dem Jungen zu tun, der er einmal gewesen war. Es war der Blick eines Mannes, der erwachsen geworden war. »Du weißt, dass das, was ich gleich tun werde, alles zwischen uns verändern wird.«

Sie nickte, jede Faser ihres Körpers in Alarmbereitschaft.

Ein Gedanke spiegelte sich auf Coltons Gesicht wider, als wollte er diesen Moment festhalten – den letzten Augenblick, bevor ihrer beider Leben für immer verändert wurde.

»Ich war vielleicht weg«, sagte sie, »aber mein Herz war immer hier bei dir.«

Um seine Augen bildeten sich Fältchen, als er sie liebevoll anblickte. Er zog sie an sich und presste seine Lippen auf ihre. Seine starken Arme hielten sie fest, und die weichen Stoppeln an seinem Unterkiefer fühlten sich rau unter ihren Händen an. Sein Kuss war drängend, köstlich – Jahre des aufgestauten Verlangens brachen sich Bahn. Es war, als gebe es da etwas Großes zwischen ihnen, das Zeiten zu überdauern schien, als hätte das Universum sie genau für diesen Moment zusammengeführt. Sie atmete seinen Duft ein, spürte seine Hände, die Bewegung seiner Lippen, und wie perfekt sie zueinander passten. Und sie wusste, dass sie sich nie etwas mehr gewünscht hatte.

Als er sich schließlich zurückzog, betrachtete er sie liebevoll. »Ich habe dir das nie gesagt, als wir noch jünger waren, aber es ist wichtig, dass du es weißt.« Er drückte sie zärtlich. »Ich bin wahnsinnig in dich verliebt«, flüsterte er ihr ins Ohr, was sie erzittern ließ. »Und ich will nie wieder ohne dich sein.«

Sie stellte sich auf die Zehenspitzen und beugte sich für einen weiteren Kuss zu ihm.

* * *

Irgendwann trieb die kühle Nachtluft Colton, Leigh und Elvis ins Haus. Mama war inzwischen von der Arbeit gekommen. »Ach, schau an, wer hier ist«, sagte sie zu Colton und rümpfte die Nase.

Meredith kam herein und küsste ihre Mutter auf die Wange, bevor sie sich Colton zuwandte. »Hat ja lange genug gedauert, bis du dich wieder eingekriegt hast.« Sie stupste ihn spielerisch auf den Arm. »Ich hoffe, du hast vor, hierzubleiben und mit uns zu feiern, dass deine Frau hier einen Job in deiner Nachbarschaft gefunden hat. Buchstäblich.«

Colton grinste. »Ich habe ein Sixpack im Pick-up.«

»Was macht es denn dort?«, neckte ihn Meredith. »Los, hol es!«

Lachend ging Colton nach draußen.

»Oh nein«, sagte Meredith, als Elvis, der zurückgeblieben war, zu ihnen herübergetrottet kam. Sie machte einen Schritt auf ihn zu, und Leigh bereitete sich innerlich auf einen Bellanfall vor, doch zu ihrer Überraschung ging Elvis schnurstracks auf Meredith zu und schnüffelte an ihrer Hand. Sanft kraulte sie ihn unter dem Kinn.

»Siehst du?« Mama lachte. »Ich hatte recht. Er weiß, dass wir jetzt eine Familie sind.«

Meredith verdrehte grinsend die Augen, widersprach aber nicht.

Colton kam wieder herein und küsste Leigh auf die Wange, was ihr einen Schauer durch den Körper rieseln ließ. Seine dunklen Augen funkelten, als er das Bier abstellte, eine Flasche öffnete und sie ihr reichte. Dann verteilte er die anderen Flaschen, bevor er sich an Nans Küchentisch setzte und einen Schluck trank. »Die Stimmung hier ist eindeutig anders als bei meinem ersten Besuch vor zwei Wochen.«

Sie alle lachten leise. Durch das Fenster strömte goldenes Licht, das letzte Zeichen der Sonne, bevor sie hinter dem Horizont verschwand. Colton ergriff Leighs Hand und zog sie zu sich.

Leigh verschränkte die Finger mit Coltons. Sie saßen alle gemeinsam am Küchentisch, wo sie sich im Laufe der Jahre für viele Feiern getroffen hatten, und Leigh wusste – das hier war eine weitere Feier, und zwar eine von vielen, die noch folgen würden. Etwas Wunderbareres konnte sie sich nicht vorstellen.

Epilog

»Ich habe eine Überraschung für dich«, sagte Leigh zu Meredith und zog sie durch das Haus ins Babyzimmer. Lächelnd blieb sie vor der geschlossenen Tür stehen und legte eine Hand auf ihren Bauch. »Colton hat gerade das Bettchen zusammengebaut, und ich konnte nicht abwarten, es aufzuhängen.«

»Um was geht es denn?«, wollte Meredith wissen. »Die Spannung bringt mich noch um.«

Leigh öffnete die Tür und gab die Sicht auf den weißen Teppich auf dunklen Holzböden, die wehenden zarten Vorhänge vor dem Fenster, mit Blick auf den See, sowie eine winzige Ecke von Leighs renoviertem Büro hinter den Baumwollfeldern frei. Aber das war es nicht, was Leigh ihrer Schwester hatte zeigen wollen. Über dem neuen Babybett hing ein riesiges Bild von blauen Schmetterlingen, das Meredith gerade fertiggestellt hatte. Darauf flatterten eine Unmenge von Schmetterlingen über die Leinwand.

»Ich hoffe, du hast nichts dagegen. Mama hat mir erlaubt, es aus deinem Studio zu holen.«

»Wieso? Ich liebe es!«

»Ich wollte, dass unser kleines Mädchen ihre Tante Meredith immer bei sich hat.«

»Das Blau passt perfekt zu einem Neugeborenen.« Meredith schlang einen Arm um Leigh und legte ihr den Kopf liebevoll an die Schulter.

»Na, wie findest du es?«, fragte Colton, der hinter sie trat. Er trug sein Gameday-Trikot und hielt ein Päckchen in der Hand.

»Ich fühle mich geehrt«, beantwortete Meredith seine Frage. »Sag mir Bescheid, wenn es dir lieber wäre, dass ich einen pinkfarbenen Football für sie male. Man kann nie früh genug anfangen, sie für den Sport zu begeistern.«

Colton lachte sein wunderbares Lachen. »Nun, ich schubse sie jedenfalls von Anfang an in die richtige Richtung.« Er zog ein winziges gelbes T-Shirt mit dem Down-South-Athletics-Logo aus dem Päckchen.

»Das ist die einzige Marke, die sie tragen wird, das ist dir schon bewusst, oder?«, neckte Leigh Meredith. »Ihr Daddy trägt nichts anderes.«

»Hey, vielleicht zahlt es ihr die Studiengebühren fürs College«, erwiderte Meredith.

Leigh grinste ihre Schwester an. »Oder ihren Kunstunterricht.«

Meredith erwiderte das Grinsen.

»Ich bin eigentlich gekommen, um dir Bescheid zu sagen, dass Mama vom Cottage herübergekommen ist und wir essen können. Das Spiel beginnt in zehn Minuten. Sie hat schon alles draußen auf den Tisch gestellt.«

Mama hatte den Mietvertrag für ihr Apartment auslaufen lassen und war dauerhaft in das Cottage gezogen. Im kommenden Jahr ging sie in Rente und würde dann auch nicht mehr täglich nach Nashville fahren müssen. Meredith wohnte abwechselnd bei Mama oder im Apartment in der Emerald Lane, das Leigh freigegeben hatte. Ihre Schwester malte unglaublich gern dort, weil das natürliche Licht so gut war. Sie versuchte, an allen großen Feiertagen bei den anderen zu sein, und kam auch mehrmals im Jahr zu Besuch.

Im Vorjahr war Meredith sogar ganze drei Wochen bei ihnen gewesen, und zwar für die Hochzeit von Leigh und Colton. Sie hatte im Spätjuni stattgefunden und war eine große Südstaatenfeier gewesen, die unter den Eichenbäumen auf einer großen Bühne inmitten der Baumwollfelder stattgefunden hatte. Ihre Mutter und Schwester hatten puderfarbene Brautjungfernkleider aus Seide getragen und Gardeniensträuße in den Händen gehalten.

Meredith war ebenfalls sofort hergekommen, als Leigh ihr die Neuigkeit verkündet hatte, dass sie und Colton ihr erstes Kind erwarteten.

Das Footballspiel lief auf dem großen Breitbildfernseher, den Colton unter ihrer neuen Veranda neben der steinernen Feuerstelle installiert hatte, und alle hatten sich hier versammelt, um den Fisch zu essen, den sie am Vortag vom Boot aus gefangen hatten. Dazu gab es Gemüse und frischen Pie, den sie von ihren Freunden auf dem örtlichen Markt gekauft hatten. Elvis hatte es sich zu Merediths Füßen gemütlich gemacht.

Leigh ging hinaus auf die Terrasse, um Sonne zu tanken. Als sie aufsah, konnte sie durch das Fenster die Schmetterlinge sehen, die Meredith gemalt hatte – Nans Talent war auf eine weitere Generation übergegangen. Leigh wusste, dass ihre Großmutter all das von oben herab sehen konnte: ihre ganze Familie. Sie waren *ganz*.

Danksagung

Ich stehe für immer in der Schuld von Oliver Rhodes, der mich zu der Autorin gemacht hat, die ich heute bin, und der mir ein Vorbild für meine eigene Veröffentlichung war. Sein Beispiel hat mich bei all meinen Entscheidungen inspiriert.

Ein großes Dankeschön geht an meine großartigen Lektorinnen: Holly Ingraham, die dieses Buch auf Vordermann gebracht hat, und Claire Gatzen, eine Lektorin der Spitzenklasse. Ich danke auch meiner wunderbaren Korrektorin Lauren Finger. Ich könnte mir kein besseres Team für meine Geschichten wünschen als diese Frauen.

Die unglaublich talentierte Coverdesignerin Kristen Ingebretson ist die Allerbeste. Ich bin so dankbar, dass sie das kreative Ruder in der Hand hält.

Ein großer Dank gilt auch meinem Mann Justin, der es mit mir aushalten musste, während ich zwei Bücher gleichzeitig schrieb, nachdem ich versprochen hatte, das nicht mehr zu tun, ein Verlagsimprint aufbaute, neue Autoren akquirierte und ein Kind zu Hause unterrichtete: Ich bin so dankbar für seine Unterstützung. Er akzeptiert all meine verrückten Ideen, hat mir immer Rückhalt gegeben und mich ermutigt, meinen Träumen zu folgen.

Folge der Autorin auf Amazon

Wenn dir dieses Buch gefallen hat, folge Jenny Hale auf Amazon. Dann erhältst du eine Benachrichtigung, wenn die Autorin ihr nächstes Buch veröffentlicht. Um der Autorin zu folgen, gehe bitte folgendermaßen vor:

Desktop:

1) Suche auf Amazon.de oder in der Amazon App nach dem Namen der Autorin.
2) Klicke auf den Namen der Autorin, um auf die Autorenseite zu gelangen.
3) Klicke auf den »Folgen«-Button.

Smartphone und Tablet:

1) Suche auf Amazon.de oder in der Amazon App nach dem Namen der Autorin.
2) Klicke auf einen Titel der Autorin.
3) Klicke auf den Namen der Autorin, um auf die Autorenseite zu gelangen.
4) Klicke auf den »Folgen«-Button.

Kindle eReader und Kindle App:

Wenn du dieses Buch auf einem Kindle eReader oder in der Kindle App liest, wird dir automatisch angeboten, der Autorin zu folgen, nachdem du die letzte Seite des Buches gelesen hast.

Druck:
CPI Druckdienstleistungen GmbH
im Auftrag der
Zeitfracht GmbH
Ein Unternehmen der Zeitfracht - Gruppe
Ferdinand-Jühlke-Str. 7
99095 Erfurt